BBN
B●BOY NOVELS

転生オメガバース！

宮緒 葵
イラスト／笠井あゆみ

この物語はフィクションであり、実際の人物・
団体・事件等とは、一切関係ありません。

CONTENTS

◆初出一覧◆
幕末オメガバース！　／小説ビーボーイ(2019年秋号)掲載
転生オメガバース！　／小説ビーボーイ(2020年秋号)掲載
蜜月未満　／書き下ろし

幕末オメガバース！

炎――。

焦げた煙の臭いに、菊夜叉《きくやしゃ》はふと歩みを止めた。

大通りの坂を下りきった右手にあったはずの辻番所《つじばんしょ》が、見る影も無く打ち壊され、焼け落ちてしまっている。

幸い、炎は早急に消し止められたらしく、焼けたのは外壁の一部だけだ。だが消火のために撒《ま》かれた大量の水で、辻番所の内部まで水浸しになっている。

おそらくこの番所はもう使い物になるまい。焼けた番所を不安そうに取り囲む町人たちを、帯刀した侍《さむらい》たちが懸命に散らしている。

「…南長《なんちょう》の逆賊どもめが…」

ぎり、と菊夜叉は唇を噛《か》んだ。捜査するまでもない。こんな暴挙に出るのは、南虎《なんこ》と長龍《ちょうりゅう》の狗《いぬ》どもに決まっている。

――二百年以上の長きにわたり築かれてきたこの国の安寧は、十年前、黒船《くろふね》の来航によって大きく揺らいだ。幕府は強大な軍事力をちらつかせながら開国を迫る外《と》つ国《くに》に全力で対抗するが、西方国諸大《さいほうこくしょだい》名《みょう》の代表格である南虎藩、逆賊として討伐される側であったはずの長龍藩が秘密の同盟を結び、討幕軍を結成するに至り、窮地に追い込まれてしまう。

懸命の抗戦の末、十五代目にして最後となった当代の将軍が政権を西都の帝《みかど》に返上したのはつい数か月ほど前のことだ。それにより、南長を主軸とした討幕軍は大義名分を失った。

にもかかわらず、南虎と長龍は徒党を組み、武都《ぶと》のそこかしこで武家屋敷に火を放ったり、幕臣を闇討ちにしたりと、凶賊さながらの蛮行を繰り返している。政権を返したといえども、政《まつりごと》の実権を武家に奪われて久しい朝廷に行政能力は無く、幕府の政治機能はそのまま残されていたのだ。将軍以下の幕臣たちとしては、今後は帝のもとでこの国の統治に関わっていく腹積もりだったのである。

だが、それでは面白くないのが南長と、彼らに追随する公家《くげ》たちだ。

政権返上後も幕臣たちが政に携わるのでは、これまでと何ら変わらない。天下を独占したい彼らは将軍のお膝元《ひざもと》であった武都で暗躍し、武士や武家に関連する施設を襲うことで、幕臣たちを挑発するという暴挙に出たのである。憤った幕臣たちを暴発させ、それを理由に再び討幕軍を組織し、完膚無きまでに叩《たた》き潰すためだ。

　武都の八百八町《はっぴゃくやちょう》には、民の平穏を守るべく、各地に自身番《じしんばん》や辻番所が設置されている。自身番を運営するのは町人だが、辻番所を運営するのはその周辺に屋敷を構える旗本《はたもと》や御家人《ごけにん》たちだ。

　逆賊でありながら武都を我が物顔で闊歩《かっぽ》する南長の藩士どもは、各地の騒動が自分たちの仕業《しわざ》だと認めず、賊の所業であろうと言い張っている。だが今回は、辻番所を襲撃する時点で、己《おのれ》が犯人だと白状しているようなものだ。賊が襲うのなら、精強な武士が控える辻番所ではなく、ひ弱な町人たちしか居ない自身番の方を選ぶはずだからである。

譜代《ふだい》旗本、白羽《しらは》家の当主である祖父も、南長の卑劣な遣《や》り口《くち》は武士の風上《かざかみ》にも置けぬと悲憤していた。たとえ襲撃の標的が幕臣であっても、非力な町人たちまでもが巻き込まれ、命を落とす事例も最近では珍しくないのだ。

　……私がこのような身でなければ、南長の狗どもを我が手で討ち果たしてくれるものを……！

「……若様、そろそろ参られませんと……」

　義憤にかられる菊夜叉を、背後に控えていた従者が促した。つと周囲を見回せば、焼けた辻番所を眺めていたはずの人々の眼差《まなざ》しは、今や菊夜叉に集中している。

「……何と、凛々《りり》しくも麗しい若武者《わかむしゃ》か……」

「公方様《くぼうさま》の御小姓《おこしょう》にも、あれほどの美少年は居るまいよ」

　遠巻きに囁《ささや》き合う人々のざわめきに、菊夜叉は形の良い眉を寄せ、踵《きびす》を返した。自然と割れた人垣をすり抜け、歩き出した主《あるじ》を、従者が慌てて追いかけてくる。

「…全く、町人たちの物見高さは、こんな時でも変わらぬのだな」

眦《まなじり》を吊《つ》り上げ、苛々《いらいら》と吐き捨てれば、小走りに付き従う従者が苦笑する。

「致し方ございますまい。若様は譜代旗本白羽家の直系男子にして、尊きオメガであられるのですから」

――この世には人口の九割を占める只人《ただびと》の男女の他に、アルファとオメガという特別な性別が存在する。

アルファは男女の性別を問わず、総じて高い知能と身体能力、そして統率力を誇る性だ。代々の将軍はたいていアルファだし、歴史に名を遺《のこ》した武将や偉人もそのほとんどがアルファだと伝わっている。

対してオメガは生む性であり、発情期を迎えれば、男であろうと子を孕《はら》むことが出来る。そして番《つが》う相手がアルファであったなら、十割の確率でアルファを産むのだ。

加えてオメガは、例外無く人並み外れた美貌《びぼう》の主である。

菊夜叉もまた、悪鬼に魂を売り渡した名工が命を懸けて造り出したような、臈《ろう》たけた美少年であった。幼い頃から、自分と対面して見惚《みと》れなかった者に、一度も遭遇したことが無い。

女よりもなめらかで瑞々《みずみず》しい白磁の肌に、紅《べに》も差さないのに濡《ぬ》れ濡れと紅《あか》い唇。ともすれば精巧な等身大の若衆《わかしゅ》人形にも間違われそうな美貌を生きた人のものたらしめているのは、長い睫毛《まつげ》に縁取られた、吊り上がりぎみの黒い双眸《そうぼう》であろう。生気に満ち満ちた双眸に射られ、正気を保てた者は居ない。

武威が尊ばれる武家において、強き者を産むオメガはことのほか大切に養育される。数十年前であれば、菊夜叉もとうにどこかの大身《たいしん》旗本か大名家に正室として迎えられていただろう。

だが動乱の時代は、菊夜叉にオメガとしての安穏とした暮らしを許さなかった。政権が帝に返上された今、華燭《かしょく》の典《てん》に現《うつつ》を抜かす余裕のある幕臣など存在しないのだ。

　普通のオメガなら、我が身の不運を嘆き、泣き暮らすところかもしれない。だが菊夜叉は、むしろ幸運だと思っていた。

　戦《いくさ》となれば将軍の傍《そば》近くで槍《やり》を振るうべき旗本の家に生まれたのだ。そのための武芸の腕前も、物心ついてからずっと磨いてきた。相手が只人であろうとアルファであろうと、自分より弱い者とただ番わされ、屋敷に閉じ込められて子を産むだけの日々を過ごすなどまっぴらである。

　菊夜叉の望みは、ただ一つ。武士として戦陣に立ち、武都を蹂躙《じゅうりん》する逆賊南長を討つことだ。

　だが現実の菊夜叉は元服《げんぷく》すら許されず、未《いま》だ前髪を落とさぬ少年の姿のままである。オメガは成長が遅く、老化も緩やかなので見た目はせいぜい十五、六歳といったところだが、実際は十九歳――普通の武士ならとうに元服しているはずの年頃なのに。

　しかも白羽家の家長たる祖父は、病に倒れた今でさえ、菊夜叉が元服して家督を継ぐことはおろか、外出すらろくに許してくれない。今日だとて、母の命日なので墓に詣《もう》でたいと頼み込み、やっと屋敷を出してもらえたのだ。

「……おい、見ろよ。白羽家の菊夜叉様だ」

「あの佇《たたず》まい、気品……。まるで牡丹《ぼたん》か、芍薬《しゃくやく》の花のような……」

　辻番所を取り囲んでいた人垣を通り過ぎ、大通りを進む間も、道行く人々の熱を帯びた視線が纏《まと》わり付いてくる。中にはわざわざ立ち止まり、呆《ほう》けたように見惚れる者まで出る始末だ。外出など滅多にしないにもかかわらず、菊夜叉の麗姿は近隣に鳴り響いているのである。

「若様、お願いでございますから、どうかお顔をお隠し下され」

　そわそわと周囲を窺《うかが》った従者が、懐《ふところ》から紫色に染められた頭巾《ずきん》を差し出してくるのを、菊夜叉はすげなく振り払った。

「要《い》らぬ」

「されど、今の武都には南長のみならず、不逞《ふてい》の輩《やから》がうごめいております。尊き御身《おんみ》に万が一のことがあれば、ご当主様も悲しまれましょう」

「そのような事態など、ありえぬ。…私には、これがあるのだからな」

菊夜叉は袴《はかま》の腰に差した大刀《だいとう》の柄に、そっと白い手を触れさせた。

白羽家の家紋《かもん》である蝶《ちょう》の紋が入ったそれは、白羽家に代々伝わる名刀だ。十《とお》を過ぎた頃、元服をせがむ菊夜叉に、祖父が授《さず》けてくれたものである。

「し、しかし若様…」

「くどい。それ以上申すのならば、置いて行くぞ」

黙ってしまった従者と共に四半刻《しはんとき》ほど歩き、菊夜叉は白羽家の菩提寺《ぼだいじ》に辿《たど》り着いた。七堂伽藍《しちどうがらん》の建ち並ぶ大寺院ではないが、その歴史は古く、白羽家を始めとした譜代旗本の墓を数多《あまた》抱えている。

白羽家の墓は墓地の北側、この寺院の名物でもある巨大な楠《くすのき》の傍近くに設《しつら》えられている。従者を路地の端に下がらせ、菊夜叉は家格にしてはこぢんまりとした墓石に手を合わせた。

……母上……。

母の命日には墓参を欠かさない菊夜叉だが、脳裏に浮かぶ面影《おもかげ》は年々おぼろになりつつある。母の綾《あや》が亡くなったのは、十六年前…菊夜叉がまだ三歳の頃の話だ。

我が母ながら、不幸な女性だと思う。白羽家の一人娘として生まれ、蝶よ花よと育てられた綾はいずれ婿《むこ》を取り、家を継ぐことを期待されていた。にもかかわらず、父親のわからない子…菊夜叉を産んだせいで心を病み、その寿命を大幅に縮めてしまったのだから。

菊夜叉の父親がどこの誰なのか、母は最期まで黙して語らなかったという。武家の娘が輿入《こしい》れもせずに子を産むなど、大変な醜聞だ。勘当され、腹の子ごと家を出されてもおかしくなかったが、祖父は娘を庇《かば》い抜いた。そして生まれた菊夜叉が強き者を産むオメガだったことで、綾はオメガの生母として存在を許されたのだ。

『可愛《かわい》い菊夜叉…貴方《あなた》は、貴方のお父様にそっくりよ…』

　菊夜叉が枕元に侍《はべ》れば、母は決まってそう囁き、愛《いと》おしそうに頭を撫《な》でてくれた。子ども心にも、父が恨めしくなったものだ。何故《なぜ》、我が子を孕んだ母を捨て、名乗り出もしなかったのかと。

　綾が亡くなった後、菊夜叉が武芸に打ち込んだのは、父親に捨てられた子という劣等感を拭《ぬぐ》うためでもあったのかもしれない。そうして身に着けた武芸がオメガに群がる不埒者《ふらちもの》を叩きのめす力となったのは、皮肉なものだが…。

　……私はこの手で、お祖父様《じいさま》と白羽の家を守り抜いてみせます。どうか、見守っていて下さい。

　長い祈りを終え、顔を上げた時だった。射るような視線に、ぞわり、と背中が総毛立ったのは。

「…わ、若様!?」

「そこに隠れておれ。決して出るな！」

　振り向きざま面食らう従者に命じ、大刀の鯉口《こいぐち》を切るまで、ほんの数拍もかからなかったはずだ。

　だが、身構える菊夜叉の正面…祖先と母の眠る墓石を取り囲むように、三人の男たちが出現していた。無意識に丹田《たんでん》に力を入れたのは、三人ともが二刀をたばさんでいたからではない。武芸の心得の無い町人なら無条件で屈服させられてしまいそうなほど圧倒的な存在感を放ちながら、それを今の今まで菊夜叉に勘付かせなかった——相当の遣い手だと、否《いや》が応《おう》でも悟ってしまったせいだ。

　……こやつら、アルファか。

　毅然《きぜん》と睨《にら》み返しながら、菊夜叉は突如現れた男たちを冷静に観察する。その身からアルファを産み出すオメガが、アルファと只人を見間違えることは無い。

だが、同じアルファと言っても、三人の男たちはまるで趣の違う容姿の主だった。

最も目を引くのは、三人の真ん中に佇む細身の青年だろう。天女《てんにょ》と見紛《みまご》うばかりの、だが弱々しさは欠片《かけら》も無い白皙《はくせき》の美貌に、鮮やかな緑の双眸の取り合わせは目立つことこの上ない。

青年の左右に陣取る二人も、存在感という点では決して劣らない。右側の男は零《こぼ》れるような愛嬌《あいきょう》のある優男《やさおとこ》で、洗練された美形の歌舞伎役者《かぶきやくしゃ》を見慣れた武都の娘たちさえも夢中にさせてしまいそうだ。

そして最も長身で、強烈な威圧感を放っているのが、左側の若武者だった。菊夜叉よりゆうに頭一つ以上高く、小袖《こそで》にくっきりと輪郭を描かせる鍛え上げられた肉体は一回りは逞《たくま》しい。離れていても肌をちりちりと焦がすような熱気が、その全身から発散されている。まるでこの寺院の山門を守る金剛力士《こんごうりきし》像《ぞう》が命を吹き込まれ、動き出したかのようだ。

……何だ？　こやつは……。

猛々《たけだけ》しく凶暴な、けれど不思議な気品のある端整な面《おもて》に浮かぶのは、他の二人と同じオメガと遭遇したがゆえの興奮——だけではない。もっと切実で、もっと狂おしい何かが、この鬼神の如《ごと》き若武者を突き動かしている。

互いに出方を窺いながら、どれくらい睨み合っていたのか。

「——白羽家の嫡男《ちゃくなん》、菊夜叉か？」

張り詰めた沈黙を破ったのは、緑の目の青年だった。僅《わず》かな西方国訛《なま》りを聞き取り、菊夜叉は眉を顰《ひそ》める。

……武都の者ではない。西方国の者…もしや南虎か、長龍か？

「…私に何用だ」

「若様っ……！」

従者が悲鳴を上げるが、とぼけたところで無駄なのはわかっていた。これは問いの形を借りた確認に過ぎないことも、三人がただ欲望にかられ、オメガ狩りに興じているわけではないことも。

「異議は認めぬ。黙って我らと共に来てもらおう」

「むろん、そこの従者は置いて、一人でね」

優男が付け足し、にこりと微笑《ほほえ》んだ。人好きのするそれは、只人の女子《おなご》なら魅了されたかもしれないが、菊夜叉には寒気しかもたらさない。

「…何故、私が貴様らと共に行かねばならない」

アルファ三人を敵に回してどう戦うか、どう血路を開くか。めまぐるしく思考しながら問うた菊夜叉に、身を乗り出さんばかりに答えたのは若武者だ。

「決まっちょる。…お前《まん》は、俺《おい》の運命やってでよ」

「…運命、だと？」

「そうだ。…ほら、聞こゆいやろう？　この胸の高鳴りが…」

オメガを見境無く求め、孕ませるのがアルファの本能だが、たった一人——運命の番《つがい》たるオメガだけは特別な存在である。

出会ったが最後、アルファは運命の番しか眼中に入らなくなり、嫌われようと拒まれようと構わず、手に入れるまでどこまでも追い詰める。運命の番を得たアルファの能力は飛躍的に上昇し、精鋭揃《ぞろ》いのアルファたちの頂点に君臨することさえ可能だと伝えられている。

だがアルファが運命の番に出会える可能性はごく低く、ほとんどのアルファは番の存在すら知らぬまま生を終える。たとえ世界じゅうを探し回ったとて、見付かるとは限らない。出会えること自体が奇跡。

それがこの男だと？

「世迷《よま》い言《ごと》を……」

ありえない。言下に否定しようとした瞬間、冷静さを保っていたはずの心《しん》の臓《ぞう》がどくんと跳ねた。

……な、んだ、これは…っ…？

早鐘の如き鼓動に、自分のものではない力強いそれが重なる。白い肌が熱を帯び、全身の血が沸々と滾《たぎ》りだす。

……まさか、あの男……!?

「ああ、菊夜叉…」

「……待て、叢雲《むらくも》」

目を見開いた菊夜叉に笑いかけ、歩み寄ろうとした若武者を、緑の目の青年が制止する。

「言っておいたはずだぞ。そやつを捕らえるのは、我ら三人だと」

「じゃが、翠玉《すいぎょく》！」

「機会は平等に与えられなければならない。…父上のお言葉、忘れたのか？」

「鏡八《きょうや》まで……」

優男に諫《いさ》められ、若武者はぎりりと歯を噛み締めつつもその場に踏みとどまった。どうやら緑の目の青年は翠玉、優男は鏡八、若武者は叢雲というらしい。

……そうだ、今なら……。

三人が言い争っているうちに、菊夜叉は視線を従者に流した。密かに脱出させ、助けを呼ばせようと思ったのだ。

だが、心得た従者がそろそろと後ずさろうとしたとたん、ひゅっと空《くう》を切って飛来した刀子《とうす》がその肩に突き刺さる。

「ぎゃあああっ！」

血飛沫《ちしぶき》をまき散らしながら従者は倒れ、痙攣《けいれん》して動かなくなった。恐怖に歪《ゆが》んだその顔から、急速に血の気が失われていく。ただ刺されただけでは、こうはならない。おそらく刃に毒か何かが塗られてあったのだろう。

菊夜叉の推測は正しかった。

「…死にはしない。すぐに適切な治療を受ければ、な」

右手の指の間に何本もの刀子を挟んだ翠玉が、淡々と告げた。あの距離から菊夜叉に気配も悟らせず、致命傷にならない部位を狙撃するのは、並大抵の腕前ではない。

「その従者を助けたければ、おとなしく付いて来い…、ってところかな」

これじゃあ草双紙《くさぞうし》の悪役みたいだな、と鏡八はおどけるが、一見優しげなその目はまるで笑っていない。

「…菊夜叉…、頼む。どうか従《したご》うてくれ。決して、悪いようにはせんから…」

　高い矜持《きょうじ》を持つアルファであるはずの叢雲が、必死の形相《ぎょうそう》で懇願してくる。その言葉に嘘《うそ》は無いのだろう。だが菊夜叉が自分たちアルファに敵《かな》うはずがないとはなから決めてかかり、傷付く前にどうか降伏して欲しいと言わんばかりの態度が、菊夜叉の神経を逆撫でする。

「——断る」

　倒れた従者を一瞥《いちべつ》し、凜《りん》と眦を決した菊夜叉に、翠玉と鏡八は意外そうな表情を浮かべた。叢雲だけが泣きそうに顔を歪める。同じかどわかしの一味のくせに、さっきからこの温度差は何なのだろう。

「…高位旗本の子息は、従者などどうなっても構わぬと？」

　翠玉の作り物めいた美貌に、微《かす》かな侮蔑が滲《にじ》む。さっきから、話を主導しているのはもっぱらこの青年だ。

「そうではない」

　菊夜叉が大刀の柄から懐に手を滑らせるのと、はっとした三人が抜刀するのはほぼ同時だった。小袖と襦袢《じゅばん》の狭間《はざま》に隠しておいた刀子を、菊夜叉は翠玉目掛けて投擲《とうてき》する。素早く大地を蹴《け》り、突進しながら。

「く…っ…」

　飛び道具を使うとわかっている自分に、まさか自ら飛び込んで来るとは思わなかったらしい。翠玉は抜き身の刃で刀子を弾《はじ》いたが、反応はやや遅れてしまった。菊夜叉の肉薄を許してしまうほどに。

「…ぐぁっ……！」

　祖父から譲られた大刀で、翠玉の腹を薙《な》ぎ払う。敢《あ》えて峰打《みねう》ちにしたのは、情けなどではない。母の眠る地を、不逞の輩の血で汚したくなかっただけだ。

「……貴様らに付いて行くまでもない」

姿勢を崩した翠玉の足元を払い、ぐらついたところを更に転ばせてから、菊夜叉は決然と三人を睨み据える。

「私が貴様らを倒し、あの者を救えば良いだけの話だ。……田舎侍《いなかざむらい》どもが、付け上がるなよ」

傲慢《ごうまん》に言い放つ菊夜叉からは、二百年以上もの間武都の安寧を保ち続けた幕臣の誇りと気概が滲み出ている。

南虎や長龍…武都から遠く離れた西の果てに追いやられた者たちには決して持ちえない、横暴なまでの高貴な輝き。叢雲も鏡八も、無様に転ばされた翠玉さえ心を奪われ、束《つか》の間《ま》、呆然《ぼうぜん》と立ち尽くす。

その隙《すき》を見逃す菊夜叉ではなかった。

「…たぁぁっ！」

左脚を軸に身体を回転させながら、鏡八の手首を下から掬《すく》い上げる。我に返った鏡八がばっと飛び退《しさ》るのも、すでに予想済みだ。今度は右脚を軸にして回転し、疾風の如く鏡八の背後に回り込む。

膂力《りょりょく》ではどうあってもアルファに及ばぬ以上、速さで勝るしか勝機は無い。菊夜叉は大刀を閃《ひらめ》かせ、小袖の上から鏡八の背骨を強打する。今までの相手であれば、間違い無くそこで勝負は決していただろう。

だが——。

「…まさかオメガに、ここまで手向かわれるとはね」

「っ……!?」

必殺の一撃を繰り出すはずだった菊夜叉の腕は、鏡八のそれによって一摑《ひとつか》みにされていた。ぎりぎりと容赦無く締め上げられ、菊夜叉は苦痛の悲鳴を呑《の》み込む。

……そんな…、確かに背後を取ったはずなのに……！

「全く…オメガとも思えぬじゃじゃ馬だな」

「あ、…っ…！」

いつの間にか起き上がり、震える手から大刀を叩き落とした翠玉は、あらん限りの力で強打してやったにもかかわらず、何ら痛手を受けた様子も無い。

「…この場で、少々躾《しつ》けてやらねばならないかもしれんな」

緑の目に嗜虐《しぎゃく》の光が閃く。作り物めいた美貌とは裏腹のそれこそが、この青年の本性なのだろう。

視界の端に刀子とおぼしき銀光を捉え、菊夜叉はとっさに身構えるが、衝撃はいつまで経っても襲ってこない。

「――二人とも、菊夜叉をなぶっとはやめ」

その巨軀《きょく》からは想像もつかぬ敏捷《びんしょう》さで距離を詰めた叢雲が、それぞれの手で鏡八と翠玉の腕を掴み上げていた。二人が懸命にもがいても、びくともしない。

「叢雲…、何のつもりだ」

「いくら父上のお言葉でん、菊夜叉を傷付くいなら聞けん。…菊夜叉は、俺の運命やっで」

常人なら竦《すく》んでしまいそうな翠玉の恫喝《どうかつ》にも、叢雲は小揺るぎもしない。こちらに流された眼差しには掛け値無しの心配といたわりがこもっており、だからこそ菊夜叉の苛立ちを煽《あお》る。

……私を、オメガ風情と侮るか!?

気色《けしき》ばんだ菊夜叉は、僅かに緩んだ翠玉と鏡八の手から腕をさっと抜き取った。

大刀を奪われても、まだ脇差《わきざし》がある。圧倒的な強さを誇るアルファ三人に勝利出来ずとも、刺し違えることくらいは――。

「……やめんか、菊夜叉」

「な、……っ？」

目の前に大きな影が差したかと思えば、翠玉と鏡八を縛《いまし》めていたはずの叢雲に腕を引き寄せられていた。傾《かし》いだ身体が、菊夜叉とは比べ物にならぬほど隆々と逞しい腕に囲い込まれる。

「頼んで、こん以上の抵抗はやめっくれ。俺はお前を傷付けたくなか」

「…私をさらおうという者が、何をたわけたことを…」

「さらうんじゃなか。迎えに来たとじゃ。俺の運命を」

盗人《ぬすっと》猛々しい言葉をさも大事そうに囁き、叢雲は菊夜叉の顔を分厚い胸板に押し付けさせる。袷《あわせ》の小袖越しでも熱いくらいのその胸から立ちのぼる匂いと、激しい脈動が菊夜叉の抵抗を封じてしまう。

「…あ、……？」

迸《ほとばし》るはずだった糾弾は、妙に上擦《うわず》った甘い声音に取って代わられた。幼い頃、風邪《かぜ》をこじらせ、高熱にうなされた記憶がよみがえる。全身が釜茹《かまゆ》でされているように熱くて、脳がどろどろと煮溶かされてしまいそうだった。

あの時と違うのは、叢雲の体温が染み込むたび、妙にかぐわしいその匂いを吸い込むたび、背筋に甘い疼《うず》きが走ることだ。火照《ほて》った肌は、絹地越しに叢雲のごつごつとした身体の輪郭を感じるだけで、腰が砕けてしまいそうな未知の感覚をもたらす。

「…菊夜叉、頼む。俺を選んでくれ」

どくん……。

アルファらしからぬ懇願の響きを帯びた囁きに、鼓動が重なった。どく、どくどくと、今にも心の臓が弾けてしまうのではないかと不安になるほど激しく、強い鼓動が。

「お前が俺を運命じゃち認めっくるいば、誰にもお前を渡さんで済む。…俺が、お前を守ってやれる」

「…、あ、…っ…」

「お前が愛おしい。…お前を、守っせえやりたかとじゃ。やっで、どうか…」

「ふ、……っ！」

――ふざけるな。私にアルファの奴隷となれと言うのか！

怒号し、絡み付く腕を渾身《こんしん》の力で振り解《ほど》いた…そのつもりだった。けれど、やけに渇いた喉から零れたのは熱い吐息だけだ。

「…菊夜叉？」

丸くなった叢雲の黒い瞳に、頬を紅潮させ、艶《なま》めかしい唇をうっすらと開いた少年が映っている。それが誰なのか、一瞬、本当にわからなくなった。…だって、誇り高い将軍の旗本が、男をのべつまくなしに引き寄せる妖花《ようか》のような表情なんて浮かべるわけがない。

「…は…っ、…あぁ…」

再び吐き出した息は艶《つや》を帯び、叢雲を振り解くはずの手はその小袖の胸元をぎゅっと握り締めた。どくん、とひときわ強く高鳴った鼓動が叢雲のそれに重なり、目の前がぐにゃりと歪む。足元がふらついて、己で己を支えていられなくなる。

……何だ、これは…一体、何が起きているのだ……。

こんなふうに身体が言うことを聞かなくなるなんて、生まれて初めてだった。

菊夜叉は惑乱するが、異常が生じているのは己だけではないとすぐ気付く。黙って観察に徹していた翠玉と鏡八が左胸を押さえ、苦しげな息を吐いているからだ。

「…こんな時に、発情が…。やはりお前は叢雲の運命だったのか」

ところどころ掠《かす》れた翠玉の呟《つぶや》きが、菊夜叉の胸を突いた。

……発情、だと？

身体が男を求めて疼き、己では制御出来なくなる。男に抱かれ、その精を腹に注がれるまで決して治まらない。それが『発情』だと…オメガならいつか必ず迎えるものだと、物心ついてすぐ教わってはいる。

だが、そんな日が訪れるなど、菊夜叉は信じていなかった。自分は他のオメガとは違う。厳しい鍛錬を積み、身も心もアルファに負けぬほど強靭《きょうじん》な武士なのだと。

実際、普通のオメガが遅くとも十五歳までには発情を迎える――オメガとして花開くと言われるにもかかわらず、菊夜叉は未だ蕾《つぼみ》のままだった。この先もずっと己を失わずにいられるのだと、疑いもしなかったというのに。

「……あ、……っ……」

「菊夜叉……っ！」

ありえない、と否定しかけた唇に、歓喜を爆発させた叢雲がかぶりついてきた。きつく両腕を絡み付かされたまま抱え上げられ、ふわりと身体が宙に浮かぶ。

「……う……っ、ん、んんっ……」

……汚らわしい、……汚らわしい……っ……！

菊夜叉はおぞましさに身を震わせ、ぶんぶんと首を振るが、叢雲の唇は吸い付いて離れなかった。きつく閉ざした唇をこじ開けた舌が、菊夜叉のそれを捕らえ、ぬるりと絡み付く。

「ふぅ……っ、ん……っ、うぅ……」

心の中に渦巻く嫌悪を、身体が裏切る。腰から尻の輪郭を物欲しそうにまさぐられ、硬くなった股間を袴越しに擦《こす》り付けられるだけで、誰にも許したことの無い肌が悦《よろこ》びにざわめく。

……嫌だ。こんなのは私ではない。こんな、春先の雌猫のような……。

尻のあわいがひくひくとひとりでにうごめくのも、下帯《したおび》の中の肉茎が痛いほど張り詰めているのも、全部気のせいだ。さもなくば悪夢だ。白羽家の男子がアルファに、それも西方国の田舎武士相手に発情するなどありえない。

……あっていいはずがない！

「う……、……ん……ぅ、うっ……」

残された僅かな力を込め、菊夜叉は精いっぱいもがいた。鼻緒《はなお》が緩み、すっぽ抜けてあらぬ方向へ飛んでいった草履《ぞうり》を、翠玉が拾い上げる。

「……今はそのくらいにしておけ、叢雲。そろそろここを離れなければならぬ」

「……兄者《あにじゃ》の言う通りだな。この匂いは……少々、毒だ」

目を眇《すが》めた鏡八が、懐から小さなギヤマンの罎《びん》を

取り出し、栓を抜いた。叢雲は差し出されたそれを受け取り、一旦菊夜叉を解放して中身を呷《あお》るや、再び唇を重ねてくる。

「ん…、んんー…っ…」

苦い液体を口移しにされ、菊夜叉は飲み込むまいと必死に足掻《あが》いた。だが唇を離した叢雲に鼻を抓《つま》れ、息苦しさのあまり喘《あえ》いだ喉の奥へ、液体は流れ落ちていく。

「……あ、……っ？」

叢雲を突き飛ばそうとした手は、空《むな》しく宙を掻いた。

視界が霞《かす》む。力が入らない。頭の中が、真っ白に塗り潰されていく。一刻も早く三人のアルファを倒し、助けを呼びに行かなければならないのに。

『…すまない、菊夜叉。許してくれ…』

急速に遠のいていく意識の彼方《かなた》で、誰かが呟く。

こちらを振り返ろうとしたその細い背中は、ゆっくりと深い闇に呑まれていった。

歌声が聞こえた。どこか聞き覚えのある、懐かしい歌だ。

……どこで、聞いたのだったか……。

束の間記憶をさらい、すぐに思い出す。幼い頃、母がよく歌ってくれた子守唄だ。子守りのばあやが歌ってくれるのとは違うその歌は、昔菊夜叉の父親から教わったのだと、菊夜叉だけにこっそり教えてくれた。名も知らぬ父に繋《つな》がる、唯一のよすがだ。

だが、歌っているのは母ではない。か細く、今にも途切れてしまいそうだけれど、あれは……。

「……私の、……声……？」

唇を震わせるや、ずくん、と頭の奥が鈍く痛んだ。歌声は消え、代わりにぼやけた視界がだんだんはっきりとしてくる。

「…菊夜叉…、菊夜叉。良かった、目が覚めたとか」

間近で菊夜叉を覗《のぞ》き込んでいた男が、粗削りだが端整な顔をほっと安堵《あんど》に緩めた。菊夜叉の寝かされた褥《しとね》の傍《かたわ》らに胡坐《あぐら》をかいたその男の正体を思い出した瞬間、全身に纏わり付いていた気怠《けだる》さは一気に吹き飛んでしまう。

「……無礼者！　私に触れるな！」

　しかと握り締められていた手を振り払いながら飛び起き、菊夜叉は巨軀を丸めるようにして座す男をきつく睨み付ける。

「具合《あんべ》はどうじゃ？　気持ち悪くはなかか？」

「…………」

　いいわけがない。頭はどこか霞《かすみ》がかかったようにぼんやりしているし、身体は熱を帯びている。

　けれど菊夜叉は、この男…叢雲に己の不調をわざわざ明かすつもりは無かった。突如現れ、意に反して菊夜叉をさらったアルファなど、言葉を交わすのも汚らわしい。

　……ここは、どこだ？

　熱を孕んだ眼差しが縋《すが》り付いてくるのを無視し、菊夜叉は目線だけを動かして周囲を窺う。

　ゆうに三十畳以上はあるだろう部屋は、何ともちぐはぐな印象を受ける設えだった。青々とした畳を覆う複雑な織りの絨毯《じゅうたん》、百合《ゆり》や薔薇《ばら》を彫刻した脚付きの箪笥《たんす》、螺鈿《らでん》を施した黒塗りの衣装箱、透明なギヤマンを嵌《は》め込んだ水屋、衣桁《いこう》にかけられた華やかな友禅《ゆうぜん》の振袖。馴染《なじ》んだこの国の調度に、異国の香りがふんだんに混ざっている。

　外つ国との貿易で入手した、はるばる海を渡ってきた品々だろう。この室内にある分だけでも、並の武家なら身代《しんだい》を潰してしまうほどの金子《きんす》を費やしたはずだ。

　大藩の家老《かろう》か、藩主自身でもなければ、これだけの調度はとても用意出来まい。もっとも、叢雲がどこぞの家老か大名だとは、とうてい思えないけれど。

「……お前は、何者だ。何故、この私をかどわかした」

　口をきくのも業腹だが、この場で情報を引き出せるのはこの男しか居ない。

菊夜叉が渋々問いかけると、叢雲はぱっと破顔した。そういう顔をすると幼く見える。アルファだから成長が早いだけで、実際の年齢はずっと若いのかもしれない。

「言うたはっじゃぞ、菊夜叉。お前は俺の運命じゃち。やって迎えん行った。かどわかしたとじゃなか」

「…百歩譲ってその運命だとか申すのが真実だとして、では、他の二人は何者なのだ？　まさか付き添いではあるまい？」

叢雲とずいぶん温度差はあったけれど、あの二人…翠玉と鏡八も、菊夜叉を無理矢理にでも連れ去ろうとしていた。叢雲が止めに入らなければ、殺されはせずとも、多少の痛い目には遭わされたに違いない。

「翠玉は俺の長兄、鏡八はそんすぐ下の兄じゃ」

「…は…っ？　貴様ら三人は、兄弟だというのか？」

「…まあ…、つまりはそういうことになる…な」

妙な含みのある答《こた》えよりも、目の前の男が兄弟の一番下だということの方が気になった。

アルファはその能力が高ければ高いほど身体の成長が早く、老化は遅くなる。三人の中で最も見た目が年長なのは叢雲だ。にもかかわらず、実年齢は一番下だという。取りも直さず、それは叢雲のアルファとしての能力が最も高いことを示している。

「だが、あの二人も私をかどわかそうとしていたではないか。…忘れておらぬぞ。私を捕らえるのは我ら三人だと、翠玉とか申すあの男がほざいていたことを」

「…、菊夜叉…」

「機会は平等に与えられなければならない、父上のお言葉だと、鏡八とやらは申していたな。……どういうことなのだ？」

ひたと見据えられ、叢雲は胡坐の膝に置いた拳をきつく握り締めた。黒々とした太い眉が、苦しげに寄せられる。

「……俺を選んでくれ、菊夜叉」

「…っ…」

伸ばされた手を、菊夜叉はとっさにはねのけた。

束の間、母親に拒まれた幼子《おさなご》のような表情を過《よぎ》らせた叢雲に、胸が微かに痛んだのは無視する。

「答えになっておらぬ。私はお前たちの狙いを聞いておるのだ。西方国の田舎武士には、武都の言葉は通じぬか？」

嘲《あざけ》りを強く滲ませても、叢雲はめげずに再び手を伸ばす。拒まれても拒まれても、求めずにはいられないのだとばかりに。

「頼む、俺を選んと…俺を運命じゃち認めっくれ。俺はお前を、誰にも渡したくはなか。……どうか、こん通りじゃ……！」

弾かれた手を畳につかえ、叢雲はなりふり構わずがばりと頭を下げた。平伏だ。誇り高いアルファが、オメガに取っていい行動ではない。かつて襲ってきたアルファたちは、菊夜叉の美貌を誉《ほ》めそやしながら、菊夜叉が思い通りにならぬとわかるや力尽くで従わせようとする不埒者ばかりだった。

運命の番とは、彼我《ひが》の圧倒的な能力差さえもくつがえしてしまうものなのか。そら寒さを覚え、震え上がりつつも、菊夜叉は容赦無くたたみかける。

「私は旗本の子だ。お前など選ぶものか」

「…菊夜叉…、菊夜叉…」

「馴れ馴れしく呼ぶな。…男にこの身をなぶられるくらいなら、私は自ら腹をかっさばく方を選ぶ」

断言すると、逞しい背中がびくんと跳ねた。

「……そんなに、……嫌っとか」

「……？」

「奪わるっくらいなら、…いっそ…」

じょじょに低くなっていく声はくぐもっていて、酷く聞き取りづらい。問い返そうとした時、金箔《きんぱく》に花鳥を描いた襖《ふすま》がすらりと開いた。

「失敗のようだな、叢雲」

現れた翠玉が室内に歩みを進め、その背後に鏡八も続いた。襖の向こうで気配を殺し、ずっと様子を窺っていたのだろう。

「約束だ。…そのオメガ、僕たちにも味わわせてもらうよ」

鏡八は優しそうに見える笑みを浮かべ、平伏したままの叢雲の隣に腰を下ろした。後ずさりそうになる己を叱咤《しった》し、睨み付ける菊夜叉を、面白そうに眺める。

「可哀想《かわいそう》に。おとなしくそいつの番になっておけば、凌辱《りょうじょく》されるのは一人だけで済んだのに」

「何を言って……」

「貴様を番にしたいのは、叢雲だけではないということだ。…たとえそれが、運命ではなくともな」

弟たちと褥を挟んだ反対側に移動した翠玉が、男にしては白くなめらかな手を伸ばし、ついと菊夜叉のおとがいを掬い上げた。さほど力を込められていないのに、振り払えない。緑の目に、酷薄な物言いとは裏腹のほの暗い感情がちらつくせいで。

……怒っている？　一体何に……？

「…鏡八、貴様は如何《いかが》する？」

翠玉の問いに、鏡八はひょいと肩を竦めてみせる。不思議な愛嬌のある瞳を、菊夜叉に据えたまま。

「兄者の次で結構ですよ。しばらくはここで愉《たの》しませてもらいますから」

「……ふん」

鼻先で嗤《わら》い、翠玉はおとがいから首筋へと指を滑らせた。冷たいのに熱を孕んだ矛盾だらけの指先が、いつの間にか着替えさせられていた白絹の単衣《ひとえ》の襟《えり》もとにかかる前に、低く硬い声が響く。

「――待たんか」

おもむろに身を起こした叢雲の双眸に、紅い炎が躍っていた。欲しいものを手に入れるためならその高い能力を遺憾無く発揮し、奪い取るアルファの本能。それこそがこの男の本質だと、今更ながら理解する。

「最初《はじめ》は……こん俺じゃ」

「…これがお前の運命だと申すから説得の時間をやったのに、お前は失敗した。ならば約定《やくじょう》通り、退くのが筋ではないか？」

うわべは冷静を保った翠玉の指先が、微かに震えている。菊夜叉の推測は正しかったのだ。三人の中で、叢雲が最もアルファとしての能力において優れている。

「説得はまだ終わっちょらん。…俺の思いのたけを知っせかせば、菊夜叉もきっと運命を受け容《い》れっくるっはずじゃ」

「しかし…」

「良いではありませぬか、兄者」

いっそ場違いなほどの明るさで、鏡八が割り込んだ。にこやかな笑みは、嫌な予感しかもたらさない。

「叢雲がそこまで申すのなら、今しばし待ってやれば。…ただし、説得が首尾よう参るか、我らもここで見守らせてもらうが」

――構わぬな？

眇めた瞳で問う次兄に、はんっ、と叢雲は鼻を鳴らす。

「好きにするがいい」

「…ふむ…」

翠玉はすっと手を引き、胡坐をかいた。

「ならば良かろう。無駄だとは思うが…せいぜい励むのだな」

「言わるっまでもなか」

まるで似たところの無い三兄弟の会話に、反吐《へど》を吐きそうになった。

番にするだの見守るだの説得するだの、身勝手極まりない欲求ばかり口にする三人は、当の菊夜叉の意志などまるで確かめようとしない。…その必要など無いと思われているのだ。強き者を生む者と崇《あが》められながら、しょせんオメガはアルファにとって都合の良い所有物でしかない。

……そんなこと、認められるものか！

「ぐ…、あぁ…っ…!?」

怒りのまま起き上がろうとしたのを見透かしたように、褥に突き倒された。背中を強《したた》かに打ち付けた衝撃が引かぬうちに、覆いかぶさってきた叢雲が喉《のど》首にかぶりつく。

「あ、あっ……！」

　襲ってきたのは薄い皮膚を破られる鋭い痛み――だけではない。血を滲ませる肌から生じた甘いざわめきがたちどころに広がり、全身を蝕《むしば》んでいく。

……違う。そこじゃない。

　自分と同じ声が、頭の中で物足りなさそうに囁いた。

……項《うなじ》を噛んで。牙《きば》を突き立てて。そうすれば、もっと……もっと……。

「……ぁ……っ、うああああっ……！」

　なおも離れようとしない叢雲の頭を両側から引っ掴み、菊夜叉は滅茶苦茶に脚をばたつかせる。自分で自分が信じられなかった。合意の上で項を噛ませてしまったら、運命であろうとなかろうと、オメガはそのアルファの番に成り下がる。そのアルファの精無しでは、生きてゆけぬ身体に作り替えられてしまうのだ。

　アルファに隷属するオメガになんて、誰がなりたいと願うものか。必死に打ち消すそばから、叢雲にのしかかられた身体は熱を帯びてゆく。経験したばかりの…一生知りたくなかった感覚が、菊夜叉をひたひたと侵食する。

「…は…っ、菊夜叉……」

　菊夜叉の抵抗など、叢雲にとってはそよ風のようなものなのだろう。うっとりと血の匂いを吸い込み、熱い息を喉首の傷口に吹きかけながら、片手で器用に菊夜叉の腰紐《こしひも》を解いてしまう。

「あぁ、……ああ、菊夜叉…、俺の菊夜叉。お前はなんち美しかとか……」

　単衣を引き裂かんばかりの勢いではだけた叢雲が、ねっとりとした眼差しを全身に絡み付かせる。

　下帯は奪われていたから、全てをさらけ出してしまっていた。どれだけ鍛錬しても厚みを増さなかった胸板も、そこに色付く朱鷺色《ときいろ》の突起も、淡い下生えも、竦んで萎《な》えた性器も……雄々《おお》しさとは無縁の身体の、何もかも。

「や、……っ、……」

やめろ、見るなと叫ぼうとして、菊夜叉は気付いた――気付いてしまった。褥の両側に陣取った翠玉と鏡八もまた、菊夜叉の裸身に釘付《くぎづ》けになっていることに。

欲情を滴《したた》らせた緑の目が、陽気な笑みに彩られていた黒い目が、叢雲のそれと共に裸身を舐《な》め回す。

ひく、と喉が勝手に上下した。二人のアルファに視線で犯されながら、自分を運命などと抜かす頭のおかしいアルファに犯される。…一体、どんな悪夢なのだ。

「…ずっと…、ずっと、こんふにお前に触れらるい日を夢見ちゅった。お前よりも美しいオメガなど、世界じゅうを探し回ったち居《お》らぬに決まっちょる…」

「……う、……ぁっ！」

武骨な手が壊れ物を扱うかのように這《は》わされた瞬間、胸の突起から甘い疼痛《とうつう》が走った。

尻のあわいがざわめく。呼吸が浅くなり、吐き出す息に熱がこもる。触れられてもいない肉茎がむくむくと張り詰めていく。覚えのある感覚に、菊夜叉は悲鳴を上げそうになった。

……発情…っ…！

あれからどれくらい経ったのかは不明だが、意識を奪われ、拉致される間に治まったのではなかったのか。いや、もしや飲まされたあの苦い薬は、媚薬《びやく》でもあったのかも…。

「…貴様に飲ませたのは、蘭学《らんがく》の医者が手術に用いる薬を薄めたものだ」

菊夜叉の頭の中を読み取ったかのように、翠玉が擦れた声で囁いた。

「一時的に痛みを麻痺《まひ》させるための薬だが、薄めて用いれば寸《すん》の間《ま》、深く眠らせることが出来る。…ただ、それだけの薬だ。他に何の効果も無い」

「…戯《ざ》れ言《ごと》を…」

「戯れ言を申しておるのは、貴様の方であろう。全身から、むせ返りそうなほどの芳香を漂わせておきながら…」

翠玉は忌々《いまいま》しそうに詰《なじ》るが、何のことかまるでわからなかった。女子のように香《こう》をつけてなどいないし、毎日湯を使っているのだから臭うはずもない。

「これだから、オメガは始末に負えぬ。父上のご命令でなければ、誰が…」

「…な…、…あ、あぁっ、あ……！」

何のことだと聞き返そうとした唇から、甘ったるい悲鳴が溢《あふ》れた。左の突起にしゃぶりつきながら、叢雲が大きな掌《てのひら》に肉茎をやんわりと包み込んだのだ。張り詰めていたそれは僅かな刺激にも敏感に反応し、高みへと駆け上がっていく。望まぬ絶頂が波濤《はとう》のように押し寄せてくる。

「い…やっ、や、やぁぁぁぁー……！」

びくんびくんと四肢を跳ねさせ、菊夜叉は白い蜜《みつ》を吐き出した。武芸の師に厳しい稽古を付けられた時でも流さなかった涙が、屈辱に震える頬を伝い落ちていく。

……こんな…、こんなことが……！

扱《しご》きもしないのに達するなど、生まれて初めてのことだった。しかも自分をさらったアルファの手で…。

それだけでも屈辱なのに、ごくんと唾《つば》を呑む音が、菊夜叉の高い矜持を傷付けた。見なくてもわかる。両脇に控える二人のアルファに、慎みの無い肉茎を眼差しで舐め回されていることくらい。

「…お、…おぉぉ…」

そして菊夜叉に跨《また》ったアルファは、むくつけな身体を歓喜にわななかせ、白蜜を受け止めた掌を躊躇《ためら》いも無く舐めまくるのだ。美味《うま》い美味いと、餌《えさ》にありついた野良犬のように鳴き声を漏《も》らしながら。

「…ひ…、っ……」

密着した腰の中心、叢雲の男の証《あかし》がむくむくと怒張していくのを感じ、菊夜叉は震え上がった。

逃げろと本能は警告するが、いつの間にか脚を開かされ、割り込んだ偉軀に圧《お》し潰されてしまっては、かちかちと歯を鳴らすくらいしか出来ない。

「…なあ、菊夜叉。俺の番になっくれ」

あっという間に白蜜を舐め尽くし、叢雲はやおら顔を上げる。まき散らされる濃厚な雄の匂いが、つんと鼻を突いた。

「…嫌…、嫌、だ…」

「つれないことを言うな。お前じゃち、本当はもうわかっとっとやろ？　俺がお前の運命じゃち…やっで、こん美しい肉体は俺ん手で感じてくるったっとやろ？」

「……違う、…違う違う…っ…！」

熱い掌に項を撫で上げられ、菊夜叉は頑是無い幼子さながら首を振った。

受け容れられるわけがない。アルファの所有物に成り下がるなんて。…菊夜叉を侮り、さらってきたアルファが、運命の番だなんて。

「菊夜叉……」

くしゃりと悲しそうに顔を歪める叢雲に、また胸が痛んだ。傷付いているのは菊夜叉の方なのに、初めて会ったはずのこの男に、どうしてこんなにも心を掻き乱されてしまうのだろう。どうして……遠い昔に、出会ったような気がするのだろう。

——運命の番だから？

「嫌、……ああ、…あぁぁぁっ！」

拒絶の言葉など聞きたくないとばかりに、叢雲は菊夜叉の両脚を抱え上げると、股間に顔を埋《うず》めた。萎えた肉茎が、双《ふた》つの嚢《ふくろ》ごと熱い口内に包み込まれる。

「ああ…っ、…は…ぁっ、あっ、あっ……」

忌《い》み嫌うアルファに男の大切な部分を貪《むさぼ》られる。猛烈な嫌悪感は、肉茎を長い舌に搦《から》め捕られる目のくらみそうな快感に駆逐されてしまう。

……違う、違う違うっ！

この期《ご》に及んで否定しようとする菊夜叉を、与えられる熱に酔いつつある本能が嘲笑《あざわら》う。何が違うものか。男に肉茎を咥《くわ》え込まれ、お前は確かに善《よ》がっている。またはしたなく勃《た》ち上がりつつある肉茎が、その動かぬ証拠だと。

「…これは…」

「……たまらない、な……」

翠玉が呻《うめ》き、鏡八が喉を鳴らした。

二人の居る方を向くのが怖い。離れているはずなのに、艶めいたその声がひどく近くに聞こえる。はあはあと息をするたび、麝香《じゃこう》にも似た不思議な匂いに脳髄《のうずい》を蕩《とろ》かされる。

豪奢《ごうしゃ》な室内には、香炉《こうろ》の類《たぐい》は見当たらない。香を焚《た》いていないのに漂うこの匂いは、一体何なのだろうか。

「……はぁっ、あ、ああっ……！」

まともな思考は形を取る前に溶かされ、霧散してしまう。さも美味そうに肉茎を貪る男と、湧き上がる快楽だけしか考えられなくなっていく。

叢雲の長く肉厚な舌は器用で、そして執拗《しつよう》だった。執念深い蛇のようにうごめき、菊夜叉の肉茎を締め上げ、敏感な肉を這い回る。…菊夜叉を喰らい、屈服させるために。

——項を差し出せ。

かつて菊夜叉を襲い、容赦無く返り討ちにしてきた何人ものアルファたちと同じ身勝手な要求を、叢雲は無言で突き付ける。

——俺の番になれ。そうすれば、絶対に守ってやる。翠玉からも鏡八からも…お前を脅かす全てのものから。

「…あ…、ああ、あん…っ…」

世迷い言をと詰るはずの声は、自分でもそら恐ろしくなるほど甘ったるい嬌声にすり替わった。あの不思議な匂いが、一段と強くなる。

……何だこれは……私が、私ではなくなっていく……。

「……菊夜叉……」

突如肉茎を解放し、叢雲はやおら身を起こした。もっとしゃぶって欲しかったのにと嘆く己を見透かされてしまいそうで、菊夜叉はとっさに紅い炎の揺らめく双眸から顔を逸《そ》らすが、小さな衣擦《きぬず》れの音に思わず振り返り――絶句する。

生まれたままの姿で膝立ちになった叢雲の裸身…若さの漲《みなぎ》る仁王《におう》の如き堂々たる体軀。その中心にそびえる魔羅《まら》の偉容と言ったらどうだろう。幼子の腕ほどありそうな赤黒い刀身は長く、ふてぶてしいまでに反り返り、熟れた切っ先から先走りをだらだらと垂らしている。雄としての強さを誇示するかのように。

強烈な敗北感に、菊夜叉は打ちのめされた。

目の前のアルファは、菊夜叉がかくありたいと願った強い男そのものだ。こんなふうに成長していれば、祖父とて元服を許してくれただろう。幕府軍の先陣を切り、南長の裏切り者どもをこの手で冥土《めいど》に送ってやれたに違いない。

…けれど、現実は無惨だ。

直参《じきさん》旗本の子が、男に組み敷かれ、いいように弄《もてあそ》ばれている。その様を、興奮も露《あら》わなアルファたちに注視されている。

「今ならまだ間に合う。…俺に、お前を守らせっくれ」

きっと叢雲は、こうしてわざわざ許しを請わなくても、菊夜叉を滅茶苦茶に引き裂くことが出来る。合意が無ければ項を噛んでも番にはならないが、恐怖と苦痛で支配するのはじゅうぶんに可能だろう。

それをしないのは、叢雲にとって菊夜叉が運命の番だから――弱く儚《はかな》く、守らなければならない存在だからだ。

菊夜叉は拳を握り込み、掌に爪を食い込ませた。強くなるばかりのあの匂いに酔わされ、霞がかった頭が、痛みでほんの少しだけ鮮明になる。

「…言った…、はずだ。お前の番になるなど、ありえない」

「…何故《ないごて》や。何故そげん俺を嫌う。俺はお前を…、お前だけをずっと求めっきたのに…」

「お前だろうと、そこの二人だろうと…私は、誰の番にもならない。私の身体は、私だけのものだ…っ…！」

宣言する菊夜叉に、束の間、叢雲のみならず翠玉と鏡八までもが魅せられ、動けなくなった。時間にすれば僅か数拍にも満たない隙だが、菊夜叉が目的を果たすにはじゅうぶんだ。

鹿のような素早さで上体を起こし、叢雲のせり出た喉仏に掌底《しょうてい》を叩き込む。アルファの身体能力は只人を凌駕《りょうが》するが、人の範疇《はんちゅう》から外れた存在ではない。急所をまともに攻撃されれば相応の痛手を受ける。叢雲とて、呼吸困難に陥るのは避けられない。

なのに——掌底が叢雲の喉仏を捕らえかけたその時、菊夜叉を囲む世界はぐるりと回転した。


「……あっ……？」

「菊夜叉…っ…！」

間抜けな呟きを零し、倒れ掛かる菊夜叉を、我に返った叢雲が難無く受け止めた。日焼けしたその肌に鼻先を埋めたとたん、全身の血が一瞬で沸騰する。

——欲し、い。

くらくらする頭に響いたのは、紛れも無く菊夜叉の声だった。

——欲しい、欲しい欲しい欲しい。極上のアルファ…運命の番の孕み汁で、この腹を膨らませたい。

「…い、…や、…だ…」

震える唇が紡ぎ出した弱々しい拒絶と、菊夜叉の行動は正反対だった。艶然《えんぜん》と微笑みながら叢雲の太い首筋に腕を回し、硬直する耳朶《じだ》を甘く噛む。

まるで菊夜叉の中にもう一人の自分が居て、内側から操っているかのようだ。やめろ、こんなのはおかしいと警告する最後の理性さえも、ねっとりと濃厚なあの匂いが駆逐していく。

……ああ、そうか。

きっとあの匂いは、アルファがオメガを魅了するために漂わせる匂いだ。

アルファの匂いは優秀であればあるほどオメガにとって魅力的に感じるが、運命の番ともなれば、一度嗅《か》いだら理性が崩壊してしまうほど強力なのだと、遠い昔教育係から教わったのを思い出す。菊夜叉には無用の知識だったから、すっかり忘れ去っていたけれど…。

番を狂わせる魅惑の匂い。

菊夜叉もまた、それを放っているのだろうか。だから叢雲は…翠玉と鏡八までもが理性を奪われた？

……そんなことは、どうでもいい。

菊夜叉を操るもう一人の自分が、うっそりと囁いた。

……お前はオメガだ。叢雲も翠玉も鏡八も、ここに居るのはずば抜けて優秀なアルファばかり。たんと精を喰らって、骨抜きにしてやればいい。


「…そんな、…愚かな、…ことを…」

唇が紡ぐ声音を、またもや身体は裏切った。今にも暴発しそうな魔羅に乗り上げ、尻のあわいをぐりぐりと押し当てる。お前の収まるべき鞘《さや》はここにあると、そそのかすように。

「……お、……うおおおおおっ！」

それが叢雲の理性を根こそぎ奪い去ったのだと、気付いたのは獣めいた咆哮《ほうこう》が轟《とどろ》いた後だった。

引き締まった逞しい腰を跨《また》いでいた身体を、荒々しく抱え上げられる。雄々しく隆起した刀身を、自ら菊座にあてがう菊夜叉に、何の躊躇いも無かった。

…少なくとも、身体だけは。

「……い…、や…、…嫌、…嫌、嫌っ……」

繰り返される拒絶を言葉通りに捉える者など、菊夜叉以外誰も居ないだろう。再び叢雲の首筋に縋り、腰を落としていく菊夜叉は、喜んで男を喰らう淫乱《いんらん》なオメガにしか見えまい。

「は…っ、ああぁぁー……っ！」

解されるどころか、一度も触れられていないはずの菊座は柔らかく綻《ほころ》び、幼子の握り拳ほどの切っ先を容易《たやす》く呑み込んだ。いっそ激痛と共に裂けてしまった方が、菊夜叉は救われただろう。

ぬちゅり、ぐちゅりと刀身が媚肉を穿《うが》ちながら奥に進むたび聞こえる粘着質な音が菊夜叉に追い討ちをかける。己の細く狭い肉の道には余るほどの魔羅が苦も無く腹に押し入れるのは、只人やアルファならば決して濡れないそこが自ら濡れそぼち、魔羅をより深くへ引き込もうとしているからなのだ。

いくら鍛錬を積もうと、この身は紛れも無くオメガなのだと、内側から腹を拡げられる快感が突き付ける。

ぐる…、と喉を鳴らす音が間近で響いた。

「ひぁ…、あぁっ、あっ！」

じりじりと媚肉に呑み込まれるのに焦《じ》れた叢雲が、菊夜叉の細腰を鷲摑《わしづか》みにし、強引に引き寄せる。血の管を幾本も浮かび上がらせた刀身は濡れた肉を掻き分け、根元まで一気に腹の中に収まった。

「あ……あ、…菊、夜叉……」

悦楽の混じった歓声を上げたのは、叢雲だけではない。両側からもまた欲情に染まった呻きが聞こえ、菊夜叉は叢雲の肩越しに視線を巡らせた。眼差しが嚙み合い、ぱっと朱を注いだ鏡八に、紅い唇を吊り上げてみせる。

「……っ、君は……」

うろたえる鏡八を愉しめたのは、束の間のことだった。番が他の男を見ていることに気付いた叢雲が、鋭い犬歯を剝《む》き出しにして肩口に嚙み付いてきたからだ。

「…俺以外の男を、見んな…っ…！」

「ああ…んっ…」

火照った肌を食い破られる痛みすら、即座に快楽にすり替わり、正気を食い散らかしていく。

そして——。

「お前は俺のもんだ。俺だけけん番じゃ。俺の、俺の、

俺だけん……っ……！」

「……あ、や……ぁっ、あんっ、あっ」

「……俺の、美しい菊夜叉……。愛しちょる、愛しちょる、お前だけをっ……」

人の言葉を吐き出しているはずなのに、獣の雄叫《おたけ》びにしか聞こえない叢雲の睦言《むつごと》もまた、菊夜叉を悦に入らせる。圧倒的強者たるアルファを人と獣の狭間へ堕としてやったのは、間違い無くこの自分なのだ。

「……叢雲」

蜜よりも甘い囁きを吹き込んでやった瞬間、腹の中の魔羅が大きく脈打ち、ぶるりと胴震いした。臍《へそ》の下——ちょうど切っ先の収まった、僅かに膨らんだあたりをそっと撫でてやれば、腹の中に熱い飛沫がぶちまけられる。

「ぐ……っ、お、おおおっ……」

「あ……あ、あー……！」

細腰を己のそこに押し付けた叢雲の咆哮と、菊夜叉の嬌声が混ざり合った。痙攣する媚肉を切っ先はがつんがつんと容赦無く突き上げ、放たれたばかりの孕み汁を奥へ奥へと送り込む。

「……う……う、ふ、……んっ……」

おびただしいその孕み汁の量に、菊夜叉は圧倒された。腕の中にすっぽり閉じ込められ、貫かれたまま背骨が軋《きし》むほどきつく抱きすくめられると、孕み汁が胃《い》の腑《ふ》を突き破って喉奥から溢れ出てしまいそうだ。

オメガは番と認め、項を噛まれた相手でなければ孕まない。もし菊夜叉が叢雲に項を許していたら、今の一度で確実に身ごもらされていただろう。

恐るべき精力に身震いしつつも、菊夜叉は愉悦に唇を歪める。

出会いからこちら、名を呼んでやったのはさっきが初めてだったが、叢雲を欲望の塊に変化させるだけの効果があったらしい。果てたばかりにもかかわらず、衰えを知らぬ魔羅は菊夜叉の中で再び奮い立ち、薄い腹を膨らませている。

「…は、…はぁ…っ、…菊夜叉…」

己が刻んだばかりの肩口の傷にねっとりと舌を這わせ、囁きかけてくる叢雲――その心の中ではきっと、菊夜叉に対する狂おしいまでの愛情と欲望が渦を巻き、荒れ狂っているだろう。

菊夜叉は自ら叢雲に貫かれて善《よ》がり、その孕み汁まで注がれたのだ。受け容れられたのだと…今なら項を許してもらえると、確信したに違いない。

「愛しい、…愛しい俺の菊夜叉…」

――ほら。厳《いか》つい容姿からは想像もつかぬ甘ったるい声で囁いた叢雲が、菊夜叉の項にそっと触れる。未だ腹に居座ったままの魔羅とは裏腹の優しさで。

「…俺ん番《つがい》に…、なっくるっよな…？」

「く……」

「…この、…っ…」

存在すら忘れていた翠玉と鏡八が忌々しげに舌を打つが、叢雲も菊夜叉も一顧だにしない。互いの瞳に映るのは、互いの姿だけだ。艶やかに微笑む菊夜叉は、天女にも菩薩《ぼさつ》にも見えたことだろう。

「ふふ……」

そう確信出来るからこそ、菊夜叉は笑みを深める。極上のアルファ三人の眼差しを…欲望を、一身に集めて。

「……お断り、だ」

何を言われたのか、すぐにはわからなかったのだろう。いや、わかりたくなかったのか。

「…ことわ…、る…？」

寸の間、目を見開いていた叢雲の顔が、困惑から絶望へと染め変えられていく。

菊夜叉は喉奥から溢れそうになった快哉《かいさい》をすんでのところで呑み込み、両脚を引き締まった腰にゆっくりと絡めた。長くしなやかなそれに翠玉と鏡八が釘付けになっているのは、勿論《もちろん》気付いている。

「私は誰のものにもならぬ。…何度請われようと、答えは変わらない」

「じ…、じゃってんお前は、俺を受け容れて…」

「…身体を支配すれば、心も屈服させられるとでも思っているのか？」

だとすればこの男も、かつて菊夜叉に群がってきたアルファどもと変わらない。

何が運命だ。何が番だ。何が『守ってやる』だ。たいそうなお題目を並べたって、ようは菊夜叉を…オメガを犯し、孕ませたいだけではないか。

「…っ…、違う。俺は、お前を…」

「愛している、と？」

——お前は愛する者の意志を無視し、さらうのか？　犯すのか？　それがお前の愛情なのか？

鼻先で嗤い、菊夜叉は未だ萎えぬ魔羅をきゅっと締め上げた。小さく震えた分厚い胸板に頬を擦り寄せ、おもむろに腰を揺らめかせる。欲しいのはこれだろうと、嘲弄《ちょうろう》するかのように。

「…あ…、ああ…、…俺、は…」

わなわなと震える叢雲の瞳の奥でもつれ合うのは、恐怖か、混乱か、愛情か、欲望か。きっと全てだろう。徹底的に拒絶され、嘲られてもなお消えぬ情欲の炎が、くすぶっているのだ。

「……俺は？」

熟した胸の肉粒をぐりぐりと押し付け、菊夜叉はそっと叢雲の背に腕を回す。小さな呻きが頭上から落ちてきたのは、中に出されて勃ち上がった肉茎から、アルファを魅了するあの匂いが強く漂ったせいかもしれない。

「俺は、何なのだ？　叢雲…」

「…違う…、俺は、俺はお前を愛して…」

愛しているのだと主張したいのなら、この時、叢雲は菊夜叉を突き放すべきだったのだ。

けれど放せない。離れられない。やっと見付けた、運命の番から——。

「……あぁ…っ…！」

繋がったまま褥に押し倒され、菊夜叉は今度こそ快哉を叫んだ。

尖《とが》った肉粒ごと胸をまさぐり、熱を帯びた肉茎をぐちゅぐちゅと揉《も》みしだき、一回りは小柄な身体に怒張した魔羅を容赦無く突き入れ、がくがくと揺さぶる。飢えた獣よりもあさましい行動は、叢雲の敗北を示していたからだ。

……勝者は、私だ。

「あん…っ、あ…、…あぁ…っ…」

甘い嬌声を惜しみ無く振りまきながら、菊夜叉は艶めかしい笑みを浮かべる。叢雲を煽り立てるため…だけではない。かぶりつくように自分たちを凝《ぎょう》視《し》しているだろう翠玉と鏡八に、勝者の姿を見せ付けてやるためだ。

きっと二人は、叢雲がまぐわいを終えた後、孕み汁まみれになった菊夜叉を順繰りに犯すつもりだろう。

菊夜叉に拒むすべは無い。旗本の子として誇り高く生きてきたこの身体は凌辱され、汚穢《おわい》にまみれる。けれど勝者は彼らではなく、菊夜叉なのだ。この身を犯されたくらいで、菊夜叉の心は折れたりしない。菊夜叉に心を支配され、欲望のままに突き動かされた彼らの方が敗者なのだ。

菊夜叉を犯せば犯すほど、彼らは己の敗北を噛み締めることになる。それでも良ければ、いくらでも犯せばいい。

「…ふ…っ、…ふふ、ふっ……」

室内に立ち込めたあの匂いを、菊夜叉は胸いっぱいに吸い込んだ。

攪拌《かくはん》された孕み汁が腹の中で泡立ち、ごぽごぽと音をたてながら最奥へ流れ込んでくる感触も、内側から腹を食い破られそうな圧迫感すら、今の菊夜叉にとっては勝利の美酒に等しい。

——これこそがオメガなのだ。

誰に教えられるでもなく、菊夜叉は悟った。オメガはアルファに蹂躙され、子を産まされるだけの弱い種ではない。その芳香と魅力でアルファを内側から操る、支配者なのだ。

「菊夜叉…、菊夜叉っ…、愛しちょる。愛しちょる、愛しちょる…どうか、俺を信じっくれっ……」

「あん…っ、あっ、あぁ…、あ……！」

深々と魔羅を突き立てられた最奥に、再び放たれた孕み汁は一度目よりも多く、粘り気を増して、菊夜叉の媚肉に絡み付く。まるで己以外の子種がそこに宿るのを、防ぐかのように。

アルファはその能力に比例し、精力も増していくという。きっと叢雲は、一度や二度では満たされない。ひょっとしたら、死ぬまで…否、死んでも犯され続けるのかもしれない。

それでもいいと思える自分が、菊夜叉は不思議だった。何としてでもここを抜け出し、祖父のもとに生きて帰らなければならない。アルファ如きに、この命をくれてやるわけにはいかないのに。

……運命の番だから？

ふっと過った思考を、菊夜叉は即座に否定する。叢雲が菊夜叉の運命だなんて、あるわけがない。

…ただ、時折覗かせる迷子《まいご》の子どものような表情に、胸が乱されるのだ。手を差し伸べ、抱き締めてやりたくなるような…。

「…はあ、はあ、…ハ…ッ…」

「あ……」

獣の顔をした叢雲に腹をまさぐられるや、埒も無い考えは霧散した。

未だ雄々しさを失わぬ魔羅で綻んだ菊座に栓をし、僅かに膨らんだ腹を恍惚《こうこつ》としてまさぐり続ける叢雲は、そこに己の子が宿る妄想に耽《ふけ》っているのかもしれない。…そんな日は、永遠に訪れないとも知らずに。

「……もっと……」

滴る蜜のように甘く囁かせたのは、アルファを支配するオメガの本能だったのか…はたまた、叢雲の切なげな表情に乱された心だったのか。

「お…っ、おおおっ、…菊夜叉、……俺の菊夜叉……！」

どちらともわからぬうちに繋がったまま四つに這わされ、膨らんだ腹をきつく抱き締められる。ごくりと、翠玉たちが息を呑む音が、肌と肌がぶつかり合う音に混ざり合う。

背後から激しく最奥を突きまくられるうちに、菊夜叉の意識は白い闇に沈んでいった。

「……う…、…ん…っ…？」

またあの懐かしい子守唄が聞こえ、菊夜叉は泥のような眠りから引き上げられた。

——坊《ぼう》や。私の可愛い坊や……。

自分と同じ声が、自分では決して出せない柔らかく甘い旋律を紡いでいる。妙に心惹《ひ》かれるそれに促されるがまま起き上がるや、身体の奥が鈍く痛み、へなへなと褥に崩れ落ちる。

「……う…っ……」

鼓動に合わせて痛みが走るたび、意識を失う前の記憶が鮮明になってくる。

——結局、翠玉と鏡八は菊夜叉を犯さなかった。

…否、正確には犯せなかった、と言うべきか。

『菊夜叉は俺の番だ。他《よそ》ん男には決して渡さん…！』

指一本動かせなくなるまで菊夜叉を犯し抜いた叢雲が、ぐったりとした身体を腕の中に閉じ込め、放そうとしなかったからだ。

憤怒の炎を纏い、牙を剥いて威嚇《いかく》する叢雲は、朦《もう》朧《ろう》とする意識でも震え上がるほど恐ろしかった。実際、何刻も菊夜叉を責め立てたにもかかわらず、叢雲の体力は失われるどころかいや増しており、丸腰でアルファ二人を敵に回しても負けなかっただろう。恐るべき能力だ。

それは翠玉も鏡八も、理解出来たらしい。

『…今回ばかりは、致し方あるまい』

『ただし、父上には報告させてもらうよ』

二人は渋面《じゅうめん》を作りつつも手出しはせず、おとなしく引き下がったのだ。菊夜叉を犯せば自らの敗北を認めることになると、悟っていたからかもしれないが。

二人が退出していった後、体力の限界を迎えた菊夜叉は眠り込んでしまったが、叢雲がどうしたのかはだいたい想像がつく。きっと孕み汁まみれになった菊夜叉を手ずから拭《ふ》き清め、抱き締めて眠ったのだろう。あれほど執拗に抱き潰されたはずの身体にはべたつきも汚れも無いし、熱く逞しい腕に包まれる感触を夢現《ゆめうつつ》に感じていたから。

だが今、二人のアルファを撃退してまで離れようとしなかった叢雲の姿は無い。広い室内に居るのは菊夜叉だけだ。

痛みが治まるにつれ、ぼんやりしていた頭も働き始める。未だ男の熱い手と舌が全身を這い回っているような感覚を、菊夜叉は強引に振り払った。

「……父上と、言っていたな」

——機会は平等に与えられなければならない。…父上のお言葉、忘れたのか？

さらわれた寺院でも鏡八がそう言っていたし、叢雲に押し倒された時も、翠玉が父上の命令でなければとぼやいていたはずだ。

……つまり、私をかどわかすよう命じたのは、奴らの父親ということか？

菊夜叉を運命の番と信じ込んでいる叢雲以外の二人は、最初、菊夜叉にさほど関心を寄せていなかった。翠玉に至っては、オメガという存在に嫌悪すら示していた。気は進まないが、父親の命令だから仕方無い、というところだったのだろう。

……南虎藩か長龍藩…もしくはその一派の家中の者か？

あの裏切り者どもなら、幕臣の子弟のかどわかしを企んでもおかしくはない。しかし、白羽家は確かに譜代旗本の名家だが、当主たる祖父は療養中の身だ。もっと高位の幕臣の身内を狙う方が効果的だろう。

もしくはアルファの世継ぎを得るため、オメガをさらわせたのか。

いずれにしても――。

「…情報が足りなさすぎる、な」

こんなところは一刻も早く脱出したいが、やみくもに逃げても捕まるだけだろう。叢雲たちがいつ戻って来るとも限らない。

「……？」

考え込んだ時、またあの子守唄が聞こえてきて、菊夜叉はそっと褥を抜け出した。痛みを堪《こら》えながら畳を這い、花鳥の描かれた襖に耳を当ててみる。

――お休み……さい、…坊や……。

切れ切れに聞こえる歌は、だんだん間遠になっていく。

……行ってしまう！

「……待て…っ…！」

刹那、狂おしい衝動が胸を突き、菊夜叉は襖を勢い良く開け放った。手入れの行き届いた広い中庭を取り囲む濡れ縁を、ほっそりとした後ろ姿が進んでいく。懐かしい歌を口ずさみながら。

「待て…、待ってくれ…っ…」

「――稚児様《ちごさあ》？」

痛みも忘れて跳ね起き、追い縋ろうとした菊夜叉の前に、長身の男が立ちはだかった。地味な小袖に袴を着け、全体的に垢抜《あかぬ》けない空気を漂わせているが、目鼻立ちは美形と言える程度には端整だ。

「……退《ど》け！」

菊夜叉は男の脇をすり抜けようとしたが、すれ違いざま、手首をぐっと捕らわれてしまった。とっさに振り払おうとしても、男の節《ふし》ばった指はがっちり食い込み、びくともしない。

「放せ！　放さぬか…っ！」

「稚児様…、稚児様、どうかお静まりを。いっき若様がたばお呼びいたしまって。…おい、おまんしら！　稚児様のお目覚めやっど。早よ来《け》え！」

男が叢雲たちより強い西国訛りで声を張り上げるや、そちこちから何人もの男たちが駆け付けた。

皆、菊夜叉の手を掴んで放さない男と同じくらい長身で、叢雲には劣るものの鍛えられた体格をしている。若い娘たちが騒ぎそうな美形揃いだ。

……こやつら…、全員アルファか……。

十人ほどに取り囲まれ、菊夜叉は息を吞んだ。稀《け》有《う》なアルファはたとえ百姓の子に生まれようと無条件で士分に取り立てられるが、これだけの数のアルファを抱える家は高位の幕臣か大名くらいだ。

「貴様……」

「お許しくいやい、稚児様！」

話しかけようとしたとたん、男は菊夜叉の手を解放し、がばりとその場にぬかずいた。他の者たちも男に倣《なら》い、いっせいに膝を突く。

その向こう側の濡れ縁に、歌い手の細い背中はもう無かった。どこかの部屋に入ったのだろうか。遠目にも高価そうな摺箔《すりはく》をあしらった小袖を着流しにしていたし、家臣には見えなかったが…。

「数《かつ》にもならん身でありながら、稚児様のかぐわしき御手ん触れた無礼。我《わい》が一命をもっせえ償いもすっ……！」

「……な…っ…!?」

男は差していた脇差を抜き放ち、逆手に持ち替えた。躊躇いもせず己の喉首を貫こうとした手に、菊夜叉は慌てて飛び付く。

「…稚児様!?」

「いきなり、何をする…！」

眦を吊り上げた菊夜叉が男の手首を掴んだとたん、取り囲む人垣はどよめいた。

噴き出した熱気…そして殺気に、菊夜叉は束の間圧倒される。彼らは今まさに喉を突いて果てようとする男の、朋輩《ほうばい》であるはずだ。それを制止するどころか、殺気を放つとは…。

「お…、お放しくいやい、稚児様…」

弱々しい懇願とは裏腹に、男の手には力がこもったままだ。初対面の、それも叢雲たちの家中の者であっても、自刃《じじん》するとわかっていて放せるわけがない。

「放して欲しいのならば、まず刀を手放すがいい」

「…じゃっでんそいがしは、咎人《とがにん》やっで…」

「咎人？　貴様が、何の罪を犯したと申すのだ」

「――稚児様ん御手を、穢《けが》せった罪にございまする」

答えたのは、人垣の中心に座した吊り目の男だった。外見は男たちの中で最も年かさだ。落ち着いた佇まいといい、纏め役的な立場にあるのかもしれない。

菊夜叉はぴくりと眉を震わせた。

「…私の手を…？」

「左様。そん者は『御兄弟《ごきょうだ》』にあらぬ身にもかかわらず、尊き稚児様に触れ、穢してしまい申した。死をばもって償うんが当然にござもんそ」

吊り目の男が断言するや、あちこちから賛同の声が上がる。脇差を手にした男すら、否を唱えようとはしない。

「馬鹿な……」

男は逃げる菊夜叉を捕らえたに過ぎない。当然の務めを果たしただけだろうに、触れただけで死に値する罪だというのか？

「……何の騒ぎだ？」

張り詰めた空気を、玲瓏《れいろう》たる声が破った。渡り廊下の奥から現れた麗人は、いっせいに平伏する男たちには一瞥もくれず、菊夜叉に片眉を顰めてみせる。その背後には鏡八の姿もあったが、兄とは対照的に柔和な表情を浮かべるだけで、口を挟もうとはしない。

ふと目が合い、にこりと微笑みかけてきた鏡八から、菊夜叉はとっさに顔を逸らした。露骨に嫌悪を示す翠玉よりも、アルファにはありえないほど柔らかい物腰の鏡八の方が何故かそら恐ろしい。

「やはりお前か。…何があった？」

翠玉の心底嫌そうな口調は癪《しゃく》に障《さわ》ったが、死に急ごうとする男を止められるのは翠玉か鏡八だけだろう。二人とて、あたら臣下の命を失わせるのは望まないはず。

そう思ったのだが…。

「どこが問題なのだ？」

経緯を聞き終えた翠玉は、開口一番、そう言い放った。

「我ら兄弟に連なる者以外が稚児に触れるは、主君に対する反逆も同然の重罪。藩法でもそう定められておる」

「何だと…？」

菊夜叉は鏡八に視線で問いかけるが、無言で頷《うなず》かれてしまい、呆然とした。

藩法の定めであろうと、たかが菊夜叉に触れたくらいで命を断ち切られていいわけがない。だが男を死なせたくないと思っているのは、菊夜叉だけなのだ。

――どうにか、男を生かすすべは無いものか。

「それでもなお、その者を死なせたくないのなら…」

懊悩《おうのう》する菊夜叉に近付いてきた鏡八が身を屈《かが》め、菊夜叉に耳打ちをする。

「…おい、鏡八…」

アルファの驚異的な聴力で聞き咎めたのか、翠玉は眉を顰めるが、弟にひらひらと手を振られて押し黙った。

訝《いぶか》しみつつも、菊夜叉は鏡八に教えられた内容を行動に移す。

「――許す」

「…っ…、あぁ……」

男は脇差を取り落とし、わなわなと震えながら、菊夜叉が差し出した白絹の単衣の袖に縋った。鏡八が拾い上げた脇差を一閃《いっせん》するや、袖は肩口から断ち切られ、男の手にするりと落ちる。

「……これで、この者は稚児の『許し』を得た。以後、この者の罪を問うことはまかりならぬ」

「おおおおお……」

鏡八の厳かな宣言に、周囲の男たちは色めき立ち、袖に縋った男同様、滂沱《ぼうだ》の涙を流し始める。例外は苦虫を噛み潰したような顔で腕を組む翠玉と、己の行動の意味すらわからぬ菊夜叉だけだ。

　異常な熱狂の理由を説明されたのは、翠玉によって部屋に連れ戻された後だった。

　鏡八は付いて来ていない。菊夜叉の袖を抱き締めて放さぬ男と、沸き立つアルファたちを連れて行ったのだ。別れ際、菊夜叉に片眼を瞑《つぶ》ってみせて。

「……我が家では、オメガは崇拝の対象なのだ」

「崇拝…？」

「我が家は戦国の昔から、武をことのほか重んじてきた。代々の当主に幾人ものオメガをあてがい、生まれてきた何人ものアルファを競わせ、生き残った一人を当主に据えるほどにな」

「何人ものアルファを？　…もしや…」

　はっとした菊夜叉に、翠玉は神妙な面持ちで頷く。

「そう。さっきお前が遭遇した者どもは、我が父がオメガたちに産ませた数十人以上の息子…そのほんの一部だ」

「…つまり、貴様の兄弟ということか」

「血縁上は、そうなるな」

　翠玉たちの父親は各地から二十名近いオメガを合法、非合法問わぬ手段を用いて集め、番ったのだという。オメガは生涯にたった一人の番しか持てないが、不公平なことに、アルファは己の精力が続く限り番を増やせるのだ。

　そうして生まれてきたアルファたちは、物心ついた頃から過酷な生存競争を強いられた。自分が生き残るため、血の繋がった兄弟を蹴落とし、時にはその命すら奪う。息子たちの争いに、父親はよほどのことが無い限り口を挟まないし、特定の息子に肩入れもしない。父親もまた同じ競争を生き抜き、当主の座を摑み取ったからだ。

　ある者は命を落とし、ある者は敗北を悟って争いから身を引き……最終的に父親の息子と認められたのは、翠玉と鏡八、叢雲だけだった。蹴落とされ、生き残った他のアルファたちは臣下に降《くだ》り、認められた三人を『御兄弟』と呼んで仕えている。

「オメガ無くして、アルファは生まれて来られぬ。ゆえに我が家ではオメガを生き神の如く崇め、当主の子と認められた者以外が触れるのを厳しく禁じるのだ。劣等種が子孫を残すなど、万が一にもあってはならぬことだからな…」

すう…と、背筋を冷たい手で撫でられたような心地がした。

「…まさか、貴様らの父親というのは…」

祖父から聞いたことがある。西国のさる大藩では、当主が大勢のオメガを集めて子を産ませ、最も強い者を次の当主に据えるのだと。当主になれなかった者たちもアルファであることに変わりは無いから、只人より遥かに優れた武士になる。通常、一つの大名家が抱えるアルファはせいぜい二、三名だから、破格の多さだ。

大勢のアルファを抱えたその藩は西洋から武器まで手に入れ、幕府軍を圧倒し、とうとう当代の将軍が朝廷に政権を返上するまでに追い詰めた。

「…南虎藩主、黒須《くろす》綱久《つなひさ》。我らが父上だ」

幕府最大の裏切り者。許されざる反逆者の名を翠玉が告げた瞬間、目の前が真っ赤に染まる。

「…っ…、貴様ぁ……！」

絶叫しながら飛びかかる菊夜叉の頭には、ぐったりと褥に横たわる祖父の姿が浮かんでいた。

黒船来航以降、諸外国との交渉を一手に引き受け、この国を守るため老体に鞭打《むちう》って粉骨砕身してきた祖父が倒れたのは、密約を結んだ南虎藩と長龍藩が討幕軍を旗揚げした直後だ。こんな身では南長の裏切り者どもを迎え撃てない、足手まといになってしまうと涙を零していた。

敬愛する祖父を…幕臣の鑑《かがみ》とも謳《うた》われた武士を絶望の淵に突き落とした。その首魁《しゅかい》とも言うべき綱久の息子が、目の前に……！

「……菊夜叉っ！」

襖が乱暴に開かれたのは、男にしては細い首を締め上げる寸前だった。躍り込んできた叢雲が圧倒的な膂力で菊夜叉を引き離し、背後から抱きすくめる。

「放せ！　放さぬか…っ…！」

「翠玉…菊夜叉に何《なん》をした？」

　じたばたと暴れる菊夜叉の頭越しに、叢雲は恫喝の滲んだ問いを投げかける。只人なら卒倒しかねないそれに、翠玉は形の良い眉を寄せただけだった。

「何かされそうだったのは私の方だ。お前も見ていたであろうが」

「菊夜叉が、何の理由も無く暴力を振るうはずがなか。最初にお前が何かしたに決まっちょる」

「……妄信か。まことに、運命の番とは厄介な……」

　翠玉はうんざりと溜息《ためいき》を吐き、弟を睨み返す。

「…我らの父上の名を、教えてやっただけだ」

「っ…、菊夜叉はまだ、目覚めたばかりじゃっど!?」

「そう、目覚めたばかりなのにふらふらと部屋を出て、劣等種どもに囲まれておったのだ。遅かれ早かれ知っただろうよ。…我らの父上は、幕臣の裏切り者だと」

　菊夜叉を捕らえる腕が、びくりと震えた。すかさず振り解こうとしたのを見透かしたように、翠玉はずいと顔を寄せてくる。

　この国の純粋な民ではありえない緑色の瞳には、苛立たしさだけではない複雑な感情が揺れている。

「この屋敷で安泰に過ごしたければ、叢雲の傍を離れぬことだ。貴様は『稚児』…ただのオメガではないのだからな」

「…稚児…、だと…？」

　皮肉たっぷりに告げられた言葉には、聞き覚えがある。さっき外で遭遇した男たちが、菊夜叉をそう呼んでいたはずだ。

「あとは叢雲に聞け。私はそう暇な身ではない」

「あ…、…待て…っ…！」

　必死に手を伸ばす菊夜叉を無視し、翠玉はさっさと退出していった。息苦しくなるほどの抱擁が解かれ、自由になったのは、襖の向こうの足音が完全に聞こえなくなってからだ。

「…何故っ…」

「……すまぬ！」

何故、私の邪魔ばかりするのだと詰る前に、叢雲は何の躊躇いも無く頭を下げた。肩透かしを食らい、眉を顰める菊夜叉に、切々と訴える。

「お前の望みならば、どげんことでも叶《かな》えてやる。…じゃってん、翠玉に手出しをすっとだけはならん」

「…あやつが、貴様の兄だからか？」

「違う。……翠玉は、オメガを忌み嫌っちょる。お前が『稚児』であってん、襲われれば容赦はせんじゃろ」

もし菊夜叉が翠玉の首に指一本でも触れていたら、翠玉は迷わず菊夜叉を殴り飛ばしていた。そう断言され、疑う気持ちが湧かなかったのは、翠玉の言動の端々にオメガを疎んじる気配が感じられたからだろう。

つまり菊夜叉は間一髪のところで、叢雲に救われたということになるのだろうが、感謝の念など抱けるものか。

「…殴るなら、殴れば良かったのだ」

攻撃の後には必ず隙が生じる。剣術のみならず体術も学んだ菊夜叉なら、その隙を突いて翠玉に一撃浴びせるのは決して不可能ではなかったはずだ。

「馬鹿な…、馬鹿なこちゅ申すな…！」

叢雲はさっと青ざめ、単衣の上から菊夜叉の二の腕をきつく摑む。

「お前が毛一筋でも傷付くちゅ思っただけで、心の臓が止まりそうになる…。頼むで、己で己を痛め付けるごた真似《まね》はやめっくれ」

「…貴様に、そのようなことを申す資格があるとでも？」

叢雲もまた、黒須綱久の——幕府を倒した仇敵《きゅうてき》の息子である。しかも菊夜叉をさらい、兄二人の前で犯すという蛮行に出ておいて、何を偉そうにほざいているのか。

軽蔑のありありと滲む眼差しに射すくめられ、叢雲はつらそうに俯《うつむ》くが、すぐに顔を上げる。

「仕様が無かった…とは言わん。じゃっでん、お前を兄たちに渡さんためには、ああすっしかなかった」

「……どういうことだ」

「父上は幕府をば倒した後、当主ん座を退くちゅ決意された。そして俺たち三兄弟のうち誰かが家督を継ぐに当たり、一つの条件を付けたとじゃ」

ひどく嫌な予感に、こめかみがずきりと痛む。顔を歪める菊夜叉を痛ましそうに見詰め、叢雲は再び口を開いた。

「…お前を…白羽家ん嫡子を番とした者に、家督を譲ると」

「……はっ？」

本気でわけがわからなかった。大名たる綱久とは当然面識など無い。菊夜叉は武都でも名高いオメガだから、噂《うわさ》くらいは耳にしたことがあるかもしれないが、かと言って息子たちが家督を継ぐ条件に掲げたりはしないだろう。

だが、腑に落ちたこともある。どう見ても菊夜叉に興味の無い翠玉や鏡八がかどわかしに加わったのは、当主の座を得るためだったのだ。

菊夜叉が彼らに凌辱されぬよう、叢雲はあれほど必死に己の番になれと迫ったのだろう。オメガを番にするにはその同意が必要だが、不条理極まりないことに、同意は心身を痛め付けた末のものでも成立するのだから。

「…何故、貴様の父親は私を家督継承の条件になどしたのだ？」

くらくらする頭を振って尋ねれば、叢雲は珍しく苦々しげな表情を浮かべる。

「はっきり父上ん口から聞いたわけではなかが…おそらく、父上ん稚児様のご提案じゃろ」

「稚児…か。貴様らも、さっきから私をそう呼んでいるが…」

「…稚児とは、当主ん運命の番のことじゃ。黒須家ん当主は代々数多のオメガを娶《めと》っちょいが、運命ん番に出会えたのは初代を除けば父上と俺しか居らんでえ、とりわけ神聖視されちょる」

叢雲たちの父、綱久はかねてより幕府の打倒を宿願としており、そのための戦力を増やすべく、方々からオメガを集めたという。はるばる大陸から密貿易で買われてきたオメガたちも居たというから、おそらく翠玉を産んだのはその中の一人だろう。

綱久にとって、オメガは強い子を生み出す道具でしかなかった。用済みのオメガたちは寺院に捨てられ、あるいは家臣に下げ渡され、まるで顧みられなかったそうだ。

そんな綱久は二十年前、運命の番に出会ってから激変した。番を屋敷の奥に閉じ込め、自分と数少ない側仕《そばづか》え以外には誰にも会わせずに寵愛《ちょうあい》したのだ。

自分以外の者が番の名を呼ぶことも、知ることすら許さなかった。番の閉じ込められた部屋からは悲痛な悲鳴と嗚咽《おえつ》が絶えず、見兼ねた家臣がたまには他のオメガを褥に呼ぶよう諫言《かんげん》したところ、その場で斬り捨てられたという。

そして十七年前、家じゅうが綱久の勘気を恐れる中、番は一人のアルファを産み落とした。それが叢雲だ。以降、綱久の子は生まれていない。

……こやつが、当主の運命の番の子……。

綱久の変貌よりも、叢雲が己より二才も年下であることの方が驚愕《きょうがく》に値する。言われてみれば言動のそこかしこに幼さは滲むものの、見た目は実年齢より十は上と言っても通るのだ。運命の番との間に生まれた子は、格別に高い能力を持つとはいうが……。

「父上は稚児様ん願いなら、何でん聞き届けらる。お前を番とした者に家督を譲るようねだられれば、一も二も無く承諾なさっじゃろう」

討幕のためアルファを増やし、犬猿の仲であった長龍藩と同盟し、幕府を崩壊寸前まで追い込んだ手腕からして、綱久は極めつけに優秀かつ計画的な人物だ。その綱久に後継者の選定に関して口出しが出来るのは、溺愛されている番くらいだろう。

「だからと申して、何故貴様の父親の番が私を条件に指名するのだ？」

「…そいは…、俺にもわからん」

「貴様は、番の子なのに？」

眉根を寄せる菊夜叉に、叢雲はふっと溜息を吐く。

「確かにそうじゃが…俺は生まれてすぐ、母上から引き離された。十歳までは年に一度だけ対面を許されたが、対面の際の母上は頭巾で顔を隠しておられたし、そん以降は一度もお目にかかれておらんで…」

「何と……」

運命の番を見付けたアルファは嫉妬深くなるとは聞くが、番が産んだ我が子にすら面会を許さない——しかも母の顔を見ることすら禁じるなんて、さすがに常軌を逸している。

ならば菊夜叉が選ばれた理由は、綱久の番本人に尋ねるしかないのか。息子の叢雲すら会えない人物に菊夜叉が対面を許されるわけがないので、事実上八方塞《はっぽうふさ》がりだ。

……うん？　待てよ……？

「…ど、如何《どげん》した？」

ふと疑惑が生じ、頭一つ以上背の高い男を見上げると、叢雲の頬はうっすら紅く染まった。正面から見詰められただけで乙女《おとめ》のように恥じらう男は、ほんの数刻前、菊夜叉を猛々しく犯し抜いた獣とは思えない。

「綱久の番…貴様の母親は、何故私を知っている…？」

綱久が番と出会ったのは二十年前で、それ以降番はこの屋敷に閉じ込められている。二十年前なら、菊夜叉は母親の腹の中だ。ろくに外にも出してもらえなかったはずの番が、どうやって菊夜叉の存在を知ったのだろうか？

「……俺のせいかもしれん」

「貴様の…？」

「最後に対面を許された日、俺は母上にお伝えしたでよ。運命ん番をば見付けたち」

遠くを見るように眇められた叢雲の双眸に、戸惑う菊夜叉が映り込んでいる。

叢雲が十歳なら、菊夜叉は十二歳だ。当時は祖父も元気だったから、従者を付ければ外出もたいてい許してもらっており、武都の町を自由に歩き回れた。

だが、叢雲に出会った覚えなど無い。幼くともこれほど印象的な男を、忘れるはずがないのに。

「お前が覚えちょらんのも当然だ。俺はただ、見ちよっただけじゃっで」

「……見ていた？」

「そうだ。気高く美しかお前を……」

大名の正室と子弟は、人質として武都の藩邸で暮らすのが幕府の法だ。西方国の国元で生まれ育った叢雲は、十歳を目前に控えた頃に綱久の息子と認められ、翠玉や鏡八たちと共に武都の藩邸に送られたという。

ある日、叢雲は強い胸騒ぎを覚え、藩邸を抜け出した。そしてあちこちさまよった末、従者を引き連れ、颯爽《さっそう》と武都の町を歩く菊夜叉を見付けたのだ。

「一目《いんめ》見た瞬間、理解した。お前こそが俺ん運命じゃち」

しかし、叢雲が夢中で駆け寄る前に、筋骨逞しいアルファとその取り巻きたちが菊夜叉を取り囲んだ。前髪立ての姿も麗しいオメガをさらい、弄ぶためだ。

従者は竦み上がり、周囲の人間たちもアルファの高い戦闘能力を恐れて助けようとはしない。運命の番が絶体絶命の危機に陥ったにもかかわらず、叢雲が潜んだ物陰から飛び出さなかったのは…魅せられていたからだ。怯《おび》えるどころか、蝶の家紋の刻まれた脇差を構え、獲物を前にした獣のように笑う菊夜叉に。

「脇差一振りで不埒者どんを次々ち倒していくお前は、まるで舞を舞う天女のようじゃった。俺はひたすら魅入られ…ふと我ん返った時、お前を見失っちゆった」

「貴様……」

遠い記憶を呼び覚ましてみれば、確かにそんなことがあった気がする。まさかこの男に、一部始終を目撃されていたとは思いもしなかったけれど。

……そんなに前から、私を？

嫌悪感だけではない何かが、菊夜叉の胸を満たした。

百万以上の民が住まうこの広い武都で、西国からやって来たばかりの子どもが菊夜叉を見付け出すなど、普通は不可能だ。なのに叢雲は菊夜叉を見付けた。不可能を可能にしたのは、運命の繋がりなのか……。

「…そん後、俺はお前を探し出す前に世話役に見付かり、藩邸に連れ戻された」

運命の番と出会ったことを、叢雲は己の母親にこっそりと打ち明けたという。翠玉と鏡八は兄弟と言ってもろくに交流は無かったし、番と出会えた歓《よろこ》びと、見失ってしまった悲しみを、幼いアルファの少年は誰かに告げずにはいられなかったのだ。

すると叢雲の母親は我が子の頭を優しく撫で、運命の番ならばいつかきっと再会出来るはずだと優しく励ましてくれたという。

実際、その通りになった。綱久の命に従って討幕軍に加わり、幕府と戦う合間、何年も武都の町を探し回り…とうとう去年、叢雲は己の運命が白羽家の菊夜叉であることを突き止めたのだ。

だが黒須家が討幕に大きく舵《かじ》を切った今、運命とは言え、高位旗本の子息を番に迎えるのは許されないだろう。いっそ家も身分も捨て、菊夜叉をさらって逃げるか。そこまで思い詰めた時、綱久は『叢雲の運命の番を我が物とした者に、家督を譲る』と宣言したのだ。

運命の番の存在を母以外に打ち明けたことは無いから、母が父に伝えたに違いなかった。…何のために？　勿論、息子のためだ。家督継承の条件であれば、敵方たる旗本の子でも、叢雲は堂々と番に望める。

　むろん、翠玉と鏡八という強敵も居るわけだが、叢雲には彼らに先んじて菊夜叉に番と認めてもらう自信があったし、二人を敵に回しても勝てると確信していたという。

「……阿呆《あほう》か？　貴様らは」

　全てを聞き終え、菊夜叉は嘆息せずにはいられなかった。我が子可愛さに家督継承の条件を付け加えさせた綱久の番も、菊夜叉を得るために家を捨てようとした叢雲も、揃いも揃って阿呆としか言いようが無い。

　ましてや、菊夜叉が出会ったばかりの叢雲を番と認めると、どうしてそこまで無邪気に思い込めたのか。

「私は幕臣の子だ。…貴様ら南長とは、決して相容れぬ」

「じゃっどん、俺の運命じゃ」

「…くどい…っ！」

　菊夜叉は叢雲の腕を振り解き――容易く剝《は》がれたそれに、頭の奥がかっと熱くなった。弱った今の菊夜叉に、アルファの拘束を逃れる余力など残っていない。叢雲が敢えて振り解かれたのだと…それがあくまで菊夜叉をいたわるがゆえだと、心配そうな表情が痛いほど伝えてくるから。

「己が何をしたのか、貴様はわかっているのか？」

「菊夜叉…」

「武士が戦で命を落とすは必然の定め。それを咎め立てするつもりは無い。…だが貴様らは、武士として最も許されぬ罪を犯した…！」

　当初、南虎藩は幕府に協力し、朝廷に弓引く逆賊とされた長龍藩を討伐する立場だった。だが幕府と朝廷、そして諸外国との関係が悪化し、劣勢に立たされたと見るや一転して長龍藩と結び、幕府に反旗を翻したのである。

　主君に忠誠を尽くすべき武士にとって決して許されぬ大罪を犯しておきながら、朝廷を巻き込んで政局の主導権を奪い、とうとう幕府から政権を獲得するに至った。叢雲はその首魁の後継者候補であり…南長軍に加わり戦った、仇敵中の仇敵だ。

　どうあってもわかり合えない。対極にある相手のはずなのに――。

「…己ん行動を言い繕《つくろ》うつもりは無か。お前には、恨まれて当然じゃ」

　切なげな光を湛《たた》えた黒い双眸に、ぐっと握り込まれた拳に、菊夜叉の胸はどうしても疼いてしまう。その瞳が閨《ねや》では狂おしい炎を揺らめかせ、その手が荒々しくも宝物のように身体じゅうを愛撫《あいぶ》した記憶は、未だ鮮明に刻み込まれているから。

「じゃが菊夜叉。…俺は今、嬉《うれ》しかとよ」

　熱い吐息と共に告白された刹那、己の耳がおかしくなったのかと思った。しかし目の前の男は、歓喜と切なさの入り混じった笑みを浮かべている。

　ふるりと、喉首がひとりでに震えた。

「…正気か？　私は、貴様を断じて受け容れぬと言っておるのだぞ？」

「じゃがお前はこげんして傍に居る。俺を見て、俺の声を聞いて、返事もしてくれちょる。ただ遠くから焦がれちょっしかなかった頃とは、天と地ほどん違いじゃ」

　水底に炎を抱いた沼のような瞳に気圧され、菊夜叉は思わず後ずさった。

　…眼差しを逸らしてしまいたいのに、逸らせない。そうしたが最後、胸に溢れつつある不可解な感情に呑み込まれてしまいそうで。

「嫌悪じゃろと、憎しんじゃろが…お前がくれるもんなら、全て俺ん宝じゃ。愛おしゅうてならん」

「貴様……」

「お前が生きてここに居てくれさえすれば、俺は首元まで幸福に浸かって生きっじける。…お前は俺の生命…いや、そげなもんとは比べ物にすらならん。お前こそが、俺ん世界そのものだ」

　……何、だ…何なのだ、こやつは……。

生まれて初めて、菊夜叉は背筋が凍り付きそうなほどの恐怖を味わった。

今まで菊夜叉に岡惚《おかぼ》れし、襲ってきたアルファどもは、この手で叩きのめせば容易く心もへし折ってやれたし、二度と言い寄ってくることも無かった。

だが叢雲は…菊夜叉の負の感情すら宝物だと断言するこの男の執着は、何をしたところで揺らがない。殴っても蹴っても刺しても喜んで受け止めるだろう男から、どうすれば逃げられるというのか。

「――菊夜叉」

「っ…、何だ」

びくりと肩が跳ねそうになるのを堪え、気丈に見上げれば、叢雲は嬉しそうに微笑んだ。菊夜叉がくれるものなら何でも宝物だと言ったのは真実だと、証明するように。

「腹が減ったじゃろ。すぐに膳《ぜん》を運ばせるが、何か食べたいもんはあるか？」

「……」

――貴様らの施しなど、誰が受けるものか！

無言で睨み付ける菊夜叉の胸の内など、尋ねるまでもなかったのだろう。叢雲は細い肩をなだめるようにぽんぽんと叩く。

「逃げるためにも、食べて体力を回復させておくべきじゃなかか？」

「……逃がすつもりがあるのか？」

菊夜叉の問いに、叢雲は笑みを深めただけだった。凄《すご》みの加わったそれは、捕らえた獲物を決して逃さぬ獣のものだ。

闇の中を逃げ惑う己の姿が、脳裏に浮かんだ。どこへ逃げても叢雲の追跡は振り切れず、捕らわれ、肉の楔《くさび》で繋がれ……最後には意識までも侵食され、自ら項を差し出す……。

「いっとき待っちょってくれ」

やがて叢雲が無防備な背を晒《さら》し、人を呼ぶために襖を開いても、菊夜叉はその場に留《とど》まっていた。

逃げなかったのではない。

……恐怖に縛り付けられた手足が、動いてくれなかったのだ。

運ばれてきた膳を、菊夜叉は平らげた。最初は薬の類でも入っているのではないかと警戒していたのに、出汁《だし》のきいた粥《かゆ》を啜《すす》ったとたん食欲が湧いてきて、気付いたら完食していたのだ。時間の感覚は失われて久しいが、さらわれてきてからかなりの時間が経ったようだ。

……お祖父様は、どうしていらっしゃるだろう。

あの者は、助かったのか……。

空腹が癒《いや》されれば、俄然《がぜん》不安がこみ上げてくる。翠玉から受けた傷は致命傷ではなかったはずだから、誰かが発見してくれれば従者は助かっただろう。

従者の口からことの次第を聞けば、祖父はひどく心配し、眠れぬ日々を過ごしているに違いない。病で弱った身体に、どれほどの負担がかかることか…。

「こいはどうじゃ、菊夜叉」

鬱々《うつうつ》とする菊夜叉をよそに、叢雲は幾枚もの振袖を次々と広げて見せている。膳と一緒に運び込まれたものだ。

「お前は色が白いから、淡い色目もよう映える。じゃっでん、こちらの濃緋《こきひ》も捨てがたいな。お前の好みは如何じゃ？」

黙殺されても一顧だにされなくても、叢雲は上機嫌で振袖を目の前に差し出してくる。いい加減鬱陶しくなり、いっそ引きちぎってやろうかと思った時、菊夜叉は一枚の振袖に目を留めた。

「…それは…」

「おお、こいが気に入ったか？」

やっと反応してくれたのがよほど嬉しかったのか、叢雲は子どものように破顔し、さすがお前は目が高いだの、俺もこれが一番よう似合うと思っておっただのとまくしたてる。菊夜叉は聞く耳を持たず、叢雲の手から奪った振袖を広げてみた。

……やはり、似ている。

奇妙に懐かしい子守唄の歌い手。後ろ姿しか拝めなかったあの歌い手が纏っていた小袖によく似ているのだ。紺青《こんじょう》の縮緬地《ちりめんじ》に色とりどりの牡丹を描き、摺箔をあしらった模様はそっくりである。

「それは黒須家御用達《ごようたし》の呉服商が、紅毛人《こうもうじん》から仕入れた特別な染料で染めさせたもんじゃ。我が藩では、当主とそん一族にしか着用を許されちょらん」

この場合の一族には、綱久の子と認められなかったアルファたちや、彼らを産んだオメガたちは入らないのだろう。

ならばあの歌い手は、一体何者なのだろうか。…どうして菊夜叉は、遠くから見かけただけの歌い手がこれほど気になるのだろうか。

「…お前たち以外に、綱久の子と認められたアルファは居らぬのか？」

こちらから問いかけてやったのだから、さぞ喜び勇んで答えてくれるものと思ったのに、叢雲の反応は予想の正反対だった。さっきまでの上機嫌を引っ込め、どんよりと表情を曇らせたのだ。

「……俺だけでは、駄目なのか？」

「は……？」

「俺以外にも…翠玉や鏡八や、他んアルファたちも、傍に置きたいのか？」

菊夜叉は思わず、しょげ返る男をまじまじと見詰めてしまった。翠玉たちを牙を剝いて追い払っておきながら、一体、この男は何を言っているのだろう。

「…置きたいと言えば、置かせてくれるつもりなのか？」

「っ…、置けっもんか！」

いきなり声を張り上げられ、菊夜叉はとっさに身を引いた。怖がらせたと思ったのか、叢雲は大慌てで大きな掌を閃かせる。

「あ…、違うぞ、お前に怒ったわけではなか。お前は俺に何をしても良かのじゃ。お前は俺ん運命、俺の唯一じゃっで」

「……」

「お前が俺以外ん者も傍に置きたいと望むのなら、叶えてやりたい。じゃっどん俺は…お前に愛される、唯一の男でありたい。ただそいだけなのじゃ。断じてお前の願いを、阻みたいと思うたわけでは…」

「……ふ、…っ…」

　腹の底からこみ上げてくる笑いの衝動を堪え切れず、菊夜叉はとうとう噴き出してしまった。憤怒に染まった表情を無理矢理緩めようとして失敗し、叢雲の顔は奇妙に歪んで何とも言えぬ滑稽な面相に成り果てていたのだ。誇り高いアルファがと思うと、笑わずにはいられない。

「く…、ふふっ、はは…っ…」

「…菊…、夜叉…」

　黒い瞳を見開いた叢雲が、何度か手を伸ばしては引っ込めるのを繰り返し、我慢しきれぬとばかりにまた手を伸ばす。

「…笑って、くるっとか」

　そっと菊夜叉の頬に触れた指先同様、低く張りのある声は震えていた。その指先の熱さが、菊夜叉を現実に引き戻す。

　…笑っていた？　私が、この男の…仇敵の息子の前で？

「あぁ…、…あぁ…、菊夜叉…」

　硬直して動けない菊夜叉の頬を何度も撫でた手は、首筋をなぞり、項へ辿り着く。単衣の襟から覗くそこは、そっと触れられただけで、甘い疼きをもたらした。

「…ぁ…っ…」

「番の笑顔とは、こげん眩《まぶ》しかもんなのか。…お前の声は、どげんしてそんなにも甘がとか…」

　オメガにとっての急所を這い回る手を、ただちに振り払えと理性はしきりに警告している。

　…けれど、身体はまるで言うことを聞いてくれなかった。母の墓前で始まった発情は、滅茶苦茶に抱かれたことで治まったはずなのに。

搦め捕られ、身動《みじろ》ぎも出来ない。紅い炎の燃え盛る双眸に――。

「…お前のくれるものなら、何であってん愛おしい。そん気持ちに、偽りは無か」

「…あ…、…ぁ、あっ……」

「じゃっでん俺は……お前に愛されたい。お前の項を噛んで、誰に憚《はばか》ること無く番と呼んで…俺ん子を、ここに宿らせたか。父上が母上にそうしたように…」

　菊夜叉が抵抗しないものだから、叢雲の手はどんどん大胆になり、単衣の上から菊夜叉の腹に触れた。あの狂気に彩られたまぐわいの最中も、叢雲は己を菊夜叉に銜え込ませたまま、執拗にそこをまさぐったものだ。合意の上で項を噛まれなければ孕まないとわかっていてもなお、この男ならば理《ことわり》も定めも何もかも無視して身ごもらせることが出来るのではないかと何度も恐怖に襲われた。菊夜叉の記憶にある限り、一度も抜かれることの無かった魔羅は、薄い腹をぽってりと膨らませるほどの孕み汁で満たしたのだから。

「愛しい…、お前が…お前だけが愛しいとじゃ。どうすればよか？　…どうすれば、お前は俺を受け容れてくるっと？」

　右手で項を、左手で腹をねちねちとまさぐる叢雲に、言葉を交わしたことすら無い綱久とその番が重なった。

　閉じ込められた部屋で絶えず泣いていたという綱久の番が、自ら望んで綱久に項を差し出したとは思えない。けれど番は最後には綱久を受け容れ、叢雲を産んだ。

　…綱久も、こうして己の番を籠絡したのだろうか。燃える眼差しで愛を告げ、逃れるすべは無いのだと思い知らせ、番の腹を孕み汁で満たして…己の傍以外のどこにも居場所は無いと、教え込んだのだろうか。

　握り締めた拳から、力が抜けていく。

「…無理…、だ。南虎藩の、それも黒須家の跡継ぎを受け容れるなど…」

いつになく弱々しい拒絶に希望を見出《みいだ》したのか、叢雲は菊夜叉の耳元に唇を寄せ、熱のこもった声で囁く。

「…お前さえ俺のもんになってくるっとなら、家など要らん」

「えっ……」

「俺が欲しかとはお前だけじゃ。家督など翠玉にでもくれてやればよか。あいつは俺と違《ちご》て、父上ん後釜に座りたがっちょいでな」

三兄弟の中で最も知性が高く、強い野心を持つのが翠玉だと教えられ、得心がいった。オメガを蔑視し、菊夜叉にまるで興味の無い翠玉までもが拉致に加わったのは、あくまで当主の座を望んでのことだったのだろう。

「生存競争に生き残りはしたものの、鏡八もべつだん家督に興味を抱いてはいない。面倒ごとや、何かに縛られることが大嫌いな性質《たち》じゃっで。俺がお前を連れっ逃げれば、これ幸いと当主ん座を翠玉に押し付くっじゃろう」

三兄弟のうち、叢雲は孤立しているが、翠玉と鏡八は昵懇《じっこん》とまではいかずともそれなりに交流はあるという。言われてみれば、鏡八は翠玉を兄者と呼び、親しい口をきいていたし、さっきも共に行動していた。

叢雲が除《の》け者にされる理由は、聞かなくてもわかる。

…叢雲だけが、綱久の運命の番の産んだ子だからだ。番が溺愛《できあい》され、この上無く大切にされる一方、その他のオメガたちは無惨に捨てられた。翠玉と鏡八を産んだオメガも、生きているのかどうかすら怪しい。

「お前さえ居ってくれれば、何があっても俺は生きていける。どこでん行こうと、必ずお前を守ってみせる」

――だからどうか、番に。

懇願する叢雲の黒い双眸に映る菊夜叉は、ぐっと唇を引き結び、泣くのを堪えるような顔をしていた。とても、唾棄すべき宿敵の子を前にした武士の顔ではない。

……気付いてしまったのだ。この広い屋敷で、叢雲は生まれてからずっと独りきりだったのだと。

綱久が産ませた大勢のアルファたち、共に生存競争を勝ち抜いた翠玉と鏡八。血の繋がった数多の兄弟たちの中で、叢雲だけが異分子だ。兄二人からは爪弾《つまはじ》きにされ、父には顧みられず、産んでくれた母にも会わせてもらえず、その顔すら知らない。

多くの血族に囲まれながら噛み締める孤独は、どれほど深く叢雲の心を蝕んだだろう。菊夜叉は生まれて間も無く両親を失ったが、その分祖父が慈しんでくれたから、寂しくはなかった。けれど叢雲には、誰も居なかったのだ。

当主の番が産んだ唯一の子として、尊重され、大切に育てられはしただろう。だがそれだけでは孤独を埋められないと、菊夜叉は知っている。

…だからこそ叢雲は幼い頃垣間見《かいまみ》ただけの運命の番…菊夜叉に執着し、追い続けたに違いない。菊夜叉さえ手に入れれば孤独は癒され、幸福を摑めると、盲目的に信じ突き進んだ。

——その結果が、今なのだ。

「…き、…菊夜叉？　如何《どげん》した…？」

何故かうろたえた叢雲が、菊夜叉の両頬を掌で包み込み、おろおろと覗き込んでくる。情けないくらい混乱を露わにしたその顔は、奇妙に歪み、ぼやけていた。一体どうして——疑問は、頬を温かい液体が伝い落ちた瞬間氷解する。

……泣いているのか？　私は……。

「どっか痛っとか？　つらかとが？　苦しかとが？」

菊夜叉の袖口をめくったり、襟元を緩めてはぺたぺたと触れ回り、額で熱を確認する手のぎこちなさが悲しかった。…きっと叢雲は、生まれてから今まで一度も、誰かからこうして心配されたことなど無

かったのだろう。

「…頼む…、頼む、菊夜叉。どうか泣きやんでくれ。お前に泣かるっと、俺は苦しゅうてならん…」

「……」

「菊夜叉……」

菊夜叉のくれるものなら何でも愛おしいとほざいたくせに、泣かれるのは苦痛なのか。初めて男を受け容れさせられる身体を容赦無く拓《ひら》いたくせに、体調を損なうのは許せないのか。

この男は矛盾だらけだ。理解出来ない。

…なのに、涙が止まらない。後から後から、嫌悪でも憎しみでもない何かが胸の奥から溢れ出る。

ただ黙って涙を流すばかりの菊夜叉に、叢雲は辛抱強く呼びかけていたが、ふと表情を引き締めて立ち上がった。

「……?」

「お前はそげ居っくれ。決して動くなよ」

背を向けた叢雲が、静かに警告する。

強い既視感に襲われ、菊夜叉は息を呑んだ。母の墓前で囲まれた時、自分もまた叢雲のように刀を抜き、従者を逃がそうとした。今の自分は、あの時の従者…庇われる方の立場なのだ。

「なっ、…貴様らは…!?」

叢雲によって襖がすらりと開け放たれると、菊夜叉は目を剥いた。廊下の板の間にずらりと並んでいたのは、さっき菊夜叉を取り囲んだアルファたちだったのだ。

彼らの中心で真剣な表情を浮かべるのは、菊夜叉の単衣の袖を与えられた男だった。その長身に纏った白裃《しろかみしも》に、嫌な予感が掻き立てられる。白裃は、武士が切腹する際の正装だからだ。

男は大きく息を吸い込み、口を開いた。

「――こん石見《いしみ》、我《わい》が一命を賭《と》っせえ、いと麗しき稚児様にまぐわいをば願ご奉っ！」

びりびりと空気を振動させる男の熱く燃え上がる目は、困惑する菊夜叉しか捉えていない。目の前では叢雲が抜き身の刀を引っ提げ、全身から殺気をまき散らしているというのに。

「我が愛しき番ん肌を求めると申すなら、俺ん屍《しかばね》を越えっ参れ」

ずい、と進み出る叢雲に、アルファたちは気圧されたように一歩後ずさるが、白袴の男――石見は微動だにせず、腰の刀に手をかける。

「承知ん上。元よいこん命は捨てておい申す」

「じゃいなら是非も無し」

叢雲は頷き、羽織の紐を解いた。石見が己の刀を抜き放つのに合わせ、周囲のアルファたちもまたいっせいに抜刀する。ざざざざざ、と鋼の鳴る音が波音のように響き渡り、殺気が立ち込める。

「…き…、貴様ら、何を…」

「お前は出っ来んな、菊夜叉」

ぴしゃりとはねつける声の冷たさに、菊夜叉は立ちすくんだ。

彼らの話の中心に居るのは間違い無く菊夜叉なのに、蚊帳《かや》の外に置かれ、どうしてこんなことになったのかすらわからない。もどかしさとやるせなさに震える菊夜叉は、アルファたちの人垣の向こうにひときわ長身の男を見付けた。こちらに気付いて呑気《のんき》に手を振ってみせた男に、かっとして声を張り上げる。

「…鏡八！　これはどういうことだ!?」

「どういうこと、って……原因は、君だろう?」

こんな時でも絶やさぬ愛嬌たっぷりの笑みが、ひどく邪悪に見える。ぞっとする菊夜叉に、鏡八は恐るべき事実を告げた。

「君が石見に袖を与えてやったから、石見は君の情けを賜《たまわ》りに来たんだよ。僕はその見届け人」

「…何…、だと?」

「――言うな、鏡八！」

叢雲は憤怒の叫びを叩き付けるが、鏡八はまるで怯《ひる》まない。むしろ面白そうに目を輝かせる。

「黒須の兄弟でもないのに稚児に触れた石見を、君は許してやった。袖を与え、縋らせてやったじゃないか」

　黒須家において袖は庇護《ひご》の証であり、稚児がそれを番以外の男に与えることは、その一命と引き換えに一夜の情けをくれてやることを意味するのだという。助太刀《すけだち》も認められている。むろん、稚児を溺愛する番を倒せればの話だが…。

「…そのようなこと、貴様は申さなかったではないか！」

　菊夜叉はただ、石見を死なせたくなければ袖を与え、縋らせてやれという鏡八の耳打ちに従っただけだ。そんな裏の意味のある行動だとは、聞かされなかった。

「聞かれなかったからね。君と一夜を共にするまでは生きられるんだから、命を助けることにはなるだろう？」

　にやりと嗤う鏡八に、菊夜叉は直感した。

……嵌められた。

あの一見優男のアルファは、こうなるとわかっていて、わざと無知な菊夜叉をそそのかしたのだ。…きっと、叢雲と石見たちを争わせるために。

　生存競争から脱落したとはいえ、アルファはアルファだ。朋輩たちと束になってかかれば、叢雲相手でも勝ち目はあるかもしれない。敗れたとしても、叢雲に手傷の一つも負わせられれば、菊夜叉を奪いやすくなる。

　そこまで嫌うのか。疎むのか。たった一人の『弟』を…同じ血を引くアルファたちを利用してまで苦しめ、蹴落とそうとするのか…。

「…すまん、菊夜叉」

「叢雲…？」

「俺んせいで苦しめて…すまん…」

　もしも状況がこれほど切迫していなかったら、振り返ろうともしない広い背中を、ふざけるなと蹴り飛ばしてやっただろう。

……どうして、貴様が謝らなければならぬのだ！

悪いのは、どう考えてもそこで高みの見物を決め込んでいる鏡八と……菊夜叉だ。あの時、菊夜叉がもっと用心していれば、こんなふうに付け込まれることは無かった。

……私に、何か出来ることは無いのか？

相手は石見の他、アルファが十人ほど。只人の軍勢なら、十倍の数を相手取っても容易く蹴散らせるだろう。

……せめて私の刀があれば、助太刀してやれるのに……！

きょろりと素早く室内を見回すが、祖父から譲られた家紋入りの刀はどこにも無い。ならばせめて、他に何か武器になりそうなものは無いだろうか。そろそろと身を起こそうとした菊夜叉の視界が、突如薄闇に閉ざされる。

「お前はそげ居れ。…いっき終わらす」

叢雲が脱いだ羽織を頭からかぶせられたのだと気付いた直後、鋼の嚙み合う高い音が菊夜叉の耳をつんざいた。次いで聞こえてきた肉を絶つ鈍い音に、菊夜叉はびくりと肩を跳ねさせる。

「…ぐわあああっ！」

上がった野太い悲鳴が叢雲のものではないと理解した瞬間、身体からほんの少しだけ強張りが抜けていった。だが、安心するのはまだ早い。石見を入れれば、相手はあと十人は居るのだ。

いくら叢雲でも荷が重すぎる。倒されたアルファの武器を奪ってでも助けに入ってやらなければ、全身を切り刻まれ絶命してしまうに違いない。

——そう切羽詰まっていた自分は叢雲というアルファをみくびっていたのだと、菊夜叉はすぐに思い知らされた。

「え、……えっ？」

纏わり付く羽織をどうにか畳に落とした時、叢雲と対峙《たいじ》しているのは、白袴姿の男…石見だけだった。他のアルファたちはどこへ行ったのか、と首を巡らせ、菊夜叉は立ち尽くす。

廊下の板の間に、血塗《ちまみ》れのアルファたちが折り重なるように倒れていた。ぴくりとも動かぬ彼らは、おそらくもうこの世の者ではあるまい。

……悲鳴が聞こえたのは、一度だけだったはずなのに……。

菊夜叉が視界を奪われていた僅かな間に、手練《てだ》れのアルファ十人を斬ったというのか。斬り結ぶ隙も、悲鳴を上げる暇すら与えずに、絶命させたというのか。曲がりなりにも、血の繋がった兄たちを…。

「…だりゃあああああっ！」

血なまぐさい空気を、石見の叫喚が切り裂いた。もはやこの『弟』に勝つすべは無いと、石見とて理解したはずだ。刃を向ければ、待っているのは死しか無いことも。

にもかかわらず裂帛《れっぱく》の気合と共に刃を振り下ろすのは、菊夜叉から一夜の情けを与えられるため。叢雲を貫き、菊夜叉だけに注がれる血走った眼差しが雄弁に物語っている。

…だが、全身全霊をこめて振るったはずの一撃も、叢雲には届かない。やすやすと弾かれ、体勢を崩してがら空きになった胴に、叢雲の返しざまの斬撃が叩き込まれる。

「…ぐぉぉ…っ…」

大量の血をまき散らしながらのけ反った石見は、びくびく震える手をこちらに伸ばしたまま、どうっと仰向《あおむ》けに倒れた。襖の陰で見守っていた鏡八が動かなくなった石見の傍にしゃがみ、その脈を確かめると、首を振りながら立ち上がる。

「屋敷内では一二を争う腕前だったから、もう少し粘るかと思ってたんだけど…意外に呆気《あっけ》無かったな」

「おい、鏡八…」

「ああ、菊夜叉。石見の成敗、確かに見届けたよ。遺骸《いがい》はすぐに片付けさせるから」

血にまみれた刃を提げた弟と、兄弟たちの骸《むくろ》に囲まれ、屈託の無い笑みを浮かべる鏡八が、心底気色悪かった。

人当たりの良い表情は、この男がかぶった面でしかないのだ。何があろうと鏡八の心は痛手を受けないし、乱されない。この男に比べればまだ、翠玉の方が裏が無くてわかりやすいというものだ。少なくとも翠玉は、オメガに対する嫌悪や苛立ちを露わにしているのだから。

傍若《ぼうじゃく》無人《ぶじん》で、弱き者など眼中にも入れない。ある意味、三兄弟の中で最もアルファらしいのは、鏡八なのかもしれない。

「……それだけ、なのか」

わかっていても問い質《ただ》さずにいられなかったのは、死してもなお大きく見開かれ、無念を滲ませた石見の目を見てしまったからだ。

特に思い入れがあるわけではないし、命を懸けるくらいなら一度くらい触れさせてやってもいいなどと思ったわけでもない。けれど決して、弟たちに利用され、殺されてもいい男ではなかった。

「それだけ、って？」

案の定、鏡八はきょとんと首を傾げた。芝居がかった仕草は、こちらをからかっているとしか思えない。

「…兄弟を弟に殺させるよう仕向けておいて、心は痛まぬのかと問うておるのだ！」

「……菊夜叉！」

摑みかかろうとした菊夜叉を、叢雲が背後から引き寄せた。腰に回されたのは左腕一本だけなのに、がっちり抱え込まれ、身動きが取れない。

「放せ！　この…っ」

――この人を人とも思わぬ冷血漢に、思い知らせてやらねば気が済まぬ！

怒鳴りつけようとした唇は、ぶつかるような勢いで重なってきた叢雲のそれに封じられた。褥では菊夜叉の艶姿から離れなかった黒い双眸は、紅い炎を燃え上がらせ、横目で鏡八を捉えている。

「……お前の番は、本当に面白いな。見ていて飽きないよ」

鏡八は妖《あや》しく唇を吊り上げ、くるりと踵を返した。

「あのオメガ嫌いの兄者も、お前の番が気になってどうしようもない様子。…面白いことになりそうだなあ？」

不吉な予言を残し、鮮血に染まった廊下をものともせず去っていく鏡八を、叢雲は射殺さんばかりに睨み据えていた。

石見たちの遺骸は、鏡八が立ち去って間も無く現れた家人たちによっていずこかへ運ばれていった。徹底的に清められ、強い香りの香が焚かれた廊下から惨劇の気配は綺麗《きれい》さっぱり拭い取られたが、菊夜叉の頭にこびりついた記憶までは消せはしない。

「…菊夜叉。大丈夫か？」

気遣わしげに尋ねられるのは、これで何度目だろうか。十度目までは数えていたが、もう面倒になってやめてしまった。

「ああ。…どこも、何ともない」

黙殺せず、いちいち応えてやる自分が、我ながら信じられなかった。胡坐をかいた叢雲の膝の上に抱かれ、腕の中におとなしくすっぽり収められていることも。

石見たちを斬った後、叢雲は返り血の付着した小袖と袴を着替えるついでに、菊夜叉の衣装も替えさせた。特に汚れてはいなかったのだが、石見に与えたせいで片袖の無い単衣を着せておくのが我慢ならなくなったらしい。

今度は菊夜叉も拒まず、差し出された小袖と袴を請われるがまま身に着けた。黒須家の一族にしか許されないという、あの紺青の小袖に、精好《せいごう》の袴だ。武都で最も格調高く美しいと言われた若衆姿に叢雲はうっとりと見惚れ、また石見のような輩が出てはならぬからと、菊夜叉を腕の中に閉じ込めてしまったのだ。

……私は何故、仇《かたき》の腕でおとなしくしているのだろうか……。

何度己の心に問いかけても、答えは出ない。わかるのはただ、何の躊躇いも無くアルファたちを…血縁上は兄に当たる男たちを斬った叢雲が、ひどく弱々しく見えてしまったこと。そして、そんな叢雲を突き放せなくなってしまったことだけだ。

菊夜叉に応えてもらい、しばらく黙っていた叢雲の腕が、うずうずと揺れだした。

「……なあ、菊夜叉……」

「私は大丈夫だ。気分は悪くないし、どこも痛くないし、腹も空《す》いていない」

先回りして答え、菊夜叉は腹の前に回された腕をそっと撫でる。

「…お前こそ疲れておるだろう。私のことなど気にせず、休んではどうだ」

「…………」

「おい…、…貴様…？」

何度呼びかけても応《いら》えが返らず、不審に思って振り返れば、叢雲がぽかんと口を開けたまま絶句していた。丸くなった目の前でひらひらと掌を振ってやると、強張っていた唇がようやく動き出す。

「……、を」

「うん…？」

「……医師《いしゃどん》を、……いっき医師を呼ばんと……！」

「…わ…っ、…おい、待て！　落ち着け！」

己を軽々と抱えたまますっくと立ち上がり、大股で歩き出そうとする叢雲の腕を、菊夜叉は慌てて何度も叩く。こんな有様で、医師など呼ばれてはたまらない。

「いきなり如何したのだ。医師の診察を受けるのならば、一人で行け」

「何を申しちょる。医師に診《み》させねばならんのは、菊夜叉、お前であろうに」

「は……？」

さも当然とばかりに叢雲は言い放つが、とんと理解出来ない。戸惑う菊夜叉を、震える腕がぎゅっと包み込む。

「お前が俺を気遣《きづこ》うような言葉を申すなど…何かん病にかかったとしか思えん」

「や、病…?」

「おお、そげな顔をするな、菊夜叉。大丈夫じゃ。我が家では蘭方《らんぽう》を修めた名医を何人も抱えちょる。お前を治すためならば、大陸からどげな妙薬でん取り寄せてやるからな」

大船に乗ったつもりで居れ、と笑いかけられ、胸が突き刺されたように痛んだ。愛して欲しい、番になって欲しいと渇望しながら、叢雲は病でもない限り菊夜叉の愛情が己に向けられることは無いと悟っているのだ。

その上でなお、菊夜叉のために心を砕こうとする。頑《かたく》なな番に、少しでも己を見てもらうために。…ほんのついさっき、次兄の企みによって兄たちを斬らされたばかりだというのに。

石見たちを斬った後も、叢雲に変化は無かった。己のことは何も構わず、ひたすら菊夜叉をいたわってくれた。着替えたのだって菊夜叉に血塗れの姿を見せたくなかっただけで、自分一人なら返り血くらい頓着しなかったのではないだろうか。

けれど、だからと言って叢雲が何ら痛痒《つうよう》を感じていないということにはなるまい。もしかしたら本人すら自覚は無いのかもしれないが、血の繋がった兄たちを手にかけた感触は棘《とげ》となり、叢雲の心に突き刺さっているはずなのだ。…さもなくば、菊夜叉の胸がこんなにも疼くわけがない。

番だからなのだろうか。ふと芽生えた疑念を、菊夜叉はすぐさま打ち消した。

……違う。ただ、憐《あわ》れんでいるだけだ。誰にも関心を向けられず、運命の番などという幻想に縋るしかなかった、この男を。

だって、そうでもしなければ…せめて今一番近くに居る菊夜叉くらいは憐れんでやらなければ、あまりに不憫《ふびん》ではないか。

「…叢雲」

「お…、おおっ、何だ？　菊夜叉」

　小さく名を呼んでやっただけで、この極上のアルファに相好《そうごう》を崩させる自分が誇らしく感じるのも……優しくしてやりたくなってしまうのも、きっと一時の気の迷い。

「本当に、私のためならいかなる妙薬でも用意してくれるのか？」

「も、勿論じゃが。何でん言ってみろ」

「…では、褥に運んでくれ」

　ごくり、と叢雲の喉が上下した。

「…褥、に…？　じ、じゃってでん医師は…」

「医師は要らぬ。それよりも早く、褥へ…」

　叢雲はなおも医師を、医師をとぶつぶつ呟いていたが、菊夜叉が耳元で名を呼んでやったとたん機敏に動き出した。部屋の奥に敷かれた褥に菊夜叉を運び、そっと横たえる。

「貴様も、共に寝ろ」

　隣をぽんぽんと叩くと、枕元に座りかけていた叢雲は器用にもそのままの体勢で硬直した。

「…お、…俺も、そこで？」

「そうだ。…さあ、早く」

　叢雲は何故か躊躇っていたが、いかなる妙薬でも用意してくれると申したのは嘘だったのかと詰ってやると、おずおずと隣に潜り込んできた。だが、その巨軀が横たわったのは褥の端っこで、菊夜叉とは間にもう一人入れそうなほど離れている。

「もっと近くへ」

「だ、だが…」

「私の近くへ寄れと申しておるのだ。聞こえぬのか？」

　もう一度隣を叩いてやれば、叢雲は観念したようにその身を擦り寄せてきた。筋肉の隆起した分厚い胸に、菊夜叉は自ら顔を埋める。

「…ふぉわっ⁉」

「…お前は…、さっきから一体何なのだ」

奇妙な悲鳴に、菊夜叉は苛々と柳眉《りゅうび》を逆立てた。昨夜さんざんこの身を自由にしたくせに、何故今更同じ褥に横たわるくらいでいちいち狼狽《ろうばい》するのか。これでは、菊夜叉が無体を強いているようではないか。

「…こ…、怖くて…」

「怖い…だと？」

「昨夜もまるで我慢でげんやったのに…今、お前と触れ合っちょったら、歯止めがきかんくなりそうで…」

……私が貴様を心配してやったから？　たかがその程度のことが、それほど嬉しかったのか……？

叢雲が強いられてきた孤独の深さを垣間見てしまったようで、心がずんと重くなる。無言で下肢を寄せれば、叢雲のそこは袴越しにもそうとわかるほど熱を孕んでいた。昨夜あれほど出したのに、恐るべき精力だ。

「う…、あ、ああ、菊夜叉…そげなふうにされたら、俺は…」

「堪えろ」

つらそうに呻く叢雲などお構いなしで、菊夜叉は分厚い胸板にしがみつく。ごつごつして硬くて抱き心地は最悪なのに、日輪を内側に閉じ込めたような熱が気持ち良い。寄り添っているとぽかぽかして、眠たくなってくる。

叢雲は弱々しく呟いた。

「…こ…、堪えろち申しても…」

「無理でも堪えろ。…私は、我慢のきかない番は嫌いだ」

「え？　……菊夜叉、今何ち？」

番、の一言に鋭く反応した叢雲が、がばりと菊夜叉の顔を覗き込んでくる。菊夜叉、菊夜叉としつこく名を呼ばれても、応えられなかった。瞼《まぶた》が重たくて、開けられないのだ。

「頼む、菊夜叉…もう一度《いっと》、もう一度だけでんよかで…」

低い声の懇願さえ、今の菊夜叉には子守唄に過ぎない。目の前で繰り広げられた血の惨劇に、心は疲れ果てていたのだろう。すさまじい勢いで眠気が押し寄せてくる。

……そう言えば、あの歌い手は結局、何者だったのだろう？

懐かしい子守唄を口ずさんでいた細い背中を思い浮かべるうちに、菊夜叉の意識は眠りの沼に呑み込まれていった。


「菊夜叉。さあ、こげ来《き》」

少しでも外の様子を窺えまいかと、襖の前を行ったり来たりする菊夜叉に、叢雲がぽんぽんと己の膝を叩いてみせる。

「……」

一瞥すらせず、菊夜叉は無視した。襖の外の気配を辿り、何とかアルファたちの隙を突けないかと考え込んでいると、ひょいと身体が浮かび上がる。

「…貴様っ!?」

「あまり動き回るな。また誰かに見初《みそ》められてしまうかもしれん」

容易く菊夜叉の背後を取ったばかりか、軽々と抱き上げた叢雲は、そのままにこりと笑って腰を下ろした。当然、菊夜叉は男の腕の中だ。

「…姿も見えぬ者が、どうすれば見初められると?」

さらわれてから、今日で十日。石見たちの一件があってからというもの、叢雲は菊夜叉を廊下にすら出さず、片時も傍を離れない。目を離した瞬間、第二、第三の石見が出現すると信じて疑わないのだ。

「見えんでも焦がるっことは出来る。お前の気配、お前のかぐわしい香り、お前の声…俺なら、そいだけで狂えるでな」

「そのような阿呆は、貴様くらいだ。…放せ。放せと言うておるのに」

菊夜叉は身体をひねり、かなりの力を込めて叢雲の鳩尾《みぞおち》に肘鉄《ひじてつ》を見舞うが、叢雲は呻き声一つ上げない。笑顔を歓喜に輝かせ、菊夜叉の肩口に顎を乗せてくる。

「ああ……、俺ん番は何ち愛おしく美しいのだろう。お前は必ずこん俺が守ってやるって、心安らかに過ごせばよか。菊夜叉、菊夜叉、菊夜叉…」

「っ……」

　優しく情熱的な囁きに、安らぎと渇きを覚えてしまう自分——宿敵の手に落ちたことよりも、未だ脱出の端緒すら開けずにいることよりも、それこそが菊夜叉にとっては大きな問題だった。

　初日に荒々しく犯されてから、叢雲には一度も抱かれていない。菊夜叉が妙薬と称して添い寝をねだり、一度だけでも番と呼んでやったことで、叢雲はこうして常にすっぽり抱き込んでいれば菊夜叉の心を蕩かせるのだと思い込んでしまったらしい。

　そんなわけがあるか、と十日前の菊夜叉なら一笑に付しただろう。

　だがこの身体は、あれほど疎ましく憎らしかったはずの叢雲の体温を、心地好く感じ始めてしまっている。他人との接触を好まず、アルファに粘っこい視線を向けられるだけで総毛立っていたこの自分が。

　…このままでは、いつか心まで身体に引きずられてしまう。一刻も早く逃げなければと思うのに、ふと、自分が消えたらこの男はどうなってしまうのだろうと一抹の不安が過るのだ。

　……お祖父様……。

　無性に祖父に会いたかった。会って、こんな時はどうすればいいのか尋ねてみたかった。あの従者が生き延びていれば、祖父は必ず菊夜叉を捜してくれるはずだが…。

「あ……」

「…如何《どげん》した、菊夜叉」

　目敏《めざと》く覗き込んできた叢雲に、何でもないと首を振りながら、菊夜叉は思い出す。

菊夜叉が母の墓参りのため屋敷を出たあの日、武士に警護された乗物の一行とすれ違ったのだ。ちらと見ただけだが、乗物に刻まれた下《さ》がり藤《ふじ》の家紋は……。

……確か、お祖父様のかつての上役《うわやく》、若年寄様《わかどしよりさま》のものだったはず。

将軍が政権を帝に返上した今でも、幕臣に大きな影響力を有する人物である。祖父とは御役目を超えた交友があったらしく、時折屋敷に訪ねてくることもあった。武都で暗躍する南長を苦々しく思い、南長に宣戦布告すべきとまで主張していた。あの頃は菊夜叉も、叶うものならその軍の先頭に立ち、南長の裏切り者どもを成敗してやりたいと願ったのだが……。

ちら、と気付かれぬよう己を抱き締める男を見上げ、菊夜叉は小さく息を吐いた。もし若年寄が実際に幕臣軍を結成し、自分も参加していたら、この男とは戦場であいまみえたかもしれないのだ。

……いや、仮定の話ばかり並べても仕方が無い。重要なのは現実の方だ。

……だが、これまで思い出しもしなかったのに、どうして今更あの若年寄のことばかり気になってしまうのだろう。この十日間、静まり返っていた襖の外が、今朝は妙にざわついているせいなのか……。

「……小西《こにし》と椎名《しいな》を殺《うっごろ》したんは、幕臣ん残党どんに決まっちょる！」

突如、襖越しに怒声が響き、菊夜叉は目を見開いた。

もっとよく聞こうと身を乗り出そうとしたとたん、くるりと身体の向きを変えられ、叢雲の分厚い胸板に顔を押し付ける格好を取らされてしまう。

「…何をする！」

「——お前は、聞かんでよか」

じたばたともがく菊夜叉を容易く腕の中に閉じ込め、叢雲は振袖の襟から覗く項を撫で上げる。

突っ張っていた手足から、がくりと力が抜けた。

「…ぁ、…っ…」

「お前はごげんして、俺ん言葉だけを聞き、俺だけを感じておれば良かとじゃ」

　そんなわけにはいかない。執拗に項をまさぐられ、ぼやけていく意識を必死に繋ぎ止めながら耳を澄ませば、さっきとは違う声が途切れ途切れに聞こえてくる。

「…声を抑え。稚児様のお耳ん入れば、どげんすっとじゃ」

「稚児様じゃっち、もへ無関係じゃねど。こん黒須家に入らるん以上は、幕府へん未練なんち断ち切って頂かんと…」

　そう言いつつも菊夜叉の存在を憚ったのか、会話はだんだん小さくなり、聞き取りづらくなっていく。

「――お前たち」

　そこへ冷ややかな声が割り込み、菊夜叉の頬が強張った。菊夜叉を抱きすくめる腕にも、心なしか力がこもる。

「こ…、こいは、翠玉様…」

「気持ちはわかるが、口は慎め。今は大事な時ゆえな」

「はは…っ、申し訳ございませぬ…！」

　複数の足音が、慌ただしく遠ざかっていく。程無くして、幾つもの火鉢で暖められた室内に冷たい空気が入り込んできた。

「……叢雲。何故参らぬ」

　振り返らなくてもわかる。襖を開け放った翠玉は、印象的な緑の瞳を怒りに燃え上がらせているのだろう。胆力に優れたアルファたちすら、たまらず退散させてしまうほどの。

「御成書院《おなりしょいん》に参るよう、幾度も使いを出したであろう。この大事に家長の命令を無視するとは、何事だ」

「…家長？　お前はいつ家督を継承したとじゃ？」

　だが、菊夜叉をひしと抱いた叢雲に、怯えの気配は微塵《みじん》も無かった。苛々とした空気を発散させる翠玉を、揶揄《やゆ》する響きすらある。反対に翠玉は、どんどん苛立ちを募らせていくようだ。

「…父上がお出ましにならぬ以上、誰かが指揮を執らねばなるまい」

「大事じゃち申し上げ、お出ましを願えばよかとでは？」

「……とっくに申し上げた！　それでも稚児様の傍を離れて下さらぬから、私が立ち回らざるを得ないのではないか！」

　叩き付けられる怒りに、菊夜叉は身を竦ませた。ごく僅かな強張りを敏感に感じ取ったのか、叢雲は菊夜叉をいっそう深く抱き込み、場違いなほど甘く優しい囁きを漏らす。

「…大丈夫だ、菊夜叉。何も恐ろしかはなかぞ。俺が守ってやっでな」

「…む…、…叢雲…？」

　思わず名を呼んでしまったのは、背後で翠玉の怒りの気配がぶわりと膨らむのを感じたせいだ。気付かぬはずがないのに、叢雲はまるで構わず、全身を歓喜にわななかせる。

「おお…、…おおっ、菊夜叉…！　お前は何ち可愛《む》ぜかとか…」

「…お…っ、おい、やめっ……」

「愛しい、俺ん番…俺ん菊夜叉……」

　膨れ上がるばかりのアルファの怒気に晒されてもなお、叢雲の眼中には菊夜叉しかないらしい。爆発しそうな怒りを、翠玉は寸前で呑み込んだようだ。何度か荒い呼吸を繰り返した後、吐き出された声は氷のように冷たかった。

「……小西と椎名を殺害した咎人は、若年寄の配下だと断定された。これより我が黒須家は、幕府残党の排除に動く」

「っ……!?」

　息を呑んだのは叢雲ではなく、菊夜叉の方だった。叢雲は菊夜叉の額に口付けたり背中を撫で回したりするばかりで、長兄の宣言に何ら反応を返さない。

…単に無視しているだけなのか、それとも…。

「もはや衝突は避けられない。そのオメガを誰にも奪われたくないなら、父上の真似はせぬことだ」

「…っ、…う、…ふ…っ…」

翠玉の首根っこを引っ摑んで問い質してやりたいのに、頭を強く抱き込まれているせいでろくに声も出せない。はっ、と翠玉が鼻先で嗤う。

「……お前は本当に、父上にそっくりだ。姿かたちも、その気性も」

「……」

「だから私はお前も、お前の番も嫌いなのだ。私の秩序を乱す番など、消え去ってしまえばいいものを…」

忌々しそうに言い捨て、翠玉は去っていった。菊夜叉が解放されたのは、その気配が完全に消えた後だ。

「…さっきの話は、どういうことだ!?」

「菊夜叉…」

「何があったのか、お前は知っているはずだ。そうであろう?」

それは直感に過ぎなかったが、間違いではなかったらしい。襟首を摑み、きつい眼差しで見上げる菊夜叉に、叢雲は困ったような笑みを浮かべる。

「…昨日、小西と椎名…屋敷の外に出ちょった黒須家ん家臣が、斬殺死体で発見された。見事な袈裟懸《けさが》けん傷口からして、咎人は間違い無く武士じゃ」

二人の骸が藩邸に運び込まれるや、翠玉たち黒須家の重鎮が招集され、咎人の追及が始まった。真夜中で菊夜叉も深く眠っていたため、叢雲も参加していたのだというが、まるで気付かなかった。

「…その二人を殺したのが、若年寄様の配下だと判明したというのか？　……昨日の今日で？」

将軍が政権を返上した今でも、もののふの都と謳われた武都には数多の武士が暮らしているし、町人でも身を守るため剣術を習うご時世なのだ。たかが一日で、咎人を特定出来るわけがない。

馬鹿げていると反論しかけ、菊夜叉はようやく気が付いた。

「…そういうことに、したいのか」

「……」

「幕府の者によって、藩士が殺害されたと…そういうことにして、南虎藩は幕府を徹底的に叩き潰したいのだな」

叢雲は答えない。答えないことが、何よりも雄弁な答えだった。病に痩せ衰えた祖父の姿が脳裏を過り、菊夜叉は分厚い胸板を突き飛ばす。

「菊夜叉!?　…どこへ行く？」

あらん限りの力を込めてやったはずなのに、叢雲はふらつきもせず、菊夜叉の腰を捕らえる。もがいても踏ん張っても振り解けず、しまいには胸板を幼子のようにぽかぽかと殴ってやったが、全てあっさり封じ込まれてしまった。

それでも、今度ばかりは諦めるわけにはいかない。

「放せ、…放せぇっ！　お祖父様を…、お祖父様をお助けせねば…！」

病に倒れて久しい祖父だが、かつての上役であった若年寄が決起すれば、這ってでも戦場へ馳《は》せ参じようとするだろう。幕臣の鑑と謳われたあの祖父が、臥《ふ》したまま命を終えるなど考えられない。

「…そげんことを聞かされて、俺がお前を行かすっと思うか？」

「……あ、…ああっ！」

ぎち、と項に爪を立てられ、痛みと紙一重の快感が全身を突き抜けた。おとがいを掬い上げられ、菊夜叉は息を呑む。憤怒に歪んだ唇から、鋭い犬歯が覗いている。

「…叢、雲…」

恐怖の滲んだ呼びかけは、こんな時ですら歓喜をもたらしたのか。叢雲の唇が、にいっと笑みの形に歪む。…鋭い犬歯を覗かせたまま。

「お前は俺の番じゃっど。…どこにも行かせんし、俺もお前から離れるつもりは無か」

「……っ…」

機先を制され、菊夜叉は喉を震わせた。翠玉たちと同格である叢雲ならば、今からでも重鎮たちを集め、藩士殺害について捜査のやり直しを命じられるのではないかと淡い期待を抱いたのを、見透かされていたのだ。

「…どのみち俺が命じたところで、今更こん流れは変えられん。変えられるとすれば父上じゃが、母上のお傍を離れたりはなさらんじゃろう」

「翠玉もそう申しておったが…このような状況でも、番に付き切りだというのか?」

「ああ。幕府に政権を返上させた頃からずっと、母上んもとに入り浸っちょられる」

最近では翠玉たちにすらろくに対面を許さず、日がな一日酒を飲んでは番と褥で戯れていると聞き、菊夜叉は眩暈《めまい》がした。

——これだから、オメガは始末に負えぬ。

言動の端々に滲ませていた嫌悪は、オメガ全体というよりは、綱久の番に対してだったのだろう。

「…あ…、あっ……」

爪痕《つめあと》を刻まれた項をいたわるように舐められ、快感と同時に恐怖が走った。

引きこもった父の代理を果たすようになった長男の翠玉は、仲の良い次男の鏡八と共に叢雲を疎んじている。そこへ来て、この切迫した状況だ。翠玉と鏡八が結託すれば、叢雲と菊夜叉くらい簡単に排除してしまえるのではないか?

綱久は菊夜叉の顔を知らないのだ。別のオメガを菊夜叉に仕立て上げても、ばれないかもしれない。

「大丈夫だ、菊夜叉。…お前は、俺が守っでえ」

菊夜叉の不安を読み取った叢雲が、ねっとりと耳朶を舐め上げる。

「あ…っ、…な、何を……」

「翠玉たちがお前を害すっとなら、俺があやつらを倒してやっど。お前はただ、俺を愛してくれさえすればよか。…お前が項を差し出してくれれば、俺は最強ん戦士になれる。あやつらとそん配下どもを全

員敵に回せっせえ、後れを取らんほどのな…」

　紅い炎を双眸に宿らせ、叢雲は菊夜叉を畳に押し倒す。抵抗する暇もあればこそ、袴の紐を素早く解かれ、下帯ごと袴をずり下げられた。

　あっという間に抱え上げられた両脚の狭間に、素早く袴を下ろした叢雲の魔羅が押し当てられる。とっさに逃げを打とうとした身体を、きつく抱き込まれた。

「ひ…ぃっ、あ、や…、……あぁー…っ！」

　どこにも行けぬよう肉の熱杭に穿たれ、繋ぎ止められる。二度、三度と最奥を突き上げただけで、切っ先はおびただしい量の孕み汁をぶちまけた。

　逞しい肉体に圧し潰され、媚肉に泡立つ粘液を染み込まされる。内側から造り替えられていくような感覚が、菊夜叉を戦慄《せんりつ》させた。…叢雲の母親もまた、こうして造り替えられ、綱久を番として受け容れさせられたのだろうか。

　真っ赤に染まった頭の奥で、祖父が悲しげにこちらを見詰めていた。


……菊夜叉……。

　微睡《まどろ》みの中、誰かの呼び声が遠くから聞こえ、菊夜叉は瞼を固く閉ざした。覚めかけた眠りを、もう一度呼び戻そうとする。

　藩士殺害の一件以来、叢雲は一転して菊夜叉を日々抱き潰すようになった。菊夜叉が指一本動かせなくなるまで犯し、褥に閉じ込めておかなければ不安で仕方ないらしい。

　今日も、朝から始まったまぐわいは数刻以上にも及び、気絶するように眠りに落ちてようやく執拗な愛撫から解放されたのだ。

　目覚めたらまた、あの疲れを知らぬ男が挑みかかってくるに決まっている。自由になれるのが夢の中だけなら、当分の間現に戻りたくはない。

……菊夜叉。…私の……。

「…え、……？」

思わず瞼を見開き、起き上がってしまったのは、さらわれてきた初日に聞いたあの懐かしい子守唄の旋律が流れてきたからだ。あの日以来、一度も聞こえたことは無かったのに。

あの歌い手が、近くに来ているのだろうか。居ても立ってもいられなくなり、褥を抜け出そうとして、菊夜叉は叢雲の姿が無いことにやっと気付いた。代わりのように布団の上にかけられていた羽織が、するりと落ちる。

「…何が、あったのだ…」

ここ数日、以前にも増して菊夜叉を放さなかった叢雲が、傍を離れたのだ。尋常ではない何かが起きたとしか思えない。

不測の事態に備え、菊夜叉は怠い身体に鞭打って振袖と袴に着替えた。これで二刀があれば心強いのだが、武器になりそうなものは見当たらない。

仕方無く丸腰のまま部屋を出ようとした時、襖が外側から勢い良く開け放たれた。てっきり叢雲かと思いきや、息せき切って現れたのは鏡八だ。

「…良かった。無事だったね」

「貴様…、何があった？」

鏡八も翠玉も、叢雲が菊夜叉を閉じ込めて以来一度も訪れていない。対面するのは久しぶりだが、石見の一件があるだけに、ほっとしたような表情をされると身構えてしまう。

しかし、初めて聞く真剣な口調で告げられた言葉は、菊夜叉の疑念など吹き飛ばすほどの威力があった。

「…藩邸が、幕府の軍勢に取り囲まれた」

「何…っ!? それは、まさか…」

「旗印はばらばらだけど、十中八九、率いているのは若年寄だろう。こちらの動きを読んで、先手を打ってきたんだ」

耳を澄ましてみれば、強い風の音に混じり、遠くから馬のいななきやざわめきが流れてくる。かなりの大人数だ。

南虎藩を始めとする西国の諸大名は討幕に傾いたが、武都には未だ幕府に忠誠を誓う藩も多く残っており、自主的に武都の治安を守っている。そうした藩の藩士たちも若年寄の軍勢に加わったに違いない。

「…私は、人質にはならぬぞ」

自分を叢雲の…疎ましい弟の番としか見ていない鏡八がこの状況で訪れたのは、この身を若年寄軍への盾に使うためとしか思えない。そんな屈辱を受けるくらいなら、この場で舌を噛んで果ててやる。

じっと睨み据えていると、鏡八は携えていた細長い包みを無言で差し出してきた。訝しみつつも受け取り、菊夜叉は絶句する。錦《にしき》の袋から出て来たのは、蝶の家紋が刻まれた大刀…母の墓前で襲撃された際、失《な》くしたとばかり思っていた愛刀だったからだ。

「何故、貴様がこれを？」

「君の痕跡を残すわけにはいかないから、一緒に持ち帰ってきていたんだ。その後は屋敷の宝物庫に仕舞い込まれていた」

それでは答えになっていない。憎い弟の番たる菊夜叉に、何故貴重な時間を割いてまでわざわざ武器を届けるのかと聞きたいのに。

菊夜叉のまっすぐな眼差しに圧されたように、鏡八は顔を逸らした。

「…奥までは踏み込ませないつもりだけど、万が一のことがあれば、これで身を守るといい」

「……」

「まあ、まずそんなことはありえないと思うけど」

「――鏡八っ！」

言い終えるが早いか、どかどかと荒々しい足音と共に現れた叢雲が、菊夜叉と鏡八の間に割り込んだ。その手には、総身六尺はあろうかという槍が握られている。十文字の穂先のそれを取って来るため、菊夜叉の傍を離れたのだろう。

「貴様…、菊夜叉に何をした？」

「本人に聞けばいい。いちいち説明してやるほど、暇じゃないんでね」

鏡八は身を翻し、立ち去ろうとして、ぴたりと足を止める。

「…それを宝物庫から持ち出したのは僕だけど、寺院から持ち帰ってきたのは兄者だから」

「え……」

――オメガを嫌い抜いているあの翠玉が、菊夜叉の愛刀を……？

てっきり持ち帰ったのは叢雲だとばかり思っていただけに、意外だった。翠玉も鏡八も、一体何を考えているのか。まるで想像がつかない。

問い質そうにも、鏡八は今度こそ足早に去っていったし、翠玉に至っては迎撃の指揮を執っているだろう。呆気に取られていた菊夜叉は、手にした愛刀を叢雲に奪われそうになり、はっと我に返る。

「…何をする！」

「お前に武器など必要なか。お前の身は、俺が守ってやる」

真剣そのものの宣言に、菊夜叉はこめかみを引き攣《つ》らせた。

…そうだ、叢雲はこういう男だった。菊夜叉を絶対に戦わせたくない男が、愛刀をどこかに捨てこそすれ、持ち帰って保管などしてくれるわけがないのだ。今回ばかりは、翠玉と鏡八に感謝せねばなるまい。

「この状況で丸腰など、ありえぬだろう。…若年寄様の軍勢の動きは、どうなっておる？」

大刀を腰に差しながら問えば、叢雲は不承不承《ふしょうぶしょう》口を開いた。

「藩邸は完全に包囲されちょる。門を破らるっとは時間の問題だろう」

「何と……」

「安心せい。わざと門を破らすっとじゃ。他からん侵入を防ぐためにな」

物見からの報告では、若年寄の軍勢は五百を下らない。対してこの南虎藩邸に詰めるのはせいぜい三百人程度だが、うち三十名は綱久が産ませたアルファたちだ。只人の藩士でも、大陸からの密貿易で入手した最新式の銃で武装している。そこに守り手の優位が加われば、勝利は決して不可能ではない。

「…そう…、か…」

こみ上げてくる苦々しい感情を、何と表現すればいいのだろう。

政権が帝に返上される前も、幕府軍と南長の連合軍は各地で何度か衝突したが、数では圧倒的に勝っていたのに、幕府軍は常に敗北を喫してきた。軍勢の差を補って余りあるだけの武器を、海外の列強と密かに結び付いた南長はその豊富な財力で手にしていたからだ。

だからこそ、屋敷を包囲されたにもかかわらず、鏡八も叢雲も…きっと翠玉も、まるで動揺していないのだ。冷静に対処すれば、幕府軍など恐れるに足りずと確信している。…きっとそれはそのまま、幕府の…いや、幕府を拠《よ》り所《どころ》とする者たちの行く末でもあるのだろう。

旗本の子としては嘆かわしい状況なのに、どこかで安堵を覚えてしまう自分を、菊夜叉は認めざるを得なかった。南虎藩が勝利するのなら、叢雲も…菊夜叉だけを求めてやまぬこの男も死なずに済む。

……そうだ。私はいつの間にか、この男を死なせたくないと願っている……。

出逢って一月も経たぬのに、胸に巣食ってしまったこの感情の正体を、認めるわけにはいかなかった。…菊夜叉の命は、間も無く散るかもしれないのだから。

「……叢雲」

「おお…、如何《どげん》した？　菊夜叉」

卑怯《ひきょう》な真似をしているのを承知で呼びかければ、こんな時でも叢雲は破顔し、菊夜叉を片腕で引き寄せた。おとなしく分厚い胸板に顔を埋めると見せかけ、菊夜叉は隙だらけの鳩尾に鞘ごと握った愛刀の頭を叩き込む。

「ぐぉっ……!?」

「…すまぬ！」

体勢を崩した男の腕からするりと抜け出し、菊夜叉は襖を蹴破った。廊下を突っ切り、降り立った中庭ではあちこちに篝火《かがりび》が焚かれ、武装した藩士たちが走り回っている。

「武装ん済んだ者から順に、正門へ回れ。急げ！」

「土蔵からあいたけん銃弾を運べ！　灯《あか》りもやっど！」

「正門が破らるったら、まずアルファん衆が迎撃する。余《よ》の者は援護《かせ》に回れ！」

宵から夜に染まりつつある薄闇に、殺気立った怒号が飛び交う。大きな荷を背負った藩士たちが駆けていく先が、おそらく藩邸の正門だろう。

身を屈め、なるべく灯りの少ない前栽《せんざい》の陰伝いに藩邸の母屋《おもや》を回り込んでいくにつれ、ざわめきと人の気配は濃密になっていく。長屋塀の向こう側は若年寄の軍勢が取り囲んでいるのだと思うと、背筋を冷たい汗が伝い落ちた。仇敵に捕らわれ、囲い者同然の扱いを受けてきた菊夜叉もまた、彼らにとっては許されざる咎人に違いない。

……あそこが、正門か。

どん、どん、どんっ、と外側から槌《つち》で執拗に叩かれ、軋む門の前に、具足と二刀で武装したアルファたちが待ち構えている。その左右には、銃を構えた只人の藩士たちと、翠玉と鏡八の姿もあった。雪崩《なだ》れ込んできた軍勢を、ここで一網打尽にするつもりなのだ。

ならば、門が破られたその瞬間を狙い、敵味方入り乱れる中に上手《うま》く紛れ込むしかない。果たして敵とは南虎と若年寄、どちらなのか。皮肉な笑みを浮かべ、時を窺う菊夜叉の長い袂《たもと》が、背後からぐいっと引っ張られる。

「あ、……っ！」

庭木の枝にでも引っ掛かったのか——振り返った矢先、闇の中から巨大な影が躍り出る。

……け、獣っ……!?

はあはあと荒々しい呼吸が聞こえ、とっさに顔の前で交差させた両手を、強い力で引き上げられた。宙に浮いた不安定な身体を、尻の下に差し入れられた腕がすかさず支える。

「……菊、夜叉……」

耳朶に熱い吐息が吹きかけられ、名を呼ばれてもなお、菊夜叉は己を拘束するのは獣だと思っていた。…だって、人間は金色に底光りする双眸をぎらぎらと滾らせ、鋭い牙を覗かせたりしない。きつく抱き締められるだけで、呼吸が止まりそうになったり、骨がみしみしと軋んだりもしない。

「何故《ないごて》…、何故俺から逃げる…っ…!?」

恨みがましく詰られてようやく、叢雲に捕らわれたのだと気付いた。アルファであっても菊夜叉が正門に辿り着くくらいまでは回復しないと踏んでいたのに、何という身体能力なのか。

「…駄目だ…、放せ…！」

「…放すもんか…、放すもんか、放すもんか…！」

咆哮し、叢雲は項に――どれだけ興奮しても決して噛み付こうとしなかったそこに歯を立てた。硬い牙の感触に、叢雲というアルファを教え込まれてしまった腹の奥が甘く疼き、菊夜叉を絶望させる。

……ああ…、だから、捕まりたくなかったのに……！

「答えんか、菊夜叉。…守ってやると言うたのに、何故逃げた。若年寄ん軍勢の中に、思いん交わした男でも居るのか？」

「…っ…、…」

「――答えろ！」

轟く雷鳴の如き一喝が、菊夜叉の心に突き刺さった。名を呼ぼうと、懇願しようと、叢雲はきっと許してくれない。素直に告白しない限り、泣いても叫んでも、その牙を項に突き立てる。

そうなればきっと、菊夜叉は……。

「お…、…祖父様を、…探そうと…」

「……祖父を？」

　叢雲を取り巻く怒りの炎が、ほんの少しだけ和らいだのに励まされ、菊夜叉は言葉を紡ぐ。今にも肉を突き破りそうな牙の硬さに震えながら。

「若年寄様は…、お祖父様の上役で、屋敷にもよく訪ねてこられた…。若年寄様に誘われれば、お祖父様は…利かぬ身体を引きずってでも、軍勢に加わるかもしれぬ…」

「ならば何故、俺に言わん。お前の祖父一人くらい、俺が助け出してやるもんを」

「…貴様ならそう申すと思ったからこそ、言えなかったのだ」

　叢雲はきっと、菊夜叉の望みであれば容易く生家を裏切るだろう。翠玉も鏡八も…血の繋がった兄たち全てを敵に回してでも、菊夜叉の願いを叶えようとするだろう。

　裏切り者、と兄たちに詰られても、叢雲は歯牙にもかけない。菊夜叉が嫌なのだ。これ以上、この男が深い孤独に沈んでしまうのが。…この男の苦しみを、我がことのように感じてしまう自分自身が。

　それくらいなら、いっそ……。

「菊夜叉……」

　呆然と呟いた叢雲の牙が、項から離れていく。爪先から地面にそっと下ろされ、安堵の息を吐いた時だった。絶え間無い衝撃に耐え兼ねた門扉が、閂《かんぬき》ごと外側から吹き飛ばされたのは。

「門が開いたぞ！」

「迎撃《むげめ》て！　決して奥ん進ますんな！」

　無数の喚声に、ばん、ばん、ばんっと何かが爆《は》ぜる音が混じった。鼓膜を破りそうなそれは、南虎藩の藩士たちが一斉に発射した銃だろう。火縄銃《ひなわじゅう》なら菊夜叉も撃ったことがあるが、今、闇の中で火を噴いた銃は火縄銃よりも銃身が長く威力がある上、ほとんど間を置かず次弾が発射される。

「ぐわあああー……っ！」

「銃だ！　銃を撃ってきたぞ！」

「おのれ南虎め、紅毛人どもに魂を売り渡したか…！」

連射された銃弾は、突撃してきた若年寄軍の先鋒《せんぼう》の一陣を伸びた雑草か何かのようになぎ倒した。だが、朋輩の壮絶な死に様は、却《かえ》って若年寄軍の闘志を燃え上がらせてしまったようだ。

「怯むな！　我らは上様《うえさま》の誇り高き臣下ぞ。裏切り者の田舎侍どもに、幕臣の戦いを見せてやれ！」

「…あ、あれは…！」

門の外側から轟いた呼号に、背筋が凍り付いた。とっさに飛び出そうとした菊夜叉を、腰に絡みついた太い腕が阻む。

「お前の祖父か？」

「いや…、あれは若年寄様だ」

何度か対面したこともあるから、間違い無い。大将として最後方で指揮を執っているものとばかり思っていたのに、先陣まで出て来たのか。若年寄と言ってもまだ三十も半ばで、若い頃から武芸で鳴らしたというアルファだから、血気に逸《はや》る心を抑えきれなかったのかもしれないが…。

「若年寄様のおおせの通りじゃ！」

「討て！　裏切り者の狗どもを討てっ！」

アルファの命令に奮い立った武士たちが、二度目の突撃を試みる。再び銃声が轟き、少なくない数の武士たちが倒れたが、無駄な犠牲ではなかった。倒し切れなかった者たちが射手のもとに辿り着き、次々と斬り捨てていったからだ。

「…行け！」

翠玉の命に従い、アルファの集団が武士たちに斬りかかる。おかげで射手の何人かは戦線を離脱出来たが、敵味方入り乱れる接近戦に突入してしまえば、もはや銃は役に立たない。

「この先には、絶対に行かせない…！」

戦場の中心で疾風の如く刀を振るい、押し寄せる武士たちを次々と倒していくのは鏡八だ。普段の優男然とした空気はどこへやら、只人の武士を蹴散らしていく様は、まさに鎧袖一触《がいしゅういっしょく》である。

「…うおおっ!?」

鏡八の討ち漏らしは、翠玉が後方から弓矢で的確に射貫《いぬ》いていく。ある程度軌道をつけられる矢なら、銃と違い、乱戦でも味方を援護出来るのだ。

数の上では圧倒的に勝っているにもかかわらず、兄弟を中心とした完璧な布陣とアルファたちの奮戦により、若年寄軍はみるみるまにその数を減らしていく。不甲斐無《ふがいな》い味方に苛立ったのか、馬を高くいななかせ、一騎の騎馬武者が突進してきた。兜《かぶと》の隙間から覗く顔は、間違い無い。若年寄のものである。

「裏切り者どもめ！　我が槍、受けてみよ！」

ぶおん、と若年寄が馬上で槍を振り回すたび、藩士たちの首が玩具か何かのように刈り取られていった。アルファたちが慌てて前に出るが、騎馬に徒歩では圧倒的に分《ぶ》が悪い。若年寄の突きをかわしきれなかったアルファが喉を貫かれ、絶命する。

「かかれ！　かかれーっ！」

初めてのアルファの犠牲に、武士たちの士気は俄然高まった。勇ましい大将を守ろうと、後続の軍勢が殺到し、狭い門扉から入りきれなかった者たちは次々と長屋塀を乗り越え始める。

「…退くぞ、菊夜叉！」

数多の武士たちが侵入を果たしたのを見て取り、叢雲が菊夜叉の手を引いた。彼らの中には、アルファも幾人か混じっている。接近されれば、匂いを嗅ぎつけられ、ここにオメガが…菊夜叉が居ると露見してしまうかもしれない。

だが……。

「…お祖父様を…、お祖父様を捜さなければ…！」

若年寄自らが先陣に出ているのなら、祖父もまたその近くに居る可能性が高い。藩士たちが再び銃を使い始めれば、病で衰えた祖父など一発で命を失ってしまうだろう。

「うらあああああっ！」

業《ごう》を煮やした叢雲が菊夜叉を抱え上げようとする

のと、長屋塀から降り立った武士が斬りかかってくるのは同時だった。とっさに動けない菊夜叉の前で、疾風を纏った槍の穂先が閃く。

「…な…、…なんでここに、アルファが…」

喉首を狙い過《あやま》たず貫かれた武士は、驚愕に染まった顔のまま息絶えた。朋輩を追いかけてきた別の武士が松明《たいまつ》を高々と掲げ、照らし出された菊夜叉たちの姿に大呼する。

「き…っ、貴殿《きでん》は、白羽家の菊夜叉殿《どの》ではないか!? 何故ここに……」

「…あ、貴方は…」

頬髭《ほおひげ》を生やしたむくつけな武士に、菊夜叉は見覚えがあった。若年寄の用人だ。祖父の屋敷で何度か顔を合わせたことがあるが、まさかこんなところで見付かってしまうとは…。

「貴殿は一月近く前から、行方《ゆくえ》知れずになられていたはず。御祖父君もいたく心配され、寝付いてしまわれたというのに…何故、南虎の者と共に居られるのじゃ」

「…お、お祖父様が!?」

ならば、祖父はこの軍勢に加わってはいないのか。もっと情報を聞き出したいが、用人の顔は疑惑と軽侮に歪み、こちらの問いかけを拒んでいる。叢雲に庇われていなければ、問答無用で斬られていたかもしれない。

どうにか穏便にやり過ごせないかという菊夜叉の願いも空しく門前の乱戦から離脱した若年寄がこちらに馬を寄せてきた。腹心がいつまで経っても現れぬので、痺《しび》れを切らしたらしい。

「菊夜叉…!? それに、そこに居るのは黒須家の三男ではないか…!」

用人に促されてこちらを見下ろした若年寄は、切れ長の双眸をかっと見開いた。南長が盟約を結ぶ前、若年寄は幕府の使者として頻繁に南虎藩邸を訪れている。藩主の息子たちと面識があってもおかしくはない。

「藩主の息子じゃと…!?」

「白羽家の嫡子が、何故裏切り者の綱久めの息子と共に居る…?」

　大将のもとに集まり始めていた武士たちの間に、ざわめきが走った。突き刺さる刺々《とげとげ》しい視線から守るように、叢雲が殺気を放ちながら馬上の若年寄を睨み付ける。

「菊夜叉は俺ん番じゃ。菊夜叉を傷付くい者は、俺が許さん」

「番……!?」

　絶句した若年寄の未だ若々しい顔が、驚愕から好色そうな笑みに変化していく。

「ほう…、そういうわけか」

「…若年寄様、お聞き下さい。これには訳が…」

　嫌な予感にかられ、菊夜叉は叢雲の肩越しに弁明を試みる。だが若年寄は鼻先で嗤い、槍の穂先をこちらに向けた。

「菊夜叉…そなた、幕府の敗色濃厚と見て、早々に裏切り者の血族を誑《たら》し込み、己が身の安泰を図ったのじゃな」

「違っ……」

「己に言い寄るアルファを返り討ちにしてきたのも、一番高く買い上げてくれる者を物色していたからじゃな。清廉潔白《せいれんけっぱく》な白羽の孫とも思えぬ強欲ぶりじゃ」

　雑言《ぞうごん》を並べたてていく若年寄の双眸に宿る冷徹な光を、菊夜叉は見逃さなかった。

　……これは、策だ。

　若年寄は率いる軍勢の団結と士気を高めるため、菊夜叉を薄汚い裏切り者のオメガに仕立て上げようとしているのだ。菊夜叉が本当に裏切り者かどうかは、どうでもいい。この戦いに勝利するための、捨て駒《ごま》に過ぎないのだから。

　若年寄の謀略は、すぐに功を奏した。

「……裏切り者に、己が罪を思い知らせてやれ！」

　誰かが叫んだのを皮切りに、目の色を変えた武士たちがいっせいに襲い掛かってきたのだ。菊夜叉を討ち取るためではない。捕らえ、凌辱するためだ。若く美しいオメガの色香は、アルファのみならず只人をも魅了する。

だが、そんな無体を叢雲が黙って許すわけがない。

「……菊夜叉っ！」

動けぬ菊夜叉を左手で抱えるや、叢雲は群がる武士たちを長槍で薙ぎ払った。ある者は鋭利な穂先に四肢を切断され、ある者は朱塗りの柄に痛打され、地面に吹き飛ばされる。

「逃がすな！　追え！　追えーーっ！」

菊夜叉を抱えたまま屋敷奥に駆け出した叢雲を、若年寄に扇動された武士たちが追いかける。数十人は下らないその多さに息を呑み、菊夜叉は叢雲に必死に訴えた。

「私を置いて行け！　…奴らの狙いはこの私だ。貴様一人なら逃げられる…！」

「馬鹿を言うな。お前を失ってまで、生きる意味などあるものか！」

迷いなど欠片も無い言葉が、菊夜叉の項を疼かせる。

……どうして貴様は…そこまで、この私を……。

こんな状況に追い込まれたのは、全て菊夜叉のせいではないか。菊夜叉さえ見捨ててしまえば、叢雲だけは助かるのに。

「おおおおっ！」

気合と共に背後から投擲された投げ槍を、叢雲は回転しながら槍の柄で叩き落とした。その間、駆ける脚は一度も止まっていない。恐るべき技量だ。石見たちと刀で戦ったのは室内だからであり、本来は槍の方が得手なのだろう。

だが、いかに優れた遣い手であっても、武士数十人を敵に回した上、菊夜叉というお荷物を抱えていては、逃げ切れるわけがない。

「…下ろせ！」

中庭まで辿り着いたところで、追い縋ってきた武士たちにとうとう取り囲まれた時、菊夜叉は思い切りもがいた。菊夜叉とて、さっき鏡八に返してもらった愛刀を帯びている。叢雲には及ばずとも、その背中を守るくらいは出来るはずだ。

なのに、叢雲は菊夜叉を解放するどころか、抱える腕に力を込める。

「…もう放さんと、言うたはずじゃ」

「こんな時まで、何を…！」

「放せばお前は、どこかへ消えてしまう。お前を失うくらいなら…共に滅びた方がましじゃ…！」

血を吐くように咆哮し、叢雲は片腕で長槍を振り回す。腕の中の菊夜叉が、ぼろぼろと涙を零しているのにも気付かずに。

……ああ……、この男は、紛れも無く私の番なのだ……。

否定し、拒み続けてきた事実を、もう認めないわけにはいかなかった。だってこの男は、菊夜叉とまるで同じ思いを、胸に秘めていたのだから。

鏡八が刀を返して去った後、菊夜叉もまた考えていた。叢雲の舐めてきた辛酸に胸を痛め、優しくしてやりたいと願ってしまうこの感情を……愛情を、認めるくらいなら共に死んだ方がましだと。

「……ぐっ……！」

包囲網から放たれた矢が、叢雲の肩に突き刺さる。

「…叢雲！」

「……大丈夫、だ。心配は要らん」

叢雲は突き刺さった矢を引き抜きざま、放たれた二射目を払い、鋭い突きで射手の左胸を貫いた。だが、血に染まった槍を引き戻す間にも武士たちは雲《うん》霞《か》の如く群がってくる。それを薙ぎ払う叢雲の槍から、少しずつ勢いが失《う》せていく。

このままでは……待っているのは、死。

「……を、……噛め」

よってたかって斬られ、刺され、血の海に沈む叢雲が脳裏に浮かんだ瞬間、菊夜叉は叢雲の袖を引いていた。喊声《かんせい》に紛れかねない小さな呟きをしかと聞きつけた叢雲が、黒い双眸を見開く。

「…菊夜叉…？　今、何と…」

「……私の、項を噛め！　貴様は、私の運命だ……！」

「あ…、…あ、…あぁぁ、あっ――――！」

人のものとも思えぬ雄叫びが、戦場にこだました。

荒ぶる武士たちは得物を振るう手を止め、凍り付いたように見守るしかない。叢雲が菊夜叉の項にかぶりつき、歯を突き立てる様を。――運命の番が誕生する、その瞬間を。

……ああ…っ、熱い…、…熱い…っ…！

啜り上げられた血と引き換えに流れ込んでくるもの――それは叢雲の生命そのものだ。心の臓が脈打つたび、怠かった身体に活力が満ちていく。菊夜叉だけではない。きっと、叢雲もまた――。

「…ぎゃあっ！」

「ひ、ぎぃぃっ…！」

名残《なごり》惜《お》しそうに牙を引き抜き、菊夜叉を抱え直した叢雲が長槍を繰り出すたび、優位を確信していた武士たちは弾き飛ばされ、骸と化していく。

運命の番を得たアルファは、他の追随を許さぬ力を手に入れる。

眉唾物《まゆつばもの》とばかり思っていた伝承は真実だったのだと、菊夜叉は認めざるを得なかった。消耗しきっていたはずの叢雲の全身には生気と闘志が沸々と滾り、超人的な力を叢雲に与えている。…ようやく得た番を、守るために。

叢雲の父、綱久が長きにわたり黒須家に君臨出来たわけだ。黒船によってこの国の安寧が乱されたきな臭い時代に、圧倒的な力を誇るアルファの当主はどれほど頼もしかったことか。

「……ば、化け物か……」

菊夜叉を抱えたまま、瞬く間に取り囲む人垣の半分以上を倒した叢雲から、残された武士たちはじりじりと後ずさり始める。

「退《ひ》くな！　…退けば、待っているのは死ぞ！」

瓦解しかけた配下たちを押しとどめたのは、騎馬

で駆け付けた若年寄だった。引き連れた手下の武士たちは、叢雲に…否、今にも遁走《とんそう》しようとしていた仲間たちに引き絞った弓矢を向けている。

「…ひぃぃ、ひぃっ！」

進んでも死、退いても死。ならばせめて化け物一人の方がまだ勝算はあると踏んだのか、若い武士が破れかぶれの一撃を繰り出すが、叢雲にあっさりと首を飛ばされてしまった。

「あ、…こらっ、貴様ら、どこへ行く!?」

一気に混乱状態に陥った武士たちは、若年寄の思惑とは別の行動に出た。蜘蛛《くも》の子を散らすように、てんでんばらばらに逃げ去っていったのだ。何人かは放たれた矢に倒れたが、全員を仕留めきれるはずもなく、多くの武士たちは闇に紛れてしまう。

その隙を逃さず、叢雲は人一人抱えているとは思えぬ速度で若年寄に迫った。手下の武士たちが騎馬に群がり、己の身を盾とするが、暫時の猶予を稼げたに過ぎない。…おそらくは、若年寄が神仏に命乞いをする時間にも足りぬほどの。

「俺ん番を貶《おとし》め、利用しようとした罪。…命をもって購《あがな》え」

うなる穂先は鎖帷子《くさりかたびら》を容易く突き破り、馬上の若年寄の左胸を深々と貫いた。断末魔の叫びを上げる暇すら無く、絶命したのだろう。叢雲が貫通した槍を引き抜くや、若年寄の長身はぐらりと揺れ、血をまき散らしながら地上に墜落する。

「――幕府軍の首魁、こん叢雲が討ち取った！」

倒れた若年寄を前に勝ち名乗りを上げる叢雲は、間違い無く最強のアルファ――万人を統率し、君臨する王者だった。その堂々たる雷声は屋敷じゅうに響き渡り、あちこちで歓声と、絶望の悲鳴が応える。

「…わ、若年寄様が…」

「逃げろ、…逃げろっ！」

かろうじて生き残った若年寄の手下たちが、散り散りになって逃げ出していく。

彼らの中にはあの用人も交じっていたが、意外にも叢雲は追わなかった。その必要が無いからだとわかったのは、こちらに背中を向けた用人が、どうと倒れ臥した後だ。

　最初は、石か何かにつまずいたのかと思った。だが、いつまで経っても起き上がらない用人の側頭部には、よくよく見れば矢が深々と刺さっている。

「……下郎《げろう》が」

　配下たちが掲げた松明の灯りの中、現れたのは弓矢を携えた翠玉だった。背後には、抜き身の刀を手にした鏡八が従っている。

「…翠玉…、鏡八…」

　こくりと喉を上下させた菊夜叉に、翠玉は眉を顰めた。薄闇でもなお鮮やかな緑の瞳は、噛み痕も生々しい菊夜叉の項に注がれている。

「――叢雲を、番と認めたか」

「……」

　抱えられたまま、菊夜叉は無意識に愛刀の柄に触れる。翠玉たちがやって来たということは、若年寄の軍勢はほぼ鎮圧されたと見ていいのだろう。

　にもかかわらず、未だ武装を解かぬ二人が現れたのは、若年寄の骸を検分するため――とは、とても思えなかった。二人のアルファの双眸には、門前で軍勢を迎え撃った時にも勝る戦意が宿っているのだから。

　菊夜叉を番とした今、叢雲は父綱久の出した条件を成就させた。綱久が認めた以上、実質的な当主は叢雲と言っていいだろう。

　だが今の叢雲は、番を得たとはいえ、たった一人だ。対して翠玉たちは多くの手勢を率いており、自身も相当の遣い手である。

　二人が手を組めば、叢雲を倒し、菊夜叉を奪うのも不可能ではない。菊夜叉と同じ危惧を、叢雲も抱いたはずだ。微塵も疲労を感じさせない腕に、いっそう力がこもる。

　三人のアルファたちがぶつけ合う眼差しは闇を切り裂き、燃え上がらせる。

だから菊夜叉は、吸い込んだ空気に微かな焦げ臭さを感じた時、彼らの闘志がとうとう炎を生じさせたのかと思ったのだ。だが次の瞬間、中庭に面して巡らされた廊下の奥から、警護のアルファが血相を変えて飛び出してくる。

「……火事じゃ！　皆様、どうか逃げっくいやい！」

「な、…火事ちね!?」

「若年寄ん残党が、火を点《つ》くったとが!?」

武都において火事は、何よりも恐れられる災害だ。アルファ三人の睨み合いに動けずにいた藩士たちも我に返り、警護のアルファに詰め寄る。

「違《ちご》もす。残党どもではございもはん。火を点けたんは、…点けたんは…っ…」

アルファが涙ながらに訴えようとした瞬間、その胸に鋼の穂先が生えた。がぼ、と血を吐き、倒れるアルファの背後から、長身の男が現れる。

「……叢雲？」

呟きを漏らし、すぐに違うと思い至る。叢雲は相変わらず菊夜叉を抱えて放そうとしないし、アルファの骸を無表情に見下ろす男は、叢雲よりも十以上は歳《とし》を重ねている。だが違いと言えばそれくらいで、男は叢雲に瓜二《うりふた》つと言って良かった。

だから菊夜叉にも、男の正体が簡単に推察出来たのだ。

「……黒須、……綱久……」

唇を震わせた菊夜叉に、綱久は僅かに眉を寄せる。だがその眼差しは、すぐさま奥の襖を開けて現れた青年に注がれた。美々しく設えられた奥の部屋では、あちこちから火の手が上がっている。

「綱久……」

冷たく名を紡ぐその声に、菊夜叉は覚えがあった。あの子守唄の歌い手だ。黒須家の一族にしか許されないという紺青の小袖を纏った、ほっそりとした姿の青年がかぶっていた頭巾を取った瞬間、一同の視線は菊夜叉に突き刺さる。

「…同じ…、顔……!?」

「母上……!?」

ほぼ同時に翠玉と叢雲が叫び、青年の正体は明らかになった。綱久の運命の番…叢雲を産んだオメガだ。

…だが、どういうことだ？　どうして綱久の番と菊夜叉が、同じ顔をしている？

「……この時を、どれだけ待ったことか」

番の青年が紡ぐ声までも、菊夜叉とそっくりだった。目を閉じれば、自分が喋《しゃべ》っているのではないかと錯覚するほどだ。

「菊夜叉。…大きくなったね。丈夫に産んでくれた綾に、感謝しなくては」

「…何故、母の名を……ま、…まさか!?」

打って変わって優しい言葉が、ばらばらだった情報を一つに繋ぎ合わせていく。菊夜叉と同じ顔。突如、家督継承の条件として加えられた菊夜叉。今や菊夜叉と祖父くらいしか知らない、母の名前。そして。

――可愛い菊夜叉…貴方は、貴方のお父様にそっくりよ…。

「……父上、……なのですか？」

呆然と呟いたとたん、どよめく人々には一瞥もくれず、青年は嬉しそうに微笑む。

「そうだよ。…綾と私は幼馴染みで、密かに言い交わした仲だった。綾が君を身ごもって、生まれるのが男子なら菊夜叉と名付けようと話していたのに…」

父が横目で綱久を見遣った瞬間、わかってしまった。番の匂いを嗅ぎつけた綱久は、番に恋人が居ようと、その腹に新たな命が宿っていようと構わず、強引にさらっていったのだろう。その衝撃で母は狂い、何も語らぬまま死んでいった。

あるいは祖父は薄々勘付いていたが、娘を思い、知らぬふりを貫いていたのかもしれない。菊夜叉をあまり外出させたがらなかったのも、父親の轍《てつ》を踏ませまいという親心だったのか。

そうして南虎藩邸に閉じ込められた父に、菊夜叉の存在を知らせたのは、叢雲なのだろう。叢雲は言っていた。菊夜叉を町で見付けた時、母親にだけは報告したと。菊夜叉の名前と、振るっていた脇差に刻まれた蝶の家紋。それだけで、父は悟ってしまったに違いない。…己が産まされた子の番が、こともあろうに、愛する女が産んでくれた息子だと。

だから父は、綱久にねだったのだ。家督を継承するのは、白羽家の嫡子…叢雲の運命の番を得た者にして欲しいと。おそらくは……今、この瞬間のために。

全ては菊夜叉の想像だ。けれど、間違いではあるまい。初めて会うはずなのに懐かしい微笑みが、優しい声音が、胸に染み入るから。

「…そいなら…、俺と菊夜叉は、…血の繋がった兄弟じゃちいうのか…？」

困惑と歓喜の入り混じった叢雲の呟きに、自分たちの関係の複雑さを思い知らされる。菊夜叉は父と母の間に生まれた子であり、叢雲は綱久と父の間に生まれた子だ。

腹違いでもあり、種違いでもあるのに、紛れも無く血の繋がった兄弟なのである。これほど複雑な関係の二人が結び付けられるとは、運命は何と皮肉なのか。

「……もうよかだろう、泉之助《せんのすけ》」

黙って父に寄り添っていた綱久が、初めて口を開いた。泉之助というのが、父の名前なのか。…きっと今まで、綱久以外…叢雲すら知らなかった名前だ。

「もう時間が無か。目的は果たすったじゃろ？」

「……そう、だな」

二人がちらりと振り返った先…泉之助が長きにわたり閉じ込められていたのだろう部屋は、今や赤い炎に埋め尽くされ、煙が充満していた。炎が奥御殿《おくごてん》全体に燃え広がるまで、そう猶予は無いだろう。もはや鎮火は不可能だ。

つまり、火を点けたのは……。

「……お前か！」

激高に身を震わせながら、翠玉が泉之助を指さした。

「お前が、火を点けたのか。…黒須家を、滅ぼすためだ…っ…」

「……それのどこが悪い？」

翠玉や鏡八、そして居合わせた藩士たちの憎悪を一身に集めながら、泉之助はまるで悪びれない。燃え盛る炎に照らされ、小袖の袂をたなびかせた姿は、衆生《しゅじょう》を救済するために舞い降りた神仏のように清らかですらある。

「さらわれ、閉じ込められ、挙句の果てに子を産まされ…私が何度懇願しても、誰も助けてはくれなかった。全部消してしまおうと思って、何が悪い？　…なあ、綱久。私は何か悪いことをしているのか？」

向けられた眼差しに、綱久は恍惚として微笑む。

「いや、お前は何も悪くなか。お前が滅びを望んとなら、叶えてやるまでじゃ。…お前は俺の運命じゃっでな」

「……父上……」

愕然と立ち尽くす翠玉も鏡八も、綱久の眼中に入っていない。泉之助だけを見詰めるその瞳を、菊夜叉は知っていた。

——嫌悪じゃろと、憎しんじゃろが…お前がくれるもんなら、全て俺ん宝じゃ。愛おしゅうてならん。

ぞくり、と全身に震えが走った。綱久と叢雲。瓜二つの父子は、その中身まで鏡に映したようにそっくりなのだ。

愛する女から引き離され、稚児として藩邸に閉じ込められた時から、泉之助は全てを滅ぼす機会を窺っていたに違いない。

そして今日、若年寄の軍勢によって手薄になった警備の隙を突き、御殿に火を放つよう綱久に命じた。綱久は嬉々《きき》として従ったはずだ。番の望みを叶えるのが、アルファの歓びなのだから…。

「最期に、愛しい菊夜叉に会えた。…もう、じゅうぶんだ」

踵を返し、炎の中へ進んでゆく泉之助を、綱久も迷わず追いかける。誰も引き留められない。二人の結末が、痛いくらいわかっていても。

「……父上！　私と、…私と、共に……！」

叢雲の腕を振り解き、声を張り上げられたのは奇跡に等しい。懇願に滲む涙を感じ取ったのか、泉之助は足を止めた。

「……菊夜叉、叢雲。君たちだけは……」

言い終える前に焼け落ちてきた梁《はり》が、菊夜叉と泉之助たちを分かつ。紅い炎を纏い、半ば炭化したそれはそのまま生と死の境界線でもあった。

「…皆、避難しろ！　もうここは持たぬ！」

翠玉の指示がきっかけになり、立ち尽くしていた藩士たちはわっと表の方へ走り出した。かんかんかんかん、と遠くで半鐘が鳴り響いている。

豪奢な奥御殿を包んだ火柱は、膠着《こうちゃく》した状況をも燃やし尽くすだろう。

南長は南虎藩邸の焼き討ちの報復として兵を挙げ、今度こそ幕府の戦力を潰しにかかる。どちらが勝利を治めるにせよ、動乱へ突き進む時代の急流は止められない。

「父上……」

初めて会う父は、菊夜叉に…否、息子たちに何を伝えたかったのか。父を呑み込んだ炎に半ば魅入られかけていた菊夜叉を、叢雲が担ぎ上げる。

「…叢雲!?　どこへ…」

まだ火の手の上がっていない土蔵の屋根から、長屋塀へ。人間離れした跳躍を見せた叢雲は、そのまま塀の外側に降り立ち、すさまじい速さで走り始める。菊夜叉を得た今、叢雲こそが黒須家の家督を受け継ぐべき身なのに。

「……お前を連れて逃げる。誰も俺たちを知らんところへ」

「何……？」

「翠玉も鏡八も、惚れたお前を諦めはせんだろう。殺すっと簡単じゃが、そうなれば俺が次ん当主に据えられてしまう」

——俺はお前を、母上んように死なせたくはなか。

呟く叢雲の心中が、菊夜叉は理解出来なかった。

翠玉と鏡八が、菊夜叉に惚れている？　それこそありえない話だ。翠玉は泉之助の一件でますますアルファを狂わせるオメガを嫌うようになっただろうし、鏡八に至っては菊夜叉など目障りな弟を陥れるための道具に過ぎない。

けれど……と、胸の奥でもう一人の自分が問いかける。

本当に菊夜叉を忌み嫌っているのならば、翠玉は何故菊夜叉の愛刀を保管させたのか。鏡八は何故、死んでも構わないはずの菊夜叉に身を守る武器を届けたのだろうか。

叢雲に初めて犯される間、右から左から注がれた、熱い眼差しの意味は……。

「お前は、俺だけのもんじゃ」

戸惑う菊夜叉の項に、叢雲は素早く口付けを落とした。全身に広がる甘い疼きは、この男のものになった証だ。

抗《あらが》い難い衝動に駆られたのは、菊夜叉だけではなかったのだろう。ふと眼差しが重なった瞬間、おとがいを荒々しく掬い上げられ、唇を奪われる。

こんなことをしている場合ではないのに——否、だからこそ熱情は高まり、舌を絡め合いながら互いを貪った。

「……どこへなりと、連れて行くがいい」

首筋に縋り付いてきた菊夜叉を抱え直し、叢雲は闇をひた走る。

……いつか自分たちも、泉之助と綱久と同じ道を辿ることになるのだろうか。それとも……。

きつく閉ざした瞼の裏で、いつまでも紅い炎が躍っていた。

転生オメガバース！

血――。

微《かす》かな鉄錆《てつさび》の匂いを嗅いだ気がして、白羽菊夜叉《しらはきくやしゃ》は振り返った。綺麗《きれい》に切り揃《そろ》えられた艶《つや》やかな黒髪が、制服のブレザーの肩をさらりと滑り落ちる。

「菊夜叉くん、どうしたの?」

並んで歩いていたクラスメイトの香取《かとり》が、不思議そうに首を傾《かし》げる。菊夜叉と同じ十七歳のはずだが、せいぜい十三、四歳くらいにしか見えないのはオメガの特性だ。

「……いや、何でもない。行こう」

かぶりを振り、まっすぐ背筋を伸ばして歩き出した菊夜叉を追いかけるのは、香取だけではない。校舎に向かう全ての生徒たちの眼差《まなざ》しが、菊夜叉に絡み付いてくる。

全般的に幼く、愛らしい容姿の者が多いオメガたちの中で、菊夜叉の存在は異端と言ってもいい。若木のようにしなやかな身体はオメガにしては長身であり、きっちり着込んだ制服の上からでもわかるほど鍛えられている。オメガを子を産ませるための道具としか考えていないアルファには、まず好まれない体格だ。

だが、精巧な人形めいた美貌《びぼう》に反して強い意志を宿す双眸《そうぼう》は、誰をも惹《ひ》き付けずにはいられなかった。オメガのくせに武芸に励むとは生意気な、と菊夜叉をこき下ろすアルファたちさえも、菊夜叉が目の前を通ればうっとりと見惚《みと》れるのが常だ。今まで何度、項《うなじ》を噛《か》ませろと迫られたことか。

それをうっとうしいと感じるオメガは、おそらく菊夜叉くらいなのだろう。この花翠蓮《かすいれん》学園に所属するオメガは皆、アルファと番《つが》い、次代の支配者を産み出すために集められたのだから。

――幕府が倒れ、新政府が樹立されてから百五十年余り。世界的にも多くのアルファとオメガを抱えたこの国は、二度の世界大戦を経験しながらも目覚ましい発展を遂げ、先進国の仲間入りを果たした。

政府は国家の支柱となるアルファを幼いうちから

見出《みいだ》し、国家ぐるみで特別な教育を与え、将来のエリートを育成すべく心血を注いでいる。そのための教育機関の一つが、かつて武都《ぶと》と呼ばれ、今は東都《とうと》と名を改めた首都に創立された花翠蓮学園だ。

　国内で生まれたアルファは原則として六歳までには東都に送られ、学園のアルファクラスで教育される。そして東都周辺のオメガもまた学園に集められ、オメガクラスで育成されるのだ。

　その腹から確実にアルファを産み出せるオメガもまた、国家にとっては重要な存在である。同じ学園内で教育すれば、諸外国から狙われやすいオメガを保護しやすいだけではなく、アルファとの出会いの場を作ることにも繋《つな》がるのだから一石二鳥だ。通信手段の発達した現代でも運命の番《つがい》に出逢える確率は非常に低いが、アルファとオメガが番えば、生まれてくる子は必ずアルファである。

　ゆえにオメガは卒業までに必ずアルファを伴侶として選び、番うのが義務とされていた。オメガが番えるアルファは一人だけだが、アルファは何人のオメガを選んでも問題無い。より優れた種を求めるのはオメガの本能であり、優秀なアルファにオメガが群がるのは自然の摂理だからだ。

　アルファの方から項を噛ませろと――自分の子を産めと言い寄られるのは、オメガとしては名誉なことである。平凡なベータの両親のもとに生まれた菊夜叉もまた、初等部から高等部二年生となった今まで、ずっとそう教育されてきた。

　にもかかわらず、アルファの存在をうとましいとしか感じられないのは、オメガとしてどこかに欠陥があるからなのか。それとも、物心ついた頃から頭の中にこびりついたままの悪夢のせいなのか…。

「……はあ」

溜息《ためいき》と共に血の匂いを振り払い、菊夜叉はエントランスで上履きに履き替えた。

　花翠蓮学園の校舎は上空から見れば翼を広げた鳥のような形をしており、右翼にはオメガの生徒が、左翼にはアルファの生徒が集められている。いずれも高級ホテルと見紛《みまご》うばかりの洗練された内装を誇り、各教室に専任の執事まで付いているのは、ここが次代の支配者を生み出す母胎であるがゆえだろう。各校舎には数十人の警察官が常駐し、国の宝たる生徒たちを守るために目を光らせている。

「じゃあ菊夜叉くん、僕はここで…」

二階の教室に入ると、香取はそそくさと離れていった。自分の席に着いた香取を、先に登校していたクラスメイトたちがたちまち取り囲む。

菊夜叉に誰も声をかけてこないのは、いつものことだ。楽しく談笑しているようにしか見えない香取たちを後目《しりめ》に、菊夜叉も自分の席に着いた。

窓際の最後列の席は日当たりが良く、教師の目も届きにくいので人気が高いはずなのに、何故《なぜ》かクラスメイトたちは席替えになると決まって菊夜叉にこの席を譲ってくれる。

無視されているわけではない。香取のように、登校中に出くわせば声をかけてくれる者も居るし、グループ行動の時にはきちんと仲間に入れてもらえる。

なのに、誰も積極的に近付いてこないのは――菊夜叉が同じオメガから見てもいびつだからなのだろう。それを寂しいと感じていたのは、せいぜい初等部までだ。

…今はむしろ、良かったのだと思っている。下手《へた》に友人が出来たら、感受性豊かなオメガには勘付かれてしまうかもしれないから。菊夜叉に纏《まと》わり付いて離れない、血の匂いに。

開け放たれた窓から、清々《すがすが》しい五月の風が吹き抜けていく。クラスメイトの半数はすでに番うアルファを定めており、来年の今頃には菊夜叉もまたアルファたちの誰かと番わされているのだろう。

……あいつらの、誰かと……。

自分に言い寄ってきたアルファたちを思い浮かべると、げんなりしてしまう。アルファクラスでも選《え》りすぐりの優秀な生徒たちばかりであり、菊夜叉と番えばさぞ優秀な次代が生まれるだろうと教師たちも期待しているが、彼らとまぐわうなど、想像するだけで肌が粟立《あわだ》つのだ。

十七歳にもなって、まだ一度も発情を迎えたことの無い未熟者だから？　いや、そうではない。

……私は…、私には、……が……。

「――ねえ。この席、空いてるのかな」

無邪気な声がかけられたのは、記憶の奥底から何かが浮かび上がりそうになった時だった。はっと我に返れば、細身の少年が隣の席に寄りかかり、やわらかく微笑《ほほえ》んでいる。

思わずつられて笑顔になってしまいそうな、愛らしい少年だった。よく見れば繊細な細工物のように整った顔立ちなのに、菊夜叉と違って冷たさの欠片《かけら》も無い。

「…君は…？」

菊夜叉も一応、クラスメイト全員の顔くらいは覚えているが、こんな少年は居なかったはずだ。それに少年の制服はデザインこそ花翠蓮のそれに似通っているものの、配色が微妙に違う。

「僕は霧島宗弥《きりしまそうや》。今日、九州から転校してきたばかりなんだ。先に教室へ行ってるように言われたんだけど、どこに座っていいかわからなくて」

「え、転校生？」

「どうして菊夜叉くんに馴《な》れ馴《な》れしく話しかけてるの？」

少年――宗弥が名乗ると、遠巻きにしていたクラスメイトたちがざわめいた。

強制的にここ花翠蓮学園に集められるアルファと違い、オメガの教育施設は全国に点在している。身も心も繊細なオメガの中には、生まれ育った土地から離れられない者も多いせいだ。

だからオメガの転校生自体は珍しくないはずなのだが、クラスメイトたちは何故か驚愕《きょうがく》の表情を浮かべ、菊夜叉たちに注目している。

「…ねえ、霧島くん…だっけ。わからないことがあるなら、僕が教えてあげるよ」

すっと進み出たのは香取だ。クラス委員長を務める香取は、クラスの纏め役でもある。菊夜叉を気遣ってくれるのも、その使命感からだろう。

「ありがとう。でも要《い》らない」

宗弥はにっこり笑い、すぐさま菊夜叉に向き直った。

「僕、教えてもらうならこの人がいいから。…ねえ、名前何て言うの？」

「な、…君、何を…っ!?」

何を言われたのかやっと理解した香取が青筋を立て、クラスメイトたちもいっせいに気色ばむが、宗弥は一瞥《いちべつ》もくれなかった。ただにこにこと笑いながら、菊夜叉の答えを待っている。

「……白羽、菊夜叉」

無邪気な圧力に流されるように答えれば、宗弥はぱっと破顔した。

「菊夜叉くんか。君にぴったりの、綺麗な名前だね。僕、転校って初めてだから、色々教えて欲しいな」

「あ、ちょっと…！」

香取が止める間も無く、宗弥は菊夜叉の隣の席に腰を下ろした。呆気《あっけ》に取られる菊夜叉と笑顔を崩さない宗弥の間に、香取は慌てて割り込む。

「転校生だからって、勝手なことをされたら困るよ。先生が来てから…」

「先生なら、来たみたいだけど？」

宗弥が指差した先をぱっと振り返り、香取は幼い顔を真っ赤に染めた。いや、香取だけではない。宗弥を非難がましく囲んでいたクラスメイトたち全員が、教室の入り口に佇《たたず》む長身の青年に目を奪われている。

高級そうな細身のスーツを隙無く着こなした、上品で優しげな青年だった。優秀なアルファを見慣れたオメガたちすら感嘆させる整った顔立ちは、不敵に微笑む宗弥とどこか似通っている。

「あの…、貴方《あなた》は……？」

最前列の席のクラスメイトが、戸惑いがちに尋ねた。このクラスの担任の藤島《ふじしま》は初老の男性であり、青年とは似ても似つかない平凡なベータだ。ここ一月ほど体調を崩し、休みが続いている。

「藤島先生は持病が悪化し、退職して療養に専念なさることになりました」

男性にしてはやわらかな声が、菊夜叉の心をざわつかせる。どうして皆、あの青年に見惚れたり出来るのだろう。優しく微笑む双眸の奥で、ほの暗い何かがうごめいているのに。

「私は霧島恭弥《きょうや》と申します。藤島先生に代わり、今日から私が貴方たちの担任です」

きゃあっ、とクラスメイトたちは歓声を上げる。

一気に華やぐ空気の中、ぞくりと震える菊夜叉を、宗弥が口の端を吊《つ》り上げながら見詰めていた。


新たな担任となった霧島恭弥は、宗弥の六つ上の兄だった。弟も在学していた花翠蓮の関連校で教《きょう》鞭《べん》をとっていたのだが、藤島の退職が決まり、その後釜として転任してきたのだ。兄弟の両親はすでに亡くなっており、宗弥の保護者は兄だけであったことから、宗弥もまた兄と共に転校することになった。

ベータながらアルファに勝るとも劣らない容姿と、人好きのする社交的な性格のおかげで、恭弥は瞬く間にクラスメイトたちに受け容《い》れられた。休み時間には授業の質問と称して押しかけ、昼休みともなれば食堂に誘う教え子たちに、笑顔で付き合ってやっている。オメガをアルファの母胎としか考えず、にこりともしなかった藤島とは大違いだ。

一方で、弟の宗弥といえば――。

「菊夜叉くん、こんなところに居たんだ。探しちゃったよ」

明るい声に振り返ると、教室に置き去りにしたはずの宗弥がにこにこと佇んでいた。菊夜叉が何か言うより早く隣に腰を下ろし、膝の上にランチボックスを広げる。

「…どうして、ここがわかったんだ？」

右翼棟と左翼棟の中間にあるこの中庭は、オメガの生徒もアルファの生徒も使っていいことになっている。

だが菊夜叉がいつも昼食を取るベンチのあたりは、ちょうど校舎の陰に当たるせいか存在すら知らない生徒が多く、めったに他人と遭遇しないのだ。まさか転校生の宗弥に見付かるとは思わなかった。

「そりゃあ、匂いを辿《たど》って」

「……匂い？」

「うん、そう。菊夜叉くんは独特の匂いがするからすぐにわかるよ。…花の蜜《みつ》みたいに甘いのに、どこか血の匂いが混じった、不思議な匂い…」

兄によく似た優しげな双眸が、つっと細められる。

喉に詰まりそうになったサンドウィッチを、菊夜叉はペットボトルの緑茶で流し込んだ。今も微かに漂う鉄錆の匂いに、宗弥が気付くはずがない。両親も医者も、この匂いを嗅ぎ取ることは出来なかったのだから。

「…まるで、アルファのような言い方だな」

アルファはオメガの放つ匂いに敏感だ。己と相性のいいオメガほどより強くその匂いを感じ、運命の番ともなれば、あらゆる薬物に生まれつき強力な耐性を持つアルファすら酩酊《めいてい》し、番を貪ることしか考えられなくなってしまうのだという。

もっとも、運命の番に出逢える確率は極めて低く、ほとんどのアルファとオメガは番の顔すら知らないまま一生を終えるのだが…。

「やだなあ。冗談に決まってるじゃない」

真っ赤なイチゴにピックを突き刺し、宗弥はふるふると振ってみせた。

「本当は、同じクラスの子たちに聞いたんだよ。菊夜叉くんはどこでお昼食べてるのかって。そしたらここだって言うから、来ちゃったんだ」

「え……？」

　クラスメイトたちは、菊夜叉がどこで昼食を食べているのか知らないはずではなかったのか。菊夜叉の疑問を目敏《めざと》く読み取った宗弥が、人懐こく笑う。

「皆、知らないふりをして、近付かないでいるだけだよ。菊夜叉くんのランチタイムを邪魔したら悪いからって」

「…それは、君の推測なのでは？」

「事実だよ？　だって、本人たちが言ってたもの。だから僕も菊夜叉くんの邪魔はしないように、って。…でも僕は菊夜叉くんと一緒に居たいから、無視しちゃったけどね！」

　あっけらかんと言い放つ宗弥に、菊夜叉は思わず額を押さえた。

　…これだ。こんなふうにクラスメイトたちの忠告をことごとく無視し、菊夜叉にばかり纏わり付くから、宗弥は今やすっかりクラスで浮いてしまっているのだ。

「……何度も言ったが、私には構うな。他のクラスメイトたちと仲良くなる方が、君のためだ」

「え、どうして？」

　無駄と知りつつ警告すれば、案の定、宗弥は小さくカットされたメロンを頬張りながら首を傾げた。

遠い九州から東都に引っ越し、新しいクラスにも馴染めずにいるのに、年齢よりも幼い顔には不安の欠片も浮かんでいない。

「どうしても何も…わかるだろう？　私は皆から敬遠されている。私の傍《そば》に居たら、君まで…」

　ふと足元に影が差し、菊夜叉は続きを呑《の》み込んだ。

　だらしなく制服を着崩した長身の生徒が、にやにやと笑いながら近付いてくる。胸元のタイがブルーということは、菊夜叉たちより一学年上の三年生だ。

　……アルファか。

　アルファクラスを示す、牙の襟章を確認するまでもない。オメガなら誰でも、アルファの匂いを本能で嗅ぎ分けられる。最近ではその匂いを抑制する薬も開発されたそうだが、アルファは基本的に自己顕示欲の強い生き物だ。そんな薬を自分から飲むアルファなど、居るわけがない。

菊夜叉たちの前に立った三年生も、アルファの匂いをまき散らしていた。黙ったままの菊夜叉と宗弥を見比べ、ふんと鼻を鳴らす。

「転校生は、そっちの小さい方だな。…ちょっと付き合え」

「――待って下さい」

菊夜叉は素早く立ち上がり、三年生と宗弥の間に割り込んだ。宗弥の手を引こうとしていた三年生は、むっと鼻白む。

「何だ、お前は」

「その言葉、そのままお返しします。貴方は何故、彼を連れて行こうとするのですか？」

「言わなければ、わからないのか？」

オメガのくせにと嘲笑《あざわら》われ、菊夜叉は溜息を吐いた。嫌な予感は的中してしまったようだ。きっとこの三年生は珍しい転校生のオメガをどこかの物陰に引きずり込み、味見とでも称して嬲《なぶ》るつもりなのだろう。

珍しいことではない。もちろん、オメガの同意無く行為に及ぶのは校則で禁じられているが、オメガはいずれアルファに番わされる身だ。立場的には圧倒的に弱い。同意の上での行為だったとアルファに主張されれば、たいていのオメガは泣き寝入りを選ぶ。

……そうだ。だから私はお祖父《じい》様《さま》に願い、剣を習って……。

ふっとかすめた思考に、菊夜叉は眉を顰《ひそ》めた。自分に武芸を習わせてくれたのは、両親だ。祖父母は父方、母方両方とも、菊夜叉が生まれる前に亡くなっているはずなのに…。

「…何か文句でもあるのか？」

三年生が長身からじわりと怒気を滲《にじ》ませる。普通のオメガならそれだけで怯《ひる》み、言いなりになってしまうだろう。

　さすがの宗弥も、口を挟めずにいるようだ。今までオメガしか居ない学校に通っていたのなら、アルファとまともに対峙《たいじ》するのはこれが初めてかもしれない。

「君は、この人と一緒に行きたいか？」

　振り返りざまに問いかければ、宗弥はぶんぶんと首を振った。オメガの中には敢《あ》えて『味見』され、より条件のいいアルファと番うしたたかな者も居るのだが、そういうタイプではないようだ。

　菊夜叉は三年生に向き直り、毅然《きぜん》と告げた。

「彼は行きたくないそうですので、お引き取り下さい」

「…俺はアルファだぞ？」

「そうであるなら尚更、身を慎まれるべきでしょう。オメガとて、ものの道理もわきまえない獣と番う義務はありません」

「…この…っ…！」

　血相を変えた三年生が、勢い良く拳を振り上げる。ひっ、と悲鳴を上げた宗弥は、無残に顔面を殴打され、倒れ伏す菊夜叉を想像せずにはいられなかっただろう。生まれつき常人を凌駕《りょうが》する身体能力を有するアルファに、オメガは決して敵《かな》わないのだから。

　――菊夜叉にしてみれば、そんなものはただの思い込みに過ぎないが。

「い、痛えぇぇぇぇっ！」

　苦痛に叫んだのは、三年生の方だった。ひねり上げられた手首を腕ごと逆方向に捻《ね》じ曲げられ、見開いた双眸に涙を滲ませる。己の身に何が起きたのか、まるで理解出来ていないようだ。

「彼は貴方と一緒に行きません。理解して下さったのなら解放しますが、いかがですか？」

「…わ…、わかった！　わかったから、放してくれ…！」

　自由な方の腕を振りながら、三年生は涙目でがくがくと頷《うなず》いた。菊夜叉が解放してやったとたん、一目散に逃げ出していく。

「菊夜叉くん……」

黙りこくっていた宗弥が、やっと口を開く。すっかり怯《おび》えさせてしまったのかと思えば、きらきらと目を輝かせながら菊夜叉の手を摑《つか》んでくるではないか。

「すごい…、すごいよ！　アルファを一人で撃退しちゃうなんて！」

「…私が、怖くないのか？」

「怖いって…、どうして？　菊夜叉くんは僕のためにアルファと戦ってくれたんでしょ？」

きょとんとする宗弥の双眸に、恐怖の色は微塵《みじん》も無い。菊夜叉は息を吐き、乱れた前髪をかき上げる。

「一年生の頃にも同じようなことがあって、その時は怖がらせてしまったから…」

「もしかして、その時助けたのって委員長の香取くん？」

「…何故わかるんだ？」

ぱちぱちと目をしばたたく菊夜叉に、宗弥はふふっと笑う。

「逆に、菊夜叉くんがわかってない方が不思議だよ。まあ、菊夜叉くんらしいと言えばらしいけど」

「どういう意味だ…？」

「菊夜叉くんは皆に怖がられているわけでも、敬遠されてるわけでもないってことだよ」

そうは言うものの、詳しく教えてくれるつもりは無いようだ。重ねて尋ねようとした時、昼休み終了十分前を告げる予鈴が鳴り響く。

「そろそろ教室に戻らなければ…」

菊夜叉が促すと、宗弥は唇を尖《とが》らせた。

「えー？　いい天気だし、せっかく二人きりになれたんだから、このままサボらない？」

「…次の授業は、君のお兄さんの担当だが？」

「大丈夫だよ。兄さんは僕のすることなら、何でも許してくれるもの」

言われてみれば、好き勝手する弟に恭弥が注意しているところを見たことは無い。恭弥は宗弥の親代わりだというし、よほど仲のいい兄弟なのだろうか。

「それとこれとは話が別だろう。ほら、行くぞ」

体調が悪くもないのに授業をサボるなど、許されるわけがない。菊夜叉がじっと見下ろすと、宗弥は渋々ランチボックスの蓋を閉じた。

「……そんなので、足りるのか？」

思わず問いかけてしまったのは、ランチボックスの中身がカットフルーツと、申し訳程度のサラダだけだったせいだ。菊夜叉も小食だが、あれだけではとても午後の授業を乗り切れないと思う。

「あー……、大丈夫。僕、肉が食べられないから」

珍しく視線をさまよわせながら、宗弥はベンチから立ち上がった。

「肉が食べられない……？」

「うん。……苦手なんだ。あの匂いとか、感触とか」

菊夜叉と並んで歩き出した宗弥の手は、微かに震えている。

いつも漂っているのとは違う血の匂いを、菊夜叉は確かに嗅いだ。


中庭での一件から、宗弥はますます菊夜叉に付いて離れなくなった。香取たちは菊夜叉を困らせるなと何度も忠告したようだが、聞き入れるつもりは全く無いらしい。

「菊夜叉くん、おはよう！」

梅雨に入る頃には、朝、宗弥が校門前で待っているのも当たり前の光景になっていた。

「……ああ、おはよう」

「今日はちょっと暑いね。一時間目の体育、中止にならないかなあ」

ぎこちなくあいさつを返す菊夜叉に、宗弥はにこにこと笑いかける。

誰かとお喋《しゃべ》りをしながら歩くのには未《いま》だに慣れず、

気の利いた返事はまるで出来ない。こんな自分と話していたって何も面白くないはずなのに、宗弥は人懐こい笑みを絶やさない。

……本当なら、委員長たちと仲良くした方がいいのだが……。

再三の忠告を聞き入れなかった宗弥を、香取たちは今や露骨に無視している。菊夜叉が突き放せば、宗弥はクラスで独りぼっちになってしまうだろう。

それに——。

『弟から聞いたよ。アルファに襲われそうになったところを、君に助けられたって』

中庭で不遜なアルファを追い払った日の翌日、菊夜叉は恭弥に呼び止められ、深々と頭を下げられた。

『本当にありがとう。弟は昔から人見知りが激しい子なんだけど、君のことはかなり気に入ったみたいだ。これからも仲良くしてやって欲しい』

『…は…、……はい』

短く答えるのがやっとだった。恭弥がにこやかに去った後はトイレの個室に駆け込み、激しく脈打つ心臓が治まるのをひたすら待った。

……あの、目……。

一見穏やかで理知的なのに、底知れぬ闇がうごめくあの目が、恐ろしくてたまらなかった。アルファクラスにだって、あんな目をした男は居ない。

恭弥は本当にただのベータなのか？　アルファの匂いもオメガの匂いもしない以上はベータなのだろうが、あの存在感はアルファと言われた方が納得出来る。

弟の宗弥を大切にしているのは確かだから、もし菊夜叉が宗弥をおろそかに扱ったらどうなるか——想像するだけで身の毛がよだつ。アルファ数人に襲われた時さえ、恐怖など欠片も覚えなかったのに。

「そう言えば、知ってる？　アルファクラスに転校生が来るんだって」

生返事ばかりの菊夜叉にもめげず、喋り続けていた宗弥がそんな話題を出したのは、教室に続く階段を上り始めた頃だった。転校してきてまだ一月も経たないくせに、兄が教師だからなのか、宗弥はやけに学園内の情報に詳しい。

「転校生？　……アルファクラスに？」

　さすがの菊夜叉も、驚かずにはいられなかった。オメガ以上に厳しく『管理』されるアルファは、花翠蓮で教育されるのが原則であり、初等部からずっと持ち上がりで進学していくため、基本的に転校生というものは存在しない。

　唯一の例外は、そのアルファが政府の要請すらはねつけられるほど強い力を持つ家に生まれた場合だ。

　その家の当主としては、せっかくアルファが己の血筋に生まれてくれたのだから、わざわざ外に出したくはない。アルファが花翠蓮に集められるのは、国家への忠誠を刷り込むためでもあるのだ。時に国家と利害が対立することもあるほどの大家の当主なら、己の血筋のアルファを手元で教育したいのは当然だろう。かと言って、大家に生まれたアルファを全員例外としていては、国家の屋台骨が揺らぎかねない。

　そこでそのアルファが次期当主に指名された場合に限り、花翠蓮への入学を免除されることになったのだ。つまり宗弥の言う転校生とは、政府も配慮しなければならないほどの大家の次期当主を意味する。

　免除されるだけであって、アルファ本人が望めばもちろん入学は許されるはずだが、こんな中途半端な時期にわざわざ転入してくる物好きは一体誰なのか？

「……どうやら、黒須《くろす》家の御曹司らしいよ」

　菊夜叉の関心を引けたのが嬉《うれ》しかったのか、宗弥はすっと身体を寄せ、耳元で囁《ささや》いた。…黒須家。その名を聞いただけでどきりとしてしまうのは、菊夜叉だけではないだろう。

　黒須家と言えば九州の雄、南虎藩《なんこはん》の藩主を務めた家柄であり、討幕の立役者でもある。花翠蓮を創立したのも、幕末の当主だった黒須翠玉《すいぎょく》だ。二度の世界大戦を勝利に導き、今日でも最も影響力を持つ家の一つである。

　しかし、黒須家がこの国において抜群の知名度を誇るのは、幕末までの長きにわたりアルファの当主を推戴《すいたい》し続けてきたからだろう。

　幕藩時代、黒須家はその豊富な財力と権力にものを言わせてオメガを集め、何人ものアルファを産ませ、最も優れた者を次の当主に選んできたのだ。人道的な観点から、現代ではさすがに許されないが、可能な限りアルファを当主に据えている。

「今の当主夫妻はどちらもベータなのに、奇跡的にアルファの子が生まれたんで、相当大切にされてるみたいだよ。一流どころの教師を何人も付けて、ほとんど邸《やしき》の外にも出さずに育てられてきたんだって」

「…それは…、そうだろうな…」

　しかし、ならば何故転校生は花翠蓮にやって来るのかという疑問は深まる。最高の教育を受け、黙っていても次期当主の座は約束されているのだ。今さら大勢の生徒に交じって学校に通う意味など、どこにも無いと思うのだが…。

　首をひねりながら階段を上り、廊下に出た瞬間、菊夜叉はぎくりと立ち止まった。…正確には、足がそれ以上進まなくなった。教室の前に佇む長身の男の、圧倒的な覇気に気圧《けお》されて。菊夜叉だけではない。居合わせてしまったオメガたち全てが硬直し、がたがたと震えながら己の身を抱き締め、それでも見ずにはいられないとばかりに男を凝視している。

　当たり前のことだ。より強く優秀なアルファに惹かれてしまうのは、オメガの本能なのだから。たとえそのアルファが、ともすればオメガを内側から喰い尽くしかねない獰猛《どうもう》な匂いをぷんぷんと放っていたとしても。

　オメガなら、理屈抜きでわかる。この男こそが転校生――黒須家で秘蔵されてきた次期当主だと。

　離れていても肌をちりちりと焦がす存在感、腹に力を入れていなければ問答無用でひれ伏してしまい

そうになる威厳は、脈々と受け継がれてきた古い血筋だけに宿るものだ。そして今、そうした名家の子息は在籍していない。アルファクラスの生徒たちが束になってかかっても、この男にかすり傷一つ負わせられないだろう。

…だが、菊夜叉が指一本動かせないのは、こちらをじっと見詰める男のせいではない。

「…あ…、あ、ああ…」

「菊夜叉くん？　大丈夫、菊夜叉くん!?」

ふらつく菊夜叉を支え、何度も呼びかける宗弥の声さえ遠かった。記憶の底から噴き出した闇が、男と自分以外の全てを呑み込んでいく。

「――菊夜叉」

男にしては厚い唇が紡いだ声音は低く、オメガを屈服させずにはいられない強者の響きを帯びていた。初めて耳にするはずのそれが、どうしてこんなにも懐かしいのだろう。

……駄目だ。

今すぐ逃げなければ駄目だ。男の眼差しに囚われては駄目だ。

本能はひっきりなしに警告するのに、身体はまるで言うことを聞いてくれない。なすすべも無く立ち尽くす菊夜叉に、男は悠然と近付いてくる。

「あ……」

頭の奥で、何かがぎらりと光を反射して閃《ひらめ》いた。

あれは――刀だ。鮮血を滴《したた》らせながら、白刃が突き出される。まっすぐ、菊夜叉に向かって。

……見たくない。もう二度と、見たくなんてないのに……！

「……あ、ああ、ああああ――……っ！」

耳をつんざく絶叫が自分の口からほとばしったものだと理解するより早く、菊夜叉の意識は闇に呑まれていった。

闇の中で、菊夜叉はうずくまっていた。あたりにはむせかえりそうなほどの血の匂いと、二人分の荒い呼吸が立ち込めている。

夢を…それもとびきりの悪夢を見ているのだと、すぐに気付いた。物心ついた頃から、ずっとこの悪夢に眠りを蝕《むしば》まれてきたからだ。

だからもう、これから何が起きるのかもわかっていた。長身の男が現れ、泣きながら菊夜叉の心臓を刀で貫くのだ。

命を絶たれる恐怖と苦痛はとても夢の産物とは思えないくらい鮮明で、目覚めてもなお菊夜叉を苦しめた。取り巻く人々全てが自分を殺そうとしているのではないかと怯え、外に出られなくなるほどに。

そんな自分の弱さを恥じ、菊夜叉は武芸に励んだ。オメガが武芸を身に着けるなど普通はありえないことだが、悪夢に苦しむ息子を心配した両親が知人の師範に頼んでくれたおかげで、オメガとしては例外的に高い戦闘力を持つ少年に成長出来たのだ。

厳しい鍛錬で心身を鍛えたおかげか、年を取るにつれ、悪夢を見る頻度は激減していった。それでも常に漂う血の匂いは消えず、他人を近付けるのも避けていたが、悪夢に苛《さいな》まれて飛び起きる日はほとんどなくなっていたのだ。

克服出来た。そう思っていたのだが、悪夢は菊夜叉の心の奥深くに沈んでいただけのようだ。

幾度となく見てきた通り、抜き身の刀を提げた男が動けない菊夜叉の前に現れる。息を整え、隙の無い動作で刀を構え——そこからの展開はまるで違っていた。墨汁で塗り潰されたかのように真っ黒だった男の顔が、鮮明に見えるのだ。

猛々《たけだけ》しく粗削りなのに、不思議と気品のある端整な顔立ち。今にも泣きそうに歪《ゆが》んでいるけれど、あれは——あの男は。

……転、校生……？

突き出された刃に心臓を貫かれた瞬間、まばゆい光が視界を焼いた。鈍い痛みと共に、菊夜叉の意識は現実に引き戻される。

「……っ……！」

大きく見開いた目に映るのは、清潔な天井だった。

微かに漂う薬品の匂いに、四方を囲む白いカーテン。どうやらここは保健室のようだ。悪夢に襲われ、倒れた菊夜叉を、誰かが運んでくれたのだろう。

ほっと息を吐こうとして、菊夜叉は硬直した。カーテンをかき分け、転校生が入ってきたのだ。

「…っ、……菊夜叉……！」

床に落としてしまったペットボトルには一瞥もくれず、転校生は菊夜叉の横たわるベッドに駆け寄ってきた。心配に歪んだその顔が、夢の中のそれに重なる。

菊夜叉の胸を迷わず貫いた、あの男――。

「…く…、来るな…っ…！」

菊夜叉はとっさに枕を引っ掴み、渾身《こんしん》の力で投げ付けたが、ひょいと首を傾けるだけでかわされてしまった。ならばと素早く起き上がり、サイドテーブルに置かれていたバインダーやボールペンを次々とぶつけてやる前に、菊夜叉よりゆうに一回りは大きな手に手首を掴まれる。

「離せ…っ」

「菊夜叉、菊夜叉菊夜叉……！」

ベッドに乗り上がりざま、転校生は菊夜叉を引き寄せた。アルファの力強い腕に、菊夜叉は抱きすくめられる。ほんの少しの隙間でも許せないとばかりに強く、狂おしい抱擁――ずっと前、ずっとずっと前もこんなふうに…。

「…やっと…、やっと見付けた…」

涙に濡《ぬ》れた声音に、菊夜叉は奇妙な違和感を覚えた。この男に、アナウンサーのように綺麗な標準語は似合わない。もっと癖が強くて音楽的な言葉遣いの方が、この男には相応《ふさわ》しいはずなのに。

「ずいぶんと待たせてしまったが…もう放さない。お前は、俺だけのものだ…！」

「や…っ、…離せ…！」

菊夜叉があらん限りの力をこめて突き放すと、鋼の檻《おり》のような男の腕はあっさりと外れた。…非力なオメガを傷付けないために外してくれたのだ、とすぐさま理解し、菊夜叉はさっと朱を注ぐ。

「……貴様はまた、私を愚弄するのか!?」

「っ……」

男はよく見れば愛嬌《あいきょう》のある双眸を丸くするが、驚いているのは菊夜叉も同じだった。また、だなんて、以前も同じようなことがあったみたいではないか。これほど印象的な男に一度でも逢っていたら、忘れるわけがないのに。

「……菊夜叉ぁ……」

くしゃり、と男は陽に焼けた顔を泣きそうに歪めた。そんな表情をすると威圧感が失《う》せ、年相応の青さが垣間見える。

真新しいタイはブルーだから、この男は三年生…つまり十八歳のはずだが、何も知らない人間には二十代前半くらいに見えるだろう。オメガとは正反対に、優秀なアルファは身体的な成長が早いのだ。そのことからも、男の優秀さが窺《うかが》い知れる。

「お前は…、変わらないのだな…。どれだけ時が経とうと、肉体すら違おうと、お前は気高く美しい…」

「…何を…、言っている…?」

じりじりとベッドの上を後ずさりながら、菊夜叉は男を睨《にら》んだ。すぐにでも保健室から逃げ出したいのに、無造作に構えているようで、男には全く隙が無い。

ひく、と男は喉を震わせた。

「……俺を、覚えていないのか?」

「覚えているも何も…、…私は、お前と逢ったことなど一度も無い」

あの悪夢については、告げるまでもないだろう。何故出逢ったばかりのこの男が現れたのか、菊夜叉本人すらわからないのだから。

「————……」

瞠目《どうもく》する男の顔に浮かんでは消えていったのは、

何だったのだろう。怒りなのか悲しみなのか、苦痛なのか失望なのか…その全てなのか…。

まばたきの後、男の双眸は嵐を呑み込んだ海のように凪《な》いでいた。

「…そう…、だな。…お前は、覚えていない方がいいのだろう」

「……？」

「大切にすべきは今だ。やっとこうして巡り会えたのだから。…菊夜叉、俺が誰かわかるか？」

男は居住まいを正し、今さらながらの問いを投げかけてきた。左胸を軽く押さえながら、菊夜叉は答える。

「…黒須家の、次期当主だろう。物好きにも転校してきた…」

「そうだ。…俺は黒須叢雲《むらくも》。お前に逢うために、ここに来た」

「私に…？　何故……」

ひゅっと呑み込んだ息が、胸の奥に炎を灯《とも》した。さっきからやけに速くなっていた鼓動が、どくんと高鳴る。

……何だこれは…、身体がおかしい……。

悪夢のせいで冷え切っていたはずの肌に、内側から熱が広がっていく。落ち着こうとすればするほど呼吸は浅くなり、頭にぼんやりと靄《もや》がかかる。

これは……この症状は……。

「——お前が、俺の運命の番だからだ」

「そ…っ……！」

そんな馬鹿な、と即座に怒鳴り付けようとしたが、上擦《うわず》って言葉にならなかった。

何度言い直そうとしても喉奥からは熱を孕《はら》んだ吐息が漏れるばかりで、菊夜叉は男…叢雲をきつく睨み付ける。涙を滲ませたその表情が男の劣情を煽《あお》り立てるなど、夢にも思わずに。

「…お前…、私に何をした…？」

きっと叢雲が、眠りこける菊夜叉に妙な真似《まね》をしたのだ。それ以外ありえないのに、叢雲はうっとりと双眸を蕩《とろ》かせる。

「俺は何もしていない。…お前が、発情しているのだ」

「は…っ、…じょう…だと？」

身体が男の精を求めて疼《うず》き、誰かとまぐわうまで治まらなくなるオメガ特有の症状を『発情』と呼ぶ。オメガなら高等部に進むまでにはほぼ発情を迎え、子を孕める身体になるのが普通だ。オメガがアルファに隷属させられる理由の一つでもある。

だが菊夜叉は、今この瞬間まで一度も発情を経験していなかった。オメガでありながら、アルファの慰めを必要としない身体…だからこそ、アルファに対し常に強気でいられたのだ。

その自分が——発情？　よりにもよって出逢ったばかりのアルファに？

「…ありえ…、ない…」

震える唇から紡がれたのは、いつもの自分の声ではなかった。…甘くただれた、オメガの嬌声だ。

「ありえない…、ありえない…っ！」

——自分が叢雲の運命の番であることも、発情していることも。

全身を火照《ほて》らせ、甘い息を吐きながらも必死に否定せずにはいられない菊夜叉を、叢雲は愛《いと》おしげに眺める。その瞳の奥に燃える欲情の炎を、隠そうともせずに。

「……お前は、可愛《かわい》いなあ」

「な……っ」

「普段のお前は凛《りん》として美しいが、発情したお前は本当に可愛い。…ずっと、愛《め》でていたくなる…」

菊夜叉は絶え間無く襲ってくる甘い疼きを堪《こら》えるのが精いっぱいなのに、叢雲の余裕といったらどうだ。

……あの時は、発情の匂いにあてられて襲いかかってきたくせに……！

鈍い痛みと共に、何かが頭の奥に浮かびそうになる。その正体を確かめる前に、叢雲の手が伸びてきた。

「菊夜叉……」

「あ…っ…！」

項を撫《な》でられた瞬間、電流にも似た何かが全身を駆け抜けた。

それが自分とは縁遠いと思い込んでいたモノ…快感だと理解出来たのは、股間の濡れた感触に気付いた後だ。

「…や…ぁ、あっ…」

直接触れられてもいないのに、達してしまった。

羞恥と屈辱でぷるぷると震え、真っ赤に染まった頬に、叢雲は口付けを落とす。

「ああ、可愛い…。可愛い可愛い、俺の菊夜叉…」

「だ…、駄目だ、放せ…っ…！」

……もっと触れて。抱き締めて、放さないで。

本能は理性を容易に裏切り、菊夜叉の全身から力を奪っていく。もはや自分自身すら支えていられなくなり、くたくたとベッドに倒れ込むや、両脚を大きく開かされた。

「……何て、かぐわしい匂いだ……」

高い鼻をうごめかせながら、叢雲は菊夜叉の股間に顔を埋《うず》めた。ズボンのファスナーの金具を器用に食《は》み、じりじりと下ろしていく。

「ひぁ…っ…！」

細く開いた隙間にためらい無くかぶりつかれ、全身の血が一気に集まった。

駄目だ、こんなのは駄目だ。菊夜叉はきつく目を閉ざし、襲い来る絶頂の波を懸命にやり過ごすが、布越しにぐちゅぐちゅと肉茎をしゃぶり、快楽を引きずり出そうとするアルファには抗《あらが》えない。

…たとえようも無く濃厚な、雄そのものの匂いがした。常に漂う血の匂いをかき消すほど強く。

「…あ…、あぁ……っ！」

びくびくとのたうつ肉茎から、白い蜜が溢《あふ》れた。

立て続けに達したのも初めてなら、これほど大量の蜜を吐き出したのも初めてだ。…放出を終えてもなお、腹の奥の熱が去ってくれないのも。

「は…ぁ、菊夜叉っ……」

頭を大きく上下させ、叢雲はぐしょ濡れの下着から染み出てくる蜜を一滴も逃すものかとばかりに吸っている。ズボンと下着を奪ってしまえばじかにしゃぶれるのに、邪魔な衣服を脱がせる僅《わず》かな時間すら惜しいのか。

……運命の番、だから？

いや、そんなわけがない。花翠蓮が創立されて以来、運命の番に出逢えたアルファとオメガは三組ほどしか存在しないのだ。

多くのオメガは時が来れば次代のアルファの母胎として、己の意志とは関係無しに好きでもないアルファと番わされる。菊夜叉とて、その運命からは逃れられないはずだった。こんなふうに求められることなんて、想像もしなかったのに。

……本当に……？

くらくらする頭の奥から、菊夜叉そっくりな声が問いかける。

……本当に、お前は知らないのか？

布越しに重ねられただけで燃え上がってしまいそうな、この体温を。制服の上からでもそうとわかる、鍛え上げられた鋼の如《ごと》きこの肉体を。飢えた獣のように蜜を貪るこの舌を。

「…知らない…っ、…知るものか…！」

紅《あか》く色付いた唇から零《こぼ》れる声音は媚《こび》を滲ませて甘く、菊夜叉を絶望に染めていった。思う存分貪るには邪魔だとようやく悟ったのか、叢雲がウエストの金具を引きちぎり、下着ごとズボンをずり下げる。

「……菊夜叉」

とっさに膝を閉ざせば、叢雲は黒い瞳をゆったりと細めた。

「お前の全てを見たい。……見せてくれ。頼むから……」

懇願の眼差しは、火傷《やけど》しそうなほどの熱を帯びていた。従えばどんな真似をされるか容易《たやす》く想像がつくのに、菊夜叉の脚はゆるゆると開いていってしまう。

「おお……」

脱がせた制服のズボンを下着ごと放り捨て、叢雲は感極まったかのような歓声を上げる。下着の中で二度も達してしまい、項垂《うなだ》れる性器をまっすぐに見詰めて。

「前と変わらない……いや、前よりもいっそう綺麗だ」

「……う……っ、……く……」

「俺と出逢うまで、誰にも触らせずにいてくれたんだな……」

濡れた肉茎を何の躊躇《ちゅうちょ》も無く舐《な》め回し、叢雲は恍惚《こうこつ》と呟《つぶや》く。…アルファの驚異的な嗅覚で、嗅ぎ取ったのだ。菊夜叉が今まで誰ともまぐわったことが無いと。

「…あ、……いっ……」

お前のためじゃない、と否定するはずの声すら甘く蕩けた。肉茎を濡らす蜜を残らず舐め取ってから、叢雲は菊夜叉の太股を持ち上げ、双《ふた》つの嚢《ふくろ》のさらに奥へと舌を滑らせる。

跳ね上がった鼓動に、甘い疼きが重なった。

「ひ……ぃ！」

自分ですらろくに触れたことの無い蕾《つぼみ》を、肉厚な舌がねっとりと這《は》っていく。

その執拗《しつよう》さに悶《もだ》えながら、菊夜叉は己を抱き締めた。さっきから何故か胸の頂がじんじんと痛み、熱くてたまらなかった。

……何でこんな…、こんなの、私ではない……！

血が滲むほど唇を噛み締めても、下肢から押し寄せてくる快感は少しも和らいでくれない。

今まで菊夜叉に不埒《ふらち》な真似をしようとしたアルファは数多いが、皆返り討ちにしてやった。なのに何故、叢雲だけは特別なのか。…この腕を、逞《たくま》しい胸板に伸ばしたくなってしまうのか。

「んう…っ、う、…あぁ…」

蕾の縁がふやけるほど舐め回し、唾液を塗り込んでいた舌が、ぬるりと中へと侵入してきた。他人を己の中に迎え入れる、おぞましいはずの感覚は、すぐさま全身を燃え上がらせる焦熱に変わる。

「…あっ！　あ、…駄目…だ、そこ…っ…」

　誰も知らない内側を舌先でねっとりこそがれるたび、胸の頂がずきずきと疼いた。薄いシャツが擦《こす》れるだけで小さな突起はつんと尖り、未知の感覚をもたらす。

「さ、…あっ、やあ、あ…っ」

　――触って。思い切りつまんで、弄《いじ》って、吸い上げて。

　ともすればあられもないことを口走りそうになり、とっさに己の手を噛もうとしたとたん、自由になった胸の突起から今までとは比べ物にならない快感が突き抜ける。

「あ、ああぁー……っ！」

　ほとばしる嬌声を、菊夜叉は今度こそ止められなかった。好き勝手に媚肉を味わっていた叢雲が、はっと顔を上げる。

「…菊夜叉…、お前……」

「み…、見るな……！」

　屈辱に打ち震えながら叫ぶが、もちろん叢雲が従うわけがなかった。

　…さらけ出される。シャツの上からも明らかなほど尖った突起も、そこに触れられてもいないのに再び勃《た》ち上がりつつある肉茎も、ほんのりと染まった白い肌も――隠しておきたい何もかもが。欲情しきった、アルファの目の前に。

「お……ぉ、おっ、おお……」

　濡れた唇をわななかせ、叢雲はがばりと菊夜叉に覆いかぶさる。突き放そうとした手にはまるで力が入らず、菊夜叉は勢いのままベッドに押し倒された。

「おおぉ…、お、菊夜叉……っ！」

「い、…っ…」

　一番上まできっちりボタンの留められたシャツは、

あっさりと破られた。露《あら》わになった突起に、叢雲は爛々《らんらん》と目を輝かせながら喰らい付く。

「……や、あぁぁ……っ……！」

　悲鳴を上げてしまったのは、萎えたはずの肉茎から透明な液体がぴゅっぴゅっと飛び散ったから…それだけのせいではない。

　…見えたのだ。叢雲に貪られていない方の胸の頂がつんと尖り、その周囲の乳暈《にゅううん》も常に無いほど紅く染まっているのが。

「あっ、あ…あっ、あ、やぁぁ…」

　……私は、オメガなのだ。

　本当は、自分だけは特別なのではないかと思っていた。発情もせず、アルファよりも強い自分は、このままアルファとは無縁で生きていくことを許されるのではないかと。…でも。

「…い…や、ぁっ、あ、あっ…」

　そんなのはただの傲慢な思い込みに過ぎなかった。肌の奥に眠っていた熱を無理やり引きずり出そうとする男を蹴り飛ばしてやりたいのに、与えられる愛《あい》撫《ぶ》に悦び、喘《あえ》ぎまくる自分はオメガ以外の何者でもない。

「…愛しい、俺の菊夜叉。お前ほど美しいオメガは居《お》らん…」

　叢雲は名残惜《なごりお》しそうに右の突起を解放し、愛撫を待ちわびる左の突起に唇を寄せる。

「存分に可愛がってやらねばな。……の分まで、たっぷりと……」

「あ、……あぁっ！」

　きつく吸い上げられ、つかの間、失神してしまったのかもしれない。

　真っ白に染まった視界が鮮明さを取り戻した時には、菊夜叉は自らの指で右の突起を弄り回していた。そうしていなければ、熟しすぎたそこがどろどろと溶けてしまいそうで。

「…いいのか？　ここが」

　尖らせた舌を見せ付けるように、叢雲は左の突起をぐりぐりと抉《えぐ》る。ふざけるなと怒鳴り付けてやるはずの唇は、甘い嬌声を吐き出した。

「あぁ…、…いい…」

善《よ》くて善くて、おかしくなってしまいそうだった。…いや、もうとっくになっているのか。情欲のしたたる眼差しに痴態を舐め上げられ、背筋をぞくぞくと震わせているのだから。

……もっと。

「菊夜叉……?」

頭の奥に響いたはずの声を、実際に口に出してしまっていたようだ。僅かに瞠《みは》られた叢雲の双眸に、妖艶に微笑む菊夜叉が映っている。

「…もっと…、欲しい…」

「……っ、菊夜叉……」

「もっと、私を求めて……の、ように……」

ところどころかすれた囁きは、菊夜叉自身すら何を言っているのかわからなかったのに、叢雲は聞き分けたようだ。ぶるりと胴震いした長身から余裕が抜け落ち、代わりにあの濃厚な雄の匂いが立ちのぼる。

「はあ…、はぁ、…は…っ…」

何度も息を吐き出し、叢雲はブルーのタイをむしり取ると、膝立ちになってシャツの前を力任せに開く。ちぎれたボタンがぶちぶちと飛び、床に落ちる音が、やけに大きく響いた。

……ああ、なんて……。

筋肉の畝《うね》が隆起した巌《いわお》の如き肉体に、菊夜叉は魅せられた。

恵まれた身体能力に驕《おご》らず、鍛錬を欠かさなかった証《あかし》だ。遠い戦国時代、黒須家の当主は自ら先陣を切り、敵軍を蹴散らしたと伝わるが、叢雲なら見事にやってのけるだろう。

叢雲はもどかしそうにベルトを抜き、ズボンの前をくつろげた。無造作に下着を下げるだけで、怒張しきった刀身はぶるりと震えながら現れる。

隆々と天を仰《あお》ぐそれは幼児の腕ほどありそうで、

血管を脈打たせ、先端から先走りを垂れ流す様は、オメガであっても怖気《おじけ》づかずにはいられないだろう。

「…ぁ…、あ、あぁ…」

だが菊夜叉は頬を赤らめ、自ら脚を開いていった。強烈すぎる雄の匂いは今や白い囲いの中を満たし、菊夜叉をしたたかに酩酊させていく。

早く、一秒でも早く、男を求めてうごめくこの蕾を散らして欲しかった。叢雲でなければ辿り着けない奥の奥まで貫き、子種をぶちまけて欲しい。何度も何度も…あの時のように。

「……菊夜叉。……菊夜叉、菊夜叉っ！」

ひくつく蕾がくちゅりと淫《みだ》らな水音をたてたのを合図に、叢雲は菊夜叉の両脚を担ぎ上げた。白い尻たぶを割り開き、さらけ出された蕾に先端をあてがう。

「あ…っ、ああ――……っ！」

巨大な先端がぬぷりと沈み込んだ瞬間、菊夜叉は肉茎の先端から透明な液体をまき散らした。びくんびくんと小刻みに打ち震える下肢に叢雲は鋭い犬歯を覗《のぞ》かせ、腰を進めていく。

「あ、あ…っ、や…ぁ、あっ…」

無垢《むく》な媚肉を容赦無く引き裂かれる痛みなど、灼《しゃく》熱《ねつ》の熱杭に腹を穿《うが》たれる圧倒的な快楽の前では無いに等しかった。

待ち焦がれたアルファを逃すまいと、肉の隘路《あいろ》は自ら濡れそぼち、猛る刀身を奥へと導いていく。男の味を知ったばかりの媚肉をざわめかせて。

「…叢雲…、叢雲っ…」

何かに縋《すが》らなければおかしくなってしまいそうで、菊夜叉は必死に両手を伸ばした。前に倒れてくれた叢雲の首筋に、無我夢中でしがみつく。

「菊夜叉…、…っ…、俺の、俺だけの菊夜叉…！」

「うあぁ…っ！」

太い根元まで性急に銜え込まされ、背をしならせる菊夜叉に、叢雲は愛おしげに頬を擦り寄せる。散らされたばかりの蕾に、刀身をずちゅずちゅと打ち付けながら。

「…お前が、俺を覚えていなくても…これから先、思い出すことが無くても…」

「ひ、あっ、あん…っ、あ…」

「俺は、お前を愛している…お前を取り戻すためだけに、俺は…っ…」

「あ、あ、ああ――……！」

滾《たぎ》る刀身が、最奥に熱いほとばしりを放った。

……焼かれる…っ…！

菊夜叉はとっさに身を引こうとするが、両脚をがっちりと抱え込まれていては、逃げるなど不可能だった。出来るのはただ叢雲の首筋に縋り、注ぎ込まれる大量の孕み汁を受け止めることだけだ。

「…ぁ、…ん…っ、ぅ…」

溢れそうになるたび下肢を揺すられては奥に孕み汁を送り込まれるのを、何度繰り返しただろう。叢雲が長い放出をようやく終え、満足そうな息を吐いた時には、菊夜叉の腹はおびただしい量の孕み汁で今にもはち切れそうになっていた。

「…菊夜叉…」

「う…、ぁ……」

唇を寄せられ、菊夜叉は弱々しく首を振る。今、項を噛まれたら、絶対に孕まされてしまいそうで恐ろしかった。

「心配するな。…お前の許し無く、項を噛んだりはしない」

頬に口付けを落としただけで、叢雲の唇は離れていった。むちゃくちゃに責め立てて前後不覚に陥れ、強引に項を噛むことだって可能なはずなのに。

「…どう、して…」

運命の番だと、愛していると告白したのは嘘《うそ》だったのか。

湧き起こった怒りに、菊夜叉は戸惑った。叢雲に項を噛む気が無いのなら、喜ぶべきなのだ。黒須家の次期当主の子を孕まされたら、菊夜叉は叢雲の番とみなされ、卒業を待たずして黒須家に引き取られてしまう。

「言っただろう。お前は俺の、運命の番だと。…俺はお前の身体だけが欲しいのではない。心も欲しい」

「ここ、ろ…？」

「そうだ。昔と変わらず、清らかで気高いその心が…」

　こいねがう表情が、さっき見たばかりの悪夢に重なった。叢雲にそっくりなあの男も、こんな顔で菊夜叉を殺したのだ。

「……愛している……」

　ぞくりと背筋が粟立ったのは、刻み込まれた悪夢の恐怖ゆえか、はたまた告白があまりに真摯《しんし》だったせいか。

　……この男は何故、出逢ったばかりの私をここまで……。

　屈辱と怒り、そして戸惑いだらけだった心に初めて叢雲に対する興味が芽生えるが、ゆっくり考える暇など与えられるわけがない。

「今度こそ、俺はお前を守り抜く。…誰にも、渡しはしない…！」

「あ、…あぁっ！」

　繋がったままの下肢を勢い良く突き上げられ、一瞬、呼吸が止まった。

　再び息を吸い込むと同時に、抜けるぎりぎりまで腰を引いた叢雲が一息に菊夜叉を貫く。さっき達したばかりとは思えない、猛り狂う肉刀で。

「あ……っ、は…ぁ、ああー……！」

——思い出してくれ。

　菊夜叉だけを映す黒い瞳が、無言で訴えかけてくる。狂おしいその瞳をいつかどこかで見た気がするのに、思い出そうとすると頭が白く濁り、思考ごと快楽に呑み込まれてしまう。

『愛しちょっど。…未来永劫、俺《おい》にはお前だけだ』

　叢雲と同じ顔をした悪夢の男が、頭の奥で囁く。

　その手に血塗《ちまみ》れの刀をたずさえたまま。

　何か応えてやりたいのに、夢の中の男に言葉を伝えるすべは無い。疲れを知らない若いアルファの逞しい背中に縋り、菊夜叉は声が嗄《か》れるまで喘ぎ続けた。

保健室のベッドで、どれだけの間まぐわい続けたのか——。

「……、……っ！」

荒い息を吐きながら飛び起きた時、菊夜叉は身体が沈み込んでしまいそうなほど柔らかいベッドに寝かされていた。激しく脈打つ心臓を必死になだめながら周囲を見回そうとして、ぎくりと動きを止める。

「…あ、あ…」

すぐ隣で、叢雲が寝息をたてていたのだ。しばらく息を潜めて見守ったが、目覚める気配は無い。相当眠りが深いのか…それとも、さっきまでの菊夜叉同様、夢を見ているのか…。

夢の中で、菊夜叉は長い髪を結い上げ、小袖《こそで》と袴《はかま》を纏い、腰には大小の刀を帯びていた。武士の子息の装いだ。

そして夢に登場した叢雲もまた小袖に袴を身に着け、現実と同じく菊夜叉を運命の番と呼び、愛を乞うてきた。夢の中の菊夜叉も当然反発し——そこからの展開はひどくおぼろで細かく思い出せないが、最後の方だけははっきりと覚えている。

『……私の、項を噛め！ 貴様は、私の運命だ……！』

夢の中の菊夜叉は叢雲を運命の番と認め、自ら項を差し出したのだ。

雄叫《おたけ》びを上げ、白い項にかぶりつく叢雲の背後で、紅蓮《ぐれん》の炎が躍っていた。吹き付ける熱風よりも叢雲に噛まれた項の方が熱くて、全身に力がみなぎって、そして…唐突に現実へ放り出されたのだ。

……あれは、何だったのだ？

菊夜叉が見る夢といえば、叢雲そっくりの男に殺されるあの悪夢だけだった。ひたすら精神を蝕まれ、目覚めてもしばらくは布団から出られなかった。

けれど、さっきの夢は違う。ひどく胸が騒いで、いてもたってもいられなくなる。何かしなくてはいけないと思うのに、何をすればいいのかがわからない……。

「はぁ……」

小さく息を吐き、菊夜叉はあたりに視線を巡らせた。ずいぶんと広い部屋だ。家具らしい家具は菊夜叉たちが横たわる大きなベッドとサイドテーブルと椅子《いす》くらいで、殺風景極まりない。

ここは一体どこなのだろう。学園内にこんな部屋などあるわけがない。

それに、今は何時頃なのか。いきなり倒れて保健室に運ばれた挙句、勝手に学園から姿を消してしまったのだ。優しい両親は、きっと心配しているはずである。

「……」

どこかあどけなさすら漂う叢雲の寝顔を、菊夜叉は無言で眺める。自分をここへ連れて来たのは、間違い無くこの男だ。

いくら叢雲が黒須家の次期当主とはいえ、万全の警備体制を誇る学園が大切なオメガをやすやすと連れ出させるわけがない。何と言い訳をしたのだろうか。

……いや、考えるのは後だ。

今は早く家に帰り、両親を安心させてやらなければならない。乱れた前髪をかき上げ、ベッドから下りようとした時、強い力で引き戻される。

「どこに行く気だ」

上体を起こした叢雲が、菊夜叉の手首を掴んでいた。剣呑《けんのん》に細められた双眸には、眠りの余韻も無い。

「……狸《たぬき》寝《ね》入《い》りだったのか」

「いや、今起きたんだ。お前の匂いが遠ざかるのを感じたからな」

しれっと言い放つ叢雲に違和感を覚え、菊夜叉は思い出した。夢の中の叢雲は、強い訛《なま》りのある言葉を使っていたのだ。あまり耳慣れない、荒々しい言葉遣いだったが、叢雲にはとても似合っていた…。

「…で、どこへ行こうとしていたんだ？」

穏やかな問いかけは、詰《なじ》る響きを帯びている。一瞬怯みそうになった己を、菊夜叉は恥じた。自分が何をしようと、叢雲に口出しをされるいわれは無い。

「家に帰ろうと思っただけだ」

「帰るも何も、お前の家はここだろう」

「……はっ……？」

ぽかんとする菊夜叉に、叢雲は身を震わせながら大笑した。素裸のまま恥ずかしげも無く床に飛び降り、菊夜叉を横向きで抱き上げる。

「今生《こんじょう》のお前は、本当に可愛いな。まさかそんな顔が拝めるとは思わなかった」

「おい…っ、放せ…！」

菊夜叉が全力で暴れても、筋肉の盛り上がる両腕はびくともしない。晴れ晴れと笑いながら叢雲は広い室内を横切り、窓辺で立ち止まる。

壁に備え付けられたリモコンのスイッチを押すと、ぴったり閉ざされていたカーテンが開いていった。

ガラス越しに広がるのは、手入れの行き届いた日本庭園だ。身を伏せた龍を思わせる見事な枝ぶりの松で、瑠璃《るり》色《いろ》の小鳥が居心地良さそうにさえずっている。

「どうだ？　急ごしらえだが、なかなかのものだろう」

「……」

「俺がこちらに移動してくるのに合わせ、整えさせたんだ。邸が洋風なのはすぐには直せないが、庭があるだけでもだいぶ違うだろう？」

絶句する菊夜叉をよそに、叢雲は上機嫌で説明していく。つまりここは、東都にある黒須家の別邸なのだろうか。黒須家ほどの大家なら各地に別邸を備えているだろうが、そこに自分が連れ込まれる理由がわからない。

「お前は俺の運命の番…いずれ次の当主を産む身だ。俺と共にここに住まうのは、当然のこと」

菊夜叉の疑問を見透かしたように宣言する叢雲は、たった一つ上とは思えないほどの威厳に満ちていた。成人すらしていなくても、この男は紛れも無く黒須家の…今の国を造り上げた血筋の末裔《まつえい》なのだ。

ひょっとしたら、父親よりも優れているのかもしれない——ふと頭に過《よぎ》った思いに、菊夜叉は戸惑った。叢雲の父親は本拠地の九州に居るはずで、当然、一面識も無いのに、何故そんなことを思ってしまったのだろう。

「…お前、まさか…」

まさか学園にもそんなことを告げて、菊夜叉を連れ出したのか。嫌な予感にかられて問えば、叢雲はにっと唇を吊り上げる。

「学園長は二つ返事でお前の身柄を俺に寄越したぞ。お前の両親には、学園長から連絡が入ったはずだ。お前は俺のものになったとな」

「何ということを……！」

学園長は代々黒須家の縁者が務めているから、本家の嫡男《ちゃくなん》の願いを断るわけがない。

菊夜叉の両親とて、学園長からそんな連絡を受ければ拒絶など出来なかっただろう。オメガの身柄はより優秀なアルファの子を産ませるため、国家に管理されているのだから。オメガを我が子に持った親には、いずれ引き離されてしまうのだからと、産んですぐ親権を放棄してしまう者も少なくない。その場合は施設で育てられることになる。

だが、菊夜叉の両親は…。

「…お前の両親は、お前を愛してくれているのか？」

やけに神妙な表情を浮かべ、叢雲は眼差しを合わせてくる。

「……ああ。父も母も、私を心の底から慈しんでくれた。我ながら、ずいぶんと手のかかる子どもだっただろうにな」

「そうか。……良かった」

叢雲はしみじみと呟き、菊夜叉の鼻先や頬に口付けを散らした。無防備な乳首にまで触れようとした唇を押しのけ、菊夜叉は叢雲を睨み付ける。

「お前…何故そんなに嬉しそうなんだ？」

「それは嬉しいさ。お前が家族に恵まれ、愛されて育ったのだからな」

にこにこ笑われると、いよいよわけがわからなくなってくる。

……この男は、何なのだ？

菊夜叉を運命の番などとのたまい、強引に犯して連れ去ったかと思えば、時折こんなふうに菊夜叉の機嫌を伺ったりもする。いちいちオメガを気遣うアルファなんて、聞いたことが無い。ましてや黒須家の次期当主なら、数多《あまた》のオメガを侍《はべ》らせ、好き勝手に扱ったって誰も文句は言わないだろうに。

「そういうことなら、いずれご両親をこちらに招き、対面する機会を作ろう。敷地内に家を建てさせ、そこに住んでもらってもいい」

「……！」

「だが、それはお前が俺を受け容れてくれてからの話だ。…今日からお前には、ここで生活してもらう。お前の望みなら何でも叶《かな》えてやるが、ここから出て行くことだけは許さない」

喜ばせたかと思えば、即座に突き落とす。この男は矛盾だらけだ。何を考えているのか、まるで理解出来ない。

「…許してくれ、菊夜叉。こんなふうにしか、俺はお前を守ってやれない」

…いや、本当にわからないのは、悪夢の中と同じ、今にも泣きそうな表情に胸を締め付けられてしまう菊夜叉自身だ。これが叢雲以外のアルファなら、横っ面を殴り飛ばしてやるだろうに…どうして震える頬を撫でてやりたくなるのか…。

「私は…、誰かに守ってもらうほど弱くはない」

「ああ、お前は強い。わかっている。…しかし、俺はお前を…」

「――若様」

寝室の扉越しに低い声がかけられ、叢雲は口をつぐんだ。菊夜叉をベッドに横たえ、毛布で包《くる》むと、椅子にかかっていた白い単衣《ひとえ》を慣れた手付きで身に着ける。

「奥方様のお衣装をお持ちしました。お食事はこちらに」

叢雲が開けた扉の奥で、使用人らしい男性が深々と腰を折った。平たい漆塗りの箱と食事の載った膳を運び込もうとするのを、叢雲は制止する。

「ご苦労。後は俺がやる」

「…し、しかし、若様にそのような…」

遠目からでも、使用人が困り果てているのが見て取れる。黒須家ほどの大家の跡継ぎ、それもアルファに使用人の真似事をさせるなど、本来は許されないのだろう。

だが、当の本人に命じられては断ることも出来ず、使用人はすごすごと去っていった。叢雲は膳をサイドテーブルに置くと、漆塗りの箱を菊夜叉の前で開く。

「……何と……」

広げられた小袖の見事さに、菊夜叉は目を奪われた。紅綸子地《べにりんずじ》に梅や椿《つばき》を散らし、金糸銀糸で亀甲花《きっこうはな》菱《びし》を刺繍《ししゅう》したそれは、恐ろしいほどの人手と費用を惜しみ無く注ぎ込んだ芸術品とも言うべき逸品だ。

「お前のために用意しておいた。替えは何枚でもあるから、部屋着にでもするといい」

叢雲は気軽に勧めてくるが、こんな高価なものを着てくつろげるものか。それに和服なんて、せいぜい幼い頃、母親に浴衣《ゆかた》を着せてもらったことがあるくらいだ。

本格的な小袖なんて、一人で着られるわけがない。そう思ったのに、少しざらついた絹地に触れるや、身体は勝手に動き出していた。

床に下り、箱に収められていた肌着と襦袢《じゅばん》を手早く身に着ける。その上から紅綸子の小袖を羽織り、摺箔《すりはく》の細帯をウエストよりやや下で締めていく。まるで何度も、数え切れないほど繰り返した手順をなぞるかのように。

　今まで一度も纏ったことの無いはずの絹の衣装は、不思議なくらいしっくりと菊夜叉の肌に馴染んだ。違和感と言えば、左腰がやけに軽く感じることくらいか。重みのある何かを帯に差し込めば、落ち着きそうな気がするが…。

「……菊夜叉ぁ……」

　じっと着替えを見詰めていた叢雲が、背中から菊夜叉を抱きすくめた。単衣に包まれた腕は、小刻みに震えている。

「行かないでくれ。…俺の傍を、離れないでくれ」

「む…、叢雲……？」

「…愛している…、お前を、…お前だけを愛しているんだ…」

　しゃくり上げる叢雲のまなじりから溢れた涙が、小袖の肩を濡らす。

　ぎゅうぎゅうと締め上げられ、息苦しくてたまらないのに、どういうわけかその腕を振り解《ほど》くことは出来なかった。

　菊夜叉が再び学園に登校出来たのは、黒須家の別邸に連れ去られてから実に一週間後のことだった。もっと早く行きたかったのだが、叢雲が何かと理由をつけ、邸から出してくれなかったのだ。

『どのみち、お前は俺の妻となるのだ。もはや学園など、通う必要は無いのではないか？』

　しまいにはそんなことまで言い出した叢雲を説得するのは、なかなか骨が折れた。菊夜叉の武芸の腕前を知りながら、叢雲は決して傍から離そうとしない。毎日菊夜叉をベッドに引きずり込むのはもちろん、自ら世話を焼き、バスルームやトイレにまで付いて来ようとする。一瞬でも目を離せば、菊夜叉が消えてしまうとでもいうかのように。

次期当主がそうやって溺愛する菊夜叉を、邸の使用人たちも丁重に扱った。食事も衣装も常に最上のものが供され、奥方様などと呼ばれ、菊夜叉が叢雲と連れ立って歩けば、脇によけて平伏する。ごく平凡なサラリーマンの両親に育てられた菊夜叉には、いたたまれない環境…の、はずなのだが。

違和感と同時に、どこか懐かしさを覚えてしまうのだ。大勢の使用人に、恭しくかしずかれる。いつか…遠い昔も、そんな生活を送ったことがあったような…。

困惑する菊夜叉を、毎夜見る夢がさらに追い詰めた。叢雲に抱かれてからというもの、叢雲そっくりの男に泣きながら殺される夢に、眠りにつくたびうなされている。

叢雲はますます心配し、ここぞとばかりに邸での静養を勧めてきたが、休んで良くなる気はしなかった。むしろ叢雲と離れた方が夢を見ずに済むのではないかと、思わずにはいられなかった。

叢雲が最終的に折れたのは、菊夜叉の憔悴《しょうすい》がそれだけひどかったからだろう。もともとあまり好きではなかった学園への登校が楽しみになったのは、初めてかもしれない。

「行ってらっしゃいませ。若様、奥方様」

校門まで送ってくれた車の運転手が、後部座席のドアを開けた。自分で先に降りた叢雲がさっと回り込み、手を差し出す。

「………」

無視しても無駄なのはこの一週間でわかっていたので、菊夜叉は自分より一回り以上大きなその手を取った。破顔する叢雲に導かれ、車を降りると、遠巻きに見守っていた生徒たちがどよめく。

「あれは菊夜叉くんと……転校生？」

「黒須家の次期当主が番を見付けたって、本当だったのか…」

「まるで、一対の人形のような……」

いつにも増して強い好奇の視線が、ぐさぐさと無遠慮に突き刺さってくる。いたたまれなさに身じろげば、逞しい腕が守るように菊夜叉の肩を抱いた。

「行くぞ、菊夜叉」

「……あ、ああ」

つかの間、胸に広がった安堵《あんど》を悟られたくなくて、菊夜叉はぷいと顔を背けた。気にするでもなく歩き出した叢雲と一緒に、エントランスへ向かう。

途中、ちらちらと周囲を窺い、宗弥を探した。目の前で倒れてしまい、心配させただろうと思ったのだ。一言詫《わ》びを伝えたかったのだが、登校中の生徒の中にその姿は見付からなかった。もう教室に入ったのだろうか。いつもはこのぐらいの時間に登校し、菊夜叉を校門の近くで待っているのだが。

「白羽くん、おはよう。体調はもういいのかい？」

代わりのようにエントランスで待ち受けていたのは、兄の恭弥だった。屈託の無い笑顔に何故か寒気を覚え、無意識に後ずさろうとすれば、叢雲がずいと前に出る。

「菊夜叉に何の用だ」

低い声音に、菊夜叉の方が驚いた。恭弥を見下ろす横顔は冷たく、取り付く島も無い。邸の使用人たちにすら、もっと気さくに接していたのに。

「…君は…アルファクラスの黒須くんだね。ただ白羽くんの様子を見に来ただけなんだから、そんなに怖い顔をしないでくれないかな」

「菊夜叉には俺が付いている。お前が気にかける必要は無い」

「そう言われても、これでも私は彼の担任だからね。一週間も休んだのに、心配せずにはいられないよ」

菊夜叉ですら竦《すく》まずにはいられない叢雲の殺気を、恭弥は笑顔のまま受け流している。学園内では皆平等ということになっているが、そんなものは建前だ。学園長すら逆らえない黒須家の次期当主に堂々と歯向かえばどうなるか、わからないはずがないのに。

……この男、本当はベータではなくアルファなのではないか？

以前と同じ疑問が再び胸を過った。普通のベータなら、叢雲ほどのアルファに睨まれるだけでも正気ではいられない。同じアルファか、叢雲並みに強力なアルファと日常的に接してでもいない限り、今頃卒倒していてもおかしくないのだ。

……それにこの光景、…昔、どこかで見たような……。

ふっと視界がかすみ、菊夜叉はごしごしと目を擦った。睨み合う二人の姿がぼやけ、二人とも古風な小袖と袴を着ているように見えたのだ。

「……白羽くん？ 大丈夫か？」

叢雲の肩越しにかけられた声で、菊夜叉は我に返った。心配そうにこちらを見詰める恭弥は仕立ての良いスーツ姿だし、ばっと振り返る叢雲は菊夜叉と揃いの制服を纏っている。

……錯覚、だったのか？

それにしてはやけに鮮明だったが、毎夜叢雲に抱かれ、悪夢を見続けているせいで、疲れているのかもしれない。

「菊夜叉……！」

「お、…おい、叢雲…!?」

目を丸くする菊夜叉を、叢雲は軽々と抱き上げた。そのまま校門に引き返そうとするのを、慌てて止める。

「やめろ…、まだ来たばかりだろう！」

「そんなに体調が悪そうなのに、授業を受けられるわけがないだろう。早く帰って休まなければ」

髪を掴んで引っ張っても、じたばたと暴れても、叢雲は眉一つ動かさない。まだ教室に入ってもいないのに、本気で帰宅するつもりなのだ。

「…馬鹿を言うな。私の体調が悪いのは、お前のせいだろうが！」

押し寄せる怒りのまま叫び——菊夜叉は硬直した。居合わせた生徒たちが皆足を止め、菊夜叉を凝視している。アルファもオメガも揃って頬を染め、どこ

か気恥ずかしそうに。

菊夜叉ははっとした。自分が叢雲の番に選ばれたことは、学園じゅうに知れ渡ったはずだ。連れ去られた菊夜叉がどんな目に遭わされたのかも、生徒たちは薄々察しているだろう。

つまり今、菊夜叉は自ら、どれだけ激しく叢雲に抱かれているのか吐露したも同然で――。

「……っ……！」

ぼんっ、と顔が一瞬で熱くなった。穴があったら入りたいとは、こういう時のことを言うのだろう。実際は穴に入るどころか、真っ赤になった菊夜叉に叢雲がますます焦り、あたふたと走り出そうとするので、いっそう注目を集めてしまっているのだが。

「あ、……あの、黒須様……！」

人込みをかき分け、意を決したように話しかけてきたのは、クラス委員長の香取だった。

「……お前は？」

無害だと判断したのか、叢雲は立ち止まった。ほっと胸を撫で下ろし、香取は頭一つ以上高い叢雲を見上げる。

「ぼ…、僕は、菊夜叉くんと同じクラスの香取です。…その、菊夜叉くんとはいつも一緒に教室へ行っているから、今日もどうかと思って…」

「香取くん……？」

確かに香取とはタイミングが合えば教室まで同行していたが、それは宗弥が転校してくるまでの話だ。ここ最近は宗弥に絡まれる菊夜叉をクラスメイト共々遠巻きにするばかりで、ろくに話しかけてもこなかったのに、どうしてここで助け船を出したりするのだろう。

「……下ろせ、叢雲。私は彼と行く」

さっぱりわからないが、せっかくの助け船に乗らない手は無い。菊夜叉は叢雲のシャツを掴み、ぐいと引っ張った。

「だが、菊夜叉…お前はまだ、本調子ではないのに…」

「だからそれは…」

「ご、ご安心下さい、黒須様。菊夜叉くんは僕が責任を持って教室に連れて行きますし、授業の間もお世話をさせて頂きますから」

　誰のせいだと思っているんだ、と詰るより早く、香取が申し出た。それではまるで召使《めしつか》いか何かのようではないかと思ったが、菊夜叉も同調する。

「香取くんが居てくれれば大丈夫だ。…私の願いは、何でも叶えてくれるのではなかったのか？」

　分厚い胸をシャツ越しにそっと撫でれば、ごくり、と叢雲の喉が上下した。しばし見詰め合った後、叢雲は仕方無さそうに菊夜叉を下ろす。

「……決して無理はしないと、約束してくれ」

「ああ」

「休み時間には必ず様子を見に行く。少しでも体調が悪そうだと判断したら、連れて帰るからな」

「…ああ」

「身体を動かす授業は全て見学だ。授業中でもきちんと休憩を取って……」

　くどくどと言い聞かせる叢雲に、いつまで続くんだろうと辟易《へきえき》しつつも、菊夜叉は辛抱強く相槌《あいづち》を打った。ここで少しでも不審を抱かれたら、即座に連れ帰られてしまうと思ったのだ。

　その甲斐《かい》あって、叢雲はようやく菊夜叉を解放してくれる気になったようだ。ぎゅっと抱き締めてから、赤面している香取の方へそっと押し出す。

「…さっきの男にだけは、絶対に近付くな」

　離れる間際、叢雲は菊夜叉の耳元で囁いた。さっきの男とは、恭弥のことだろう。菊夜叉とて進んで関わりたくはないが、何故叢雲はそこまで恭弥を忌避するのか。

「菊夜叉くん、行こうよ」

　尋ねる前に香取に促され、菊夜叉は頷いた。家に帰ったら聞けばいいことだ。

「はぁ……」

　並んで歩き出してすぐ、香取は盛大に息を吐いた。

幼い横顔は青ざめ、強張っている。菊夜叉が特殊なだけで、オメガはアルファに無条件で従うよう刷り込まれるのだから無理も無い。

「…どうして、私を助けてくれたんだ？」

菊夜叉の問いに、香取は何度もためらってからようやく口を開いた。

「……今なら、菊夜叉くんとお話し出来るかもしれない、って思ったから」

「え…？　…今までも、話していただろう？」

「そうだけど…菊夜叉くんは、誰と話していても薄い壁を隔ててるみたいだった。でも黒須様と一緒に居る時の菊夜叉くんは…何て言うか、すごく自然だったんだ。笑ったり、怒ったりして…」

菊夜叉は軽く目を瞠った。クラスメイトたちはオメガとしての異質さゆえに近付いてこないのだと思っていたのに、実際は自分の方が壁を作っていたというのか。

それに…。

「私は…、笑っていたか？」

「う、うん…」

「…そう…、か…」

自分自身でも気付かないくらい、自然に笑っていたようだ。

優しい両親と暮らしていても、笑うことはめったに無かったのに——頬が羞恥で真っ赤に染まっていく。

「可愛い……」

「…ん？」

くぐもった小さな呟きを聞き取れず、首を傾げれば、香取は慌てて手を振った。

「な、何でもない。早く教室に行かないと、時間が無くなっちゃうよ」

「まだ、予鈴まで三十分はあるが…」

「ぜんぜん足りないよ。さっき菊夜叉くんが学校に来たってグループメッセージ送ったから、みんな教室で待ってるはずだし」

香取の言う通りだった。二人が教室に到着すると、クラスメイトたちに待ってましたとばかりに取り囲まれたのだ。

「菊夜叉くん、もう身体は大丈夫なの？」

「黒須様のお邸で暮らしてるって本当？」

「今日は一緒に来たんでしょう？　どんな御方？」

興味津々《しんしん》の質問が四方八方から飛んできて、菊夜叉は面食らった。てっきり、いつも以上に敬遠されるものとばかり思っていたのだ。香取の言う通り、今の菊夜叉には壁が無いということなのだろうか。

「みんな、落ち着いて。いっぺんに聞いたって、菊夜叉くんを困らせるだけだよ」

すかさず香取が道を開けさせ、菊夜叉を自分の席に座らせてくれた。しゅんとしょげたクラスメイトたちの中にも、隣の席にも、宗弥の姿は無い。

「…霧島くんは、まだ来ていないのか？」

尋ねたとたん、クラスメイトたちはぱっと顔を見合わせ、競うように答えてくれる。

「休んでるよ。菊夜叉くんが黒須様のところへ行ってからずっと」

「委員長が何度か家に行ったけど、一度も会おうとしなかったって」

「菊夜叉くんが来たから、明日あたりからまた何食わぬ顔で来始めるんじゃない？」

「……そ、そうなのか。ありがとう」

大勢といっぺんに話すのは慣れていない。ぎこちなく礼を告げると、クラスメイトたちはみな嬉しそうに笑い、今度は次々とノートを差し出す。

「休んでいる間のノート、みんなで手分けして取っておいたんだ。良かったら使ってくれないかな？」

代表して香取がそう言ったので、菊夜叉はありがたく受け取ったが、首を傾げずにはいられなかった。この歓迎ぶりは何なのだろう。叢雲に…黒須家におもねっているとは思えない。

「僕と同じだよ。みんな、今の菊夜叉くんとなら仲良くなれるんじゃないかって思ってるんだ」

悩む菊夜叉に香取はそっと耳打ちし、教室の入り口を振り返ってから、さらに声を潜める。

「それに、今なら霧島くんが居ないし」

「…霧島くん？」

どうして宗弥が居ると、菊夜叉に近付けないのか。確かに場の空気を読まない…読む気すら無い宗弥はクラスで浮いているが、香取が言いたいのはそういうことではない気がする。

「彼……、ちょっと怖いから」

「怖い…？　霧島くんが？」

「うん。ちゃんと笑ってるのに笑ってないっていうか…傍に寄ろうとすると、寒気がして…」

だから皆、宗弥に纏わり付かれている菊夜叉にも近寄れなかったのだという。ちょうど菊夜叉が、恭弥に対して恐怖を抱いてしまうのと同じように。

……何なんだろう、この違いは。

菊夜叉は宗弥よりも恭弥の方が恐ろしいが、クラスメイトたちは優しい恭弥を担任として慕っている。正反対だ。同じオメガなのに、この違いはどこから来るのだろうか。

「ねえねえ、菊夜叉くん。黒須様のことを聞かせてよ」

「創立者の直系の子孫に当たるんだよね。わざわざ転入してきたのは、運命の番を探すためだったって本当？」

香取が退《ど》いたとたん、うずうずしていたクラスメイトたちが次々と質問をぶつけてくる。たどたどしく答える菊夜叉は、気付かなかった。細く開いた入り口の隙間から、スマートフォンを手にした恭弥がじっとこちらを見詰めていることに。

クラスメイトたちの思惑は外れ、宗弥は翌日からも欠席し続けた。兄の恭弥によればもともと病弱で、体調を崩して寝付いてしまったそうだが、信じる者は一人も居ない。皆、菊夜叉が叢雲という番を得たせいだと口を揃える。

　本当のところはどうなのか、気にならないわけではなかったが、宗弥のことばかり考えている余裕など無かった。クラスメイトたちは今までの敬遠ぶりが嘘のようにはしゃぎながら懐いてくるし、叢雲は宣言通り休み時間のたびに現れ、菊夜叉を離そうとしないからだ。

　アルファはより強いアルファには本能的に従う。叢雲は転入一日目にしてアルファクラスの全員をひれ伏させたそうだ。もとより学園長の主筋に当たる叢雲には教師すら口出し出来ず、誰も止める者は居ないという最悪の状況である。

　くたくたに疲れて帰ったら帰ったで、叢雲に容赦無く抱かれ、朝は悪夢で起こされる。そんな日々が半月も続けば、さしもの菊夜叉も弱ってくる。

「菊夜叉くん…少し休んだ方がいいんじゃない?」

四時間目の授業が始まる前、香取が見かねたように言い出すと、他のクラスメイトたちもこくこくと頷いた。相当顔色が悪かったようだ。

「だが…」

「黒須様には、僕が伝えておくから。このままじゃ、授業中に倒れちゃうよ」

　菊夜叉は迷った末、香取の言葉に甘えることにした。四時間目の授業の担当は恭弥だと、思い出したからだ。

　長い間欠席した菊夜叉を、恭弥は優しくいたわってくれた。弟の件では菊夜叉を問い詰めたくもなるだろうに、責められたことは一度も無い。

　…だからこそ、その瞳の奥に潜むよどんだ何かが怖かった。疲れきった今の状態で一時間近く恭弥と向き合うのは、クラスメイトたちと一緒でも避けたい。

　菊夜叉は一人で保健室に向かった。香取たちにはさんざん心配されたが、つかの間でも一人になりたかったのだ。

授業が始まった校舎はしんと静まり返り、時折、グラウンドから体育中の生徒たちの歓声が聞こえるくらいだ。菊夜叉は保健室に続く渡り廊下の途中で立ち止まり、手すりにもたれる。

「……はあ……」

楽しそうにキャッチボールをする生徒たちを眺めていると、ここ一月近くの日々が夢だったのではないかと思えてくる。けれど紛れも無い現実である証が、ふっと視線を落とした先――シャツの喉元から見える胸元に刻まれている。

いや、そこだけではない。菊夜叉の白い裸身の隅々まで、叢雲の噛み痕はちりばめられていた。夏服に衣替えしたのに、長袖のカーディガンを羽織らなければならないのはそのせいだ。

……このまま、なし崩しに叢雲の番にされてしまうのだろうか？

そっと触れた項には、何の痕も残されていない。毎夜、菊夜叉が泣きじゃくるまで責め立てても、叢雲はそこだけには触れようとしないのだ。

『今は、俺の傍から離れないでいてくれるだけでいい。…時間は、たっぷりある』

昨夜も嫌がる菊夜叉を押さえ付け、孕み汁を最奥に注ぎ込みながら、叢雲は熱く囁いた。

『お前が自分から項を差し出してくれる日を、俺はいつまででも待とう。…約束した通りに』

『あ…っ、や、…あっ…』

知らない。そんな約束をした覚えなんて無いのに、身体は燃え上がった。叢雲の分厚い胸に縋り、逞しい腰に自ら両脚を絡めて愛撫をねだった。重なる鼓動がこの上無く心地よかった。

…だからこそ、快楽の果てに眠りにつき、襲ってくる悪夢がいっそう恐ろしいのだ。

叢雲と同じ顔をした男に殺される悪夢は夜毎鮮明さを増し、菊夜叉の心を蝕む。毎朝うなされる菊夜叉を叢雲も心配し、どんな夢を見ているのかと何度も問い質《ただ》されたが、覚えていないと答えるしかなかった。…言えるわけがない。お前そっくりな男に殺される夢だなんて。

「…くっ…」

　初夏ではありえない寒気を覚え、菊夜叉はぶるりと震えた。このまま叢雲のもとに囚われていたら……いつか自分は、あの男を……。

「…菊夜叉くん」

　小さな呼び声に気付いたのは、気を取り直して保健室に向かおうとした時だった。きょろきょろと見回せば、校舎の陰の植え込みに隠れるように、小柄な少年が佇んでいる。

「霧島く…」

　思わずその名を口にしかけたとたん、宗弥は唇に人差し指を当て、首を振ってみせた。渡り廊下に誰も通りかからないのを確かめ、菊夜叉を手招く。

　……呼んでいる？

　駆け寄ろうとして、菊夜叉はためらった。体調不良で欠席を続ける宗弥が、何故こんなところに居るのだろうか。しかも、人目を避けるようにひっそりと。

　何より――どうして、菊夜叉が今ここを通るとわかったのだ？

「う……」

　だが、疑問も逡巡《しゅんじゅん》も、宗弥が左胸を押さえながらくずおれた瞬間に吹き飛んでしまった。菊夜叉は上履きのまま外に飛び出し、宗弥を助け起こす。

「しっかりしろ！　今、人を呼んで…」

「――冷たいようで甘ちゃんなところは、前と変わらないな」

　嘲りの滲んだ低い呟きが誰のものか理解する前に、みぞおちに鈍い衝撃が走った。ぐっと息が詰まり、よろける菊夜叉を、宗弥は軽々と抱え上げる。オメガの細腕には似つかわしくない力強さで。

　それに、背筋をぞくぞくと震え上がらせる、この匂いは…。

「…お前は、…オメガじゃ、…ない…？」

かすれた問いを、宗弥は否定しなかった。実年齢より幼かったはずの容貌が以前よりずいぶんと大人びて見えるのは、その唇が皮肉っぽく歪んでいるせいだろうか。

「――兄さん」

校舎の陰から、覚えのある声が聞こえた。

菊夜叉は振り返って声の主を確かめようとするが、身体にまるで力が入らない。ずんと重たくなったまぶたが、勝手に落ちていく。

「…叢、…雲…」

一時間前に別れたばかりの叢雲と、夢の中の男が頭の中でぶれながら重なる。

……泣くな。お前のせいではない……。

こときれた菊夜叉を抱き、号泣する男の涙を拭《ぬぐ》ってやりたいのに、意識はずぶずぶと白い沼底に沈んでいった。

かちゃり――。

かすかな物音が、菊夜叉を泥のような眠りから引きずり上げた。

初めて聞くはずなのに、覚えがある。あれは……鯉口《こいぐち》を切る音だ。生まれながらにして二刀をたばさむ者なら、必ず耳にする音。戦いが始まる合図。

「…うっ……」

果たして、重たいまぶたを押し上げれば、鋼の輝きがそこにあった。長い睫毛《まつげ》が触れ合いそうなほど近く、顔面すれすれを横切る細い刃。

宗弥は、その向こうで微笑んでいた。

「ああ、菊夜叉くん。やっと目が覚めたんだ」

仰向けに横たえられた菊夜叉の真横に片膝をつき、慣れた手付きで日本刀を握っている。他人に抜き身の刃を向けているとは思えないほど穏やかなその笑みを、菊夜叉は睨み付けた。気を失う直前に嗅いだかすかな匂いが、今や隠しようもないくらい濃厚に漂っている。

　奇妙に胸を騒がせ、肌を火照らせる。オメガとして生まれ、この匂いが何なのかわからない者は居ない。

「……お前、は、アルファだったの、か」

　うまく呂律《ろれつ》が回らない舌を、菊夜叉は懸命に動かした。

　両の手足は水の底に沈められたかのように重く、頭の奥にはぼんやりと靄がかかっている。気絶させられた後、睡眠薬か何かを飲まされたのかもしれない。こんな有様ではろくな抵抗も出来ないだろうが、宗弥の言いなりになるわけにはいかない。

　……今は、時間を稼がなければ。

　ここがどこかも、宗弥が何のために菊夜叉をさらったのかもわからないが、生き残ってさえいれば叢雲は必ず助けに来てくれるはずだから。

「…何故、アルファが、オメガのふりをしていた…？」

　アルファ特有の匂いを抑制する薬。開発されたばかりのそれを、宗弥は服用していたのだろう。アルファにしては小柄なのは、その副作用なのかもしれない。自己顕示欲の塊のようなアルファが、何故そんな真似をしたのか。

「ねえ、菊夜叉くん。黒須様から逃がしてあげようか」

「は……？」

　一体、何を言い出すのか。眉を顰める菊夜叉に、宗弥はつっと目を細める。弱った獲物をいたぶる猫にも似たその眼差しに、菊夜叉は強い既視感を覚える。

「僕のご先祖様にね、アルファに愛されすぎて殺されてしまったオメガが居るんだ。菊夜叉くんが叢雲様の番にされたって兄さんに聞いてから、ずっと心配していたんだよ。菊夜叉くんもご先祖様みたいに、いつか殺されてしまうんじゃないかって。黒須家のアルファはとにかく情が深いから」

「……霧島、くん……？」

アルファに殺されたオメガ――叢雲そっくりな男に殺される悪夢が脳裏を過り、菊夜叉は身を竦ませながらも周囲を窺った。

床《とこ》の間《ま》に違い棚、付書院《つけしょいん》まで備えた、本格的な書院造の座敷だ。ざっと三十畳はありそうな部屋の中央に敷かれた布団に、菊夜叉は寝かされている。目の前に刃を突き付けられて。

……なん、だろう？

初めて訪れたはずの空間が、どういうわけかひどく肌に馴染む。つかの間悩み、すぐに思い至った。叢雲に初めて抱かれた日に見た夢。現実と区別がつかなくなるほど鮮やかだったあの夢に、ここは確かに登場していた。

夢の中――武家の子息の格好をした菊夜叉は、この座敷で暮らしていた。…いや、囚われていたのだ。親代わりに育ててくれた祖父のもとからさらわれて。

……祖父？　いや、私を育ててくれたのは両親だ。二人とも健在で…母上は父上の名前すら明かさぬまま亡くなって…父上は…炎の中に……。

考えを巡らせれば巡らせるほど、夢と現実が混沌と混ざり合っていくのは薬のせいなのか。

「僕の母方の伯父さんが、外国で会社を経営しているんだ。僕が頼めば、君一人くらいきっとかくまってくれる」

ぼやけて定まらない視界の中で、宗弥が…否、宗弥にそっくりな青年が笑っている。夢の中の菊夜叉と同じく小袖と袴を纏い、宗弥よりもずっと大人びた青年。…あれは恭弥なのか？

……違う。

あの青年は恭弥ではない。恭弥は恐ろしい気配を漂わせてはいたが、傍に居るだけで震えが止まらなくなるほどではなかった。

「そこまで逃げれば、さすがの黒須様も追いかけては来られないはず。僕も行くから、一緒に逃げよう？」

「……」

「――って、誘い出すつもりだったんだけどなあ」

宗弥ががらりと口調を変えると同時に、幻影は消え去った。

菊夜叉に日本刀を突き付けているのは、同じ学園の制服を着た少年だ。だが、小柄な身体から滲み出るアルファの匂いはいっそう強くなり、刀から漂うかすかな鉄錆の匂いと溶け合っていく。

「こんなにあいつの匂いを染み込まされた後じゃ、もう騙《だま》されてくれないだろうな。…運命の番っていうのは、本当に厄介だ。昔も今も、僕の邪魔ばっかりしてくれる」

「昔…、も？」

「ねえ、……菊夜叉。今度こそ、僕のものになれよ」

すっと引いた刃を鞘《さや》に収め、宗弥は菊夜叉の頭の両脇に手をついた。そのままゆっくりと跨《またが》り、顔を近付けてくる。

「運命の番なんて関係無い。…僕だって、君を見付けたんだから」

「あ、……っ」

強引に重ねられた唇から、かすかな血の味が広がった。驚きに開いた隙間へ、熱い舌がぬるりと入り込む。

「…っ、…ん、ぅぅ……！」

とっさに首を振ろうとすれば、手首をきつく摑まれた。渾身の力で振り解こうとしてもびくともしない膂力《りょりょく》は、オメガではありえない。

「……あの時からずっと消えないんだ。君の味が……生まれ変わっても忘れられなかった」

一旦口付けを解き、宗弥は菊夜叉のわななく舌を舐め上げる。己のそれにこびりついた血の味を、なすりつけるように。

「だって、僕が叢雲から奪えたのはそれだけだったから。君の血肉を味わうことしか、前の僕には許されなかったから…」

「や…、…ん…っ！」

再び深く口腔《こうこう》を犯されながら、菊夜叉は思い出していた。宗弥と昼食を一緒に食べた時のことを。

『僕、肉が食べられないから』

『……苦手なんだ。あの匂いとか、感触とか』

肉の類《たぐい》を口に出来ないのは、菊夜叉の血肉を喰らい、その味が染み付いてしまったせいだというのか。

そんな覚えなど、菊夜叉には無いのに。

無い、はずなのに。

『…どうあっても、叢雲を選ぶというのか』

どろどろに濁った記憶の中で、宗弥にそっくりなあの青年が刃を振りかざす。いつもの愛嬌が零れるような笑みも、余裕たっぷりの態度もかなぐり捨てて。

『今からでも遅くない。僕を選ぶんだ』

「今からでも遅くない。僕を選ぶんだ」

瞳の奥にぎらつく炎を宿した青年と、おもむろに菊夜叉を解放した宗弥の顔が重なった。少し歳の差はあるが、顔の造りはうりふたつだ。宗弥があといくつか年を取れば、青年そっくりに成長するだろう。

……いや、そうじゃない。そんなものじゃない。

きつくまぶたを閉ざし、菊夜叉は濁った記憶のさらに底へと意識を沈めていく。

ずきずきと割れそうに痛む頭がこれ以上は思い出すなと警告するけれど、やめられるはずがなかった。

…物心ついて以来、ずっと菊夜叉を苦しめてきた悪夢。その元凶を突き止められるとしたら、きっと今しかない。

「二度も殺されたくなければ、今度こそ僕のものになれ……菊夜叉」

ちゃり、とあの硬い音が聞こえた。宗弥が再び刀を抜いたのだ。

伝わってくる殺気が教えてくれる。今度は脅しではない。身勝手極まりない要求を受け容れなければ、このまま斬り殺すと。…あの時と同じように。

「…お前…、は……」

愛嬌たっぷりなのに、底知れない闇を孕んだ笑顔。

息をするように他人を陥れる残虐さ。…叢雲に犯される自分をじっと見詰めていた、狂気を秘めた黒い瞳。

……そう、だ。

すさまじい頭痛と共に、ばらばらだった破片が組み上がっていく。

そっくりなんじゃない。宗弥は、あの青年そのものだったのだ。叢雲と同じく記憶を持ったまま生まれ、何食わぬ顔で菊夜叉の前に現れた。

「お前は……、鏡八《きょうや》……っ！」

叫んだ瞬間、頭の中に真っ白な光が炸裂《さくれつ》した。今にも焼き切られてしまいそうな意識を必死に保ち、押し寄せる記憶の奔流を…今までせき止められていたそれを、菊夜叉は全身で受け止める。

――菊夜叉。俺の、運命の番。

懐かしい呼び声が、時の流れに埋もれた光景をよみがえらせる――。


『……お前《まん》を連れて逃げる。誰も俺《おい》たちを知らんところへ』

炎上する南虎藩邸を飛び出した叢雲は、夜闇をものともせず駆け続けた。翠玉と鏡八が放った追っ手も運命の番を得たばかりのアルファには付いて行けず、ぼろぼろと脱落していった。

関所を迂回《うかい》し、街道に出てからはさらに速度が上がった。今宵のうちに武都からなるべく離れておきたいのだろう。遠からず幕府は倒され、武都の支配権は完全に南長《なんちょう》に移る。そうなれば翠玉と鏡八は更なる追っ手を組織し、菊夜叉たちを追跡させるだろう。

武家にとって、当主の命令は絶対だ。泉之助《せんのすけ》に操られた末とはいえ、菊夜叉を得た者を次期当主に据えるのは、亡き綱久《つなひさ》の遺命である。

翠玉は己が当主となることを諦めてはいないだろ

う。叢雲を快く思っていない鏡八もまた、弟よりは兄を当主に戴《いただ》きたいはずだ。

　だから彼らは、何としてでも菊夜叉の身柄を押さえなければならないのだ。自らが当主となる証として。たとえ、弟をその手にかけてでも…。

　それがわかるからこそ、菊夜叉も叢雲の無茶を止めなかった。自ら項を差し出した今、叢雲以外のアルファにこの身を自由にされるなど、想像するだけで身の毛がよだつ。

　だが、いかに叢雲が運命の番を得たアルファでも体力の限界はある。朝日が東の空を白く染め始めた頃、街道から僅かに外れた林の中に朽ちかけた小屋を見付け、菊夜叉は休息を提案した。

　猟師が時折休憩に使っていたのだろう。小さな囲《い》炉裏《ろり》が切られた小屋の中に、住人の姿は無かった。二人は戸口の近くに身を寄せ合いながら座り、汚れた壁にもたれかかる。

『お前は少し休め。走り通しで疲れているだろう』

　菊夜叉の勧めに叢雲は最初迷っていたが、強引にまぶたを閉じさせると、すぐに寝息をたて始めた。若年寄《わかどしより》の軍勢相手に大立ち回りを演じた上、両親の真実まで明かされたのだ。身も心も、そろそろ限界だったのだろう。

『……菊夜叉、叢雲。君たちだけは……』

　逞しい肩にもたれ、じっと耳を澄ましていると、炎の中に消えた父の姿が脳裏に浮かんでくる。最期まで綱久を拒み、我が子を巻き込んだ復讐《ふくしゅう》を遂げながら、憎いはずの男と死ぬことを選んだ父…。

　菊夜叉もまた、父と同じ道を辿るのだろうか。動乱に向かって突き進むこの国で、異母弟でもあり異父弟でもある叢雲と、一生を添い遂げられるのだろうか。

　……父上……。

　心の中で呼びかけても、今頃黄泉路《よみじ》を下っているだろう父は応えてくれない。

　溜息を吐き、菊夜叉は腰から外した大刀《だいとう》を鞘ごと握り締めた。叢雲が深い眠りに落ちた今、追っ手を警戒するのは菊夜叉の役目だ。もっとも、いかに黒須家が誇るアルファの軍勢とて、今の叢雲に追い付くのは至難の業だろうが。

　だから、かたりとかすかな物音が聞こえた時、風が朽ちた戸板を揺らしただけだと思ったのだ。鯉口を切って身構えたのは、本能の警告に従ったに過ぎない。

　果たして、それは正しかった。間も無く、錠の壊れた戸口が勢い良く開かれたのだ。

『なっ……!?』

　躍り込んできた若い武士の姿に、菊夜叉は愕然と目を見開いた。

『…何故…、貴様が…』

『……やっと、見付けた』

　荒い呼吸を刻みながら菊夜叉を見下ろすのは、鏡八だった。あちこち乱れた衣装は最後に見た時と変わらず、配下を連れている気配も無い。

　何の支度《したく》もせず、たった一人で自ら菊夜叉たちを追い続けていたというのか。当主の座にはさほど執着していないはずの男が、どうしてそこまで…。

『…やはり、お前《まん》が来たとか』

　予想外のなりゆきに付いて行けていないのは、菊夜叉だけのようだった。ゆらりと起き上がった叢雲の双眸は寝起きとは思えぬほど冴《さ》え、異母兄を睨み据える。ひょっとしたら、眠ったふりをしていただけなのかもしれない。

『叢雲……?』

『下がっちょれ、菊夜叉。…こいつの狙いはお前《まん》だ』

　言い様、鋼の噛み合う音が早朝の静寂を切り裂いた。菊夜叉でも追いきれない速さで抜刀した叢雲と鏡八が、同時に斬撃を繰り出したのだ。

『…菊夜叉ぁ…』

　異母弟と鍔迫《つばぜ》り合《あ》いを演じながら、鏡八は叢雲の肩越しに菊夜叉をぎらつく眼差しで捉える。

『今からでも遅くない。僕を選ぶんだ』

『…何を…、言って…』

鏡八が単身で追って来たのは、菊夜叉を叢雲から奪い、兄の翠玉に献上するためではなかったのか。

それでは…、その言い方ではまるで…。

『渡さんど…っ…！』

すさまじい膂力にものを言わせ、叢雲は鏡八の刃を払いのける。

返す刀でがら空きの胴を狙うが、鏡八も大人しくやられはしなかった。ばっと跳びすさり、横薙《よこな》ぎの一閃《いっせん》をかわすと、叢雲の左側に回り込む。

『くっ……』

『…追っている間…、君のことだけを考えていた。頭がおかしくなるくらい、ずっと…、ずっと…』

叢雲という強敵と対峙しているのに、鏡八の視線は菊夜叉を捉え続ける。

どろりと濁り、粘り気を帯びたその瞳の奥に沈められてしまいそうで、愛刀を握る手が小刻みに震え出した。すぐにでも二人の剣戟《けんげき》に割って入り、叢雲を助けなければならないのに、足がすくんで動かない。

『うおおおお……っ！』

死角からの斬撃を受け流し、叢雲は裂帛《れっぱく》の気合と共に刀を振り下ろした。菊夜叉なら脳天から真っ二つにかち割られてしまうだろう一撃を、鏡八は身体の重心を僅かにずらすだけで回避し、素早く反撃に転じる。

達人と呼ぶに相応しい、卓越した身のこなしだった。運命の番を得た叢雲と互角に戦えている。…いや、僅かに叢雲の方が押されている。

巌のごとき巨軀《きょく》を誇る叢雲が最も得意とする武器は、若年寄の軍勢相手にも振るっていた槍《やり》だ。あの槍ならば鏡八を圧倒出来るだろうが、藩邸を脱出する際に捨ててきてしまった。

対して、鏡八が最も得意な武器はおそらく刀なのだ。藩邸でも、鎧《よろい》で全身を固めた武士を何人も斬り倒していた。その熟練度の差で、純粋な力では勝るはずの叢雲より優位に立っている。知謀に長《た》けた鏡八らしい戦い方だが…。

……どうにかして、叢雲に助太刀《すけだち》しなければ。

このままでは、叢雲はじりじりと押し込まれ、敗北を喫してしまう。

執拗に注がれ続ける眼差しを振り切り、強張った脚を無理やり動かそうとした時だった。袈裟懸《けさが》けの斬撃を避けそこね、たたらを踏んだ叢雲の手から刀が滑り落ちたのは。

『…死ねっ！』

捕食者の笑みを浮かべ、鏡八はとどめを刺さんと再び刀を上段に構える。今度ばかりは、異母弟に眼差しを据えて。

だから——武力では遠く及ばない菊夜叉でも、二人の間にかろうじて滑り込めたのだ。抜刀は間に合わず、我が身を叢雲の盾にすることしか叶わなかったけれど。

鏡八の刃が、菊夜叉の胴を斜めに斬り裂いた。

『あ、……っ……』

絶叫したつもりだったが、実際に零れたのはあえかな吐息だけだった。肺をやられたのだろう。ごぼり、と喉奥から熱い血の塊が溢れ出る。

『き、…菊夜叉あぁぁぁっ…！』

激痛に支配された身体では、叢雲の叫喚すら満足に聞き取れなかった。ぐらりと倒れる菊夜叉を、鏡八が受け止める。

『…何故、……、……』

呆然《ぼうぜん》と何かを呟いている鏡八の手から、血塗れの刀が落ちた。自由になったその手をわなわなと震わせ、鏡八は菊夜叉の乱れた髪を除《の》ける。

『…どうあっても僕のものにならないのなら…、せめて……』

『…う…っ…』

露わになった項を…叢雲に差し出したばかりのそこを、叢雲の番となった証ごと白い歯が抉った。胴を断たれるのに比べればささいなはずの痛みが、脳髄をびりびりと痺《しび》れさせる。

『菊夜叉…、…僕は…、君を…』

『う…お、おぉぉぉぉっ……！』

血の匂いのする囁きは、怒りに燃える雄叫びにかき消された。

菊夜叉をきつく抱きすくめていたはずの鏡八が、後方へ吹き飛ばされる。ぼやける視界でかろうじて捉えたその左胸には、叢雲の刀が鍔まで深々と突き立てられていた。

『…菊夜叉、しっかりしろ、菊夜叉っ！』

どうっと背中から倒れ、大量の血を噴き上げる異母兄には一瞥もくれず、叢雲は菊夜叉に駆け寄った。支えを失い、くずおれかけていた菊夜叉は、床にぶつかる寸前でその太く逞しい腕に掬《すく》い上げられる。

『む…、…ら、…くも……』

唇をうごめかせるたび、大量の血が呼吸と共に溢れる。何かとても大切なものが急速に体内から抜けていく感覚を味わうのは初めてだったが、すぐにわかった。…自分は今、父の泉之助と同じところへ逝こうとしているのだと。

『ないごて…、ないごて、こげんことを……！』

流れ出る血を少しでも止めようとばかりに、叢雲は菊夜叉を抱き締める。冷え切った肌を焼き焦がしそうな体温と、力強い鼓動が嬉しかった。…この男は生きている。菊夜叉が守ったのだ。

『…たの、…む……』

伝えたいこと、伝えなければならないことは山ほどあるが、もはや菊夜叉に残された時間は少ない。

だから。

『……わたし、……を……』

だから――。

「…退け！　この無礼者がっ！」

かっとまぶたを開くと同時に、菊夜叉は覆いかぶさる少年の腹を膝頭でしたたかに蹴り上げた。

手心は一切加えない。弱い者を痛め付ける罪悪感も無い。か弱いのは外見だけだ。菊夜叉が幼い者や弱者を見捨てておけない性分なのを知っていて、ひ弱な少年の皮をかぶっていたのだから。

「…っ…、と…」

案の定、宗弥は——否、霧島宗弥を名乗っていた者はうまく衝撃を受け流しながら起き上がり、にやりと嗤《わら》った。よみがえったばかりの記憶、そのままに。

「思い出したのか。殊勝な君も可愛くてなかなか良かったのに」

「鏡八……」

「その名前で呼ばれるのも久しぶりだな」

抜き身の刃を鞘に戻す隙の無い仕草は記憶にあるよりだいぶ幼いが、間違えようが無い。黒須鏡八——南虎藩藩主、黒須綱久がもうけた数多のアルファの中でも特に優秀とされ、兄の翠玉、弟の叢雲と共に綱久の息子と認められた三兄弟の一人だ。そして…前世の菊夜叉を殺した人物でもある。

……そう。私は誇り高き旗本《はたもと》、白羽家の菊夜叉だ。

脳をかき混ぜられるような違和感を覚えたのは、つかの間のこと。受け止めたばかりの記憶は今世で積み重ねた十七年分のそれと溶け合い、一つになっていく。

「…今世でも、私を追ってきたのか。用意周到にそんな姿で、アルファの匂いまで隠して」

「そうでもしなければ、君は捕まらないだろう？…まあ、結局はまた叢雲の奴に先を越されてしまったけど」

肩を竦める鏡八は、叢雲の刀を心臓に受け、即死だっただろう。菊夜叉もまた、あの傷では助からなかったに違いない。

……だが、叢雲は？

三人の中で、叢雲だけは無傷だったはずだ。異母兄に最愛の番を殺され、そしてその異母兄を己の手で殺《あや》めた後、一体あの男はどうしたのだろうか。

花翠蓮学園の創立者は、幕末の黒須家当主だった翠玉だという。間違い無く、あの翠玉だろう。つまり叢雲は、黒須家には帰らなかったのだ。

ずきん、と鈍く痛む頭の奥から、あの悪夢が滲み出る。叢雲そっくりな男は、前世の叢雲自身だろう。そして殺されるのもまた、前世の菊夜叉なのだ。

だとすれば……鏡八が殺された後、叢雲は……。

「…ここはどこだ。私をさらってきて、どうするつもりなんだ」

菊夜叉は油断無く身構え、腰を落としたまま少しずつ後ずさっていく。

旗本の子息としての記憶を取り戻した今、並のアルファとなら互角以上に戦える自信はあるが、相手は鏡八だ。しかもその手には刀が握られている。…菊夜叉を斬った時と同じ、刀が。

「ここは霧島家の邸だよ。今世での両親はさっさと始末しちゃったから、実質僕の邸だけど」

「始末…、だと…？」

そう言えば、香取から聞いたことがある。鏡八…霧島宗弥の両親は数年前、運転していた自動車ごと崖下に転落し、死亡したのだと。悪天候だったのと、現場の状況から警察は不運な事故だと判断したそうだが、もしも鏡八が車に何かの細工を施していたら…。

「…何てことを、って顔だね」

どうして気付かなかったのだろう。つつっと黒塗りの鞘を撫でる手は、よくよく見ればかつての菊夜叉と同じ、訓練された剣士のものだ。

「仕方無いだろう？　僕が自由に動き回るには、両親なんてものは邪魔でしかなかったんだから。まあ、弟だけは何かに使えるかと思って生かしておいたけど…」

「……弟？」

霧島宗弥には、恭弥という兄しか居ないはずだ。菊夜叉は首を傾げ、すぐに思い出す。学園の渡り廊下から拉致される寸前、鏡八を『兄さん』と呼んだ声を。

あの声は、確か…。

「……止めろ！　それ以上進ませるな！」

「駄目だ。宗弥様が…！」

突如、慌てふためく男たちの怒号が襖《ふすま》越《ご》しに響いた。次いで板張りの廊下を踏み鳴らす荒々しい足音が聞こえたかと思うや、花鳥風月を描いた襖が小石か何かのように吹き飛ばされる。

ずきりと、今世では誰にも許していないはずの項が疼いた。…ああ、居る。来てくれたのだ。菊夜叉を救いに…愛しい番が。

「菊夜叉、ここか!?」

予想通り、襖を蹴破って現れたのは叢雲だった。誰かを肩に担ぎ、制服を纏った姿は、最後の記憶に刻まれた血塗れのそれとはかけ離れている。

でも、すぐにわかった。…この男だ。菊夜叉が、己の命を盾にしてでも守りたかったのは。愛しかったのは。

「……叢雲……っ！」

学園から忽然《こつぜん》と消えた菊夜叉を、死に物狂いで探し回ってくれたのだろう。乱れた制服姿の叢雲に、今すぐ飛び付きたい。息も止まるほど抱き締め、項を噛んで欲しい。

やっと逢えたのだから――思い出せたのだから。この世にたった一人の、運命の番を。

「菊夜叉…？　…お前、まさか…」

菊夜叉の変化を感じ取ったのか、鋭かった叢雲の双眸が期待と戸惑いに揺れる。制服のジャケットに包まれた腕が、わななきながら伸ばされる。

「……鼻が利くのは、今世でも変わらないな。叢雲」

だが、二人が手を取り合うことを、鏡八が許すわけがなかった。鞘ごと刀を握り締め、ゆらりと立ち上がると、叢雲の顔を皮肉たっぷりに見上げる。

「いたずらに策を弄するところは、お前こそ変わらないだろう」

叢雲は嫌悪も露わに吐き捨て、担いでいたソレをどさりと畳に投げ下ろした。苦悶《くもん》の表情で横たわるのは…恭弥だ。

相変わらず整ったその顔はどこも変わっていないのに、菊夜叉は奇妙な違和感を覚える。……無い。やけに澄んだその双眸の奥に、菊夜叉を恐怖させた底知れぬ光が。

「恭弥様、申し訳ありません！」

「…侵入者が、宗弥様を…！」

叢雲を追って来たらしい男たちがどかどかと駆け込んでくると、菊夜叉はいよいよ混乱してしまう。今、男たちは鏡八を恭弥と呼び、恭弥を宗弥と呼んだ。

オメガと偽りながら、アルファだった鏡八。ならば恭弥は、何を偽っていた？

「――『霧島恭弥』はお前だな、鏡八」

答えは、叢雲が教えてくれた。這いずって逃げようとする青年の手を容赦無く踏みにじり、追っ手の男たちを牽制《けんせい》する。

「そして、恭弥を名乗っていたこの男こそ本来の霧島宗弥…お前の今世での弟だ」

……恭弥が、本物の宗弥だった？

ありえないと、否定は出来なかった。宗弥はどう見ても鏡八より年上だが、鏡八は菊夜叉の懐《ふところ》に入り込むため、アルファでありながら年齢よりも幼い容姿を保っていたのだ。

恭弥と思っていたこの男が宗弥だったと…ベータではなくオメガだったというのなら、兄である恭弥の願いを叶えるため、実年齢より上に見えるよう身体を成長させていたとしてもおかしくはない。そしてアルファ同様、オメガ特有の匂いは薬で抑制出来る。

「…だから…、だったのか…」

思い出した。『兄さん』と鏡八を呼んだ声は、宗弥のものだ。毎日授業で聞いていたのだから、間違えようが無い。

兄は弟に、弟は兄になりすまし、学園に潜入していたのだ。…全ては、菊夜叉を今度こそ鏡八のものにするために……。

「……っ……」

背筋が一気に粟立った。身体の成長を抑えてまで菊夜叉を得ようとした鏡八の執念もだが、それに従い続けた恭弥…いや、宗弥に、今までとは違う恐怖を抱いてしまう。

宗弥はおそらく、菊夜叉たちの過去世とは何の関わりも無い。ただ、鏡八の今世での弟として生まれてきてしまっただけだ。なのに両親を殺した鏡八を恨むどころか、その薄暗い野望に協力までするなんて。

宗弥が兄のふりをして菊夜叉と叢雲の目を引き付けたからこそ、鏡八は今まで自由に動き回れた。菊夜叉と違って前世の記憶を持ったまま生まれた叢雲が、鏡八に警戒していなかったはずはないのだから。

……どうして、鏡八にそこまで尽くす？

心底からの疑問を、宗弥にぶつける余裕など無かった。くっくっと喉を鳴らした鏡八が、刀の柄に手をかけたからだ。

「前世《まえ》は突き進むことしか知らない猪《いのしし》武者《むしゃ》だったくせに、頭が回るようになったじゃないか。さすがに懲りたのか？」

「鏡八…っ…」

「そう、僕が霧島恭弥だ。それは弟の宗弥。オメガでもお前よりは使える弟だと思っていたんだが…足止めすらろくに出来ないとはね」

侮蔑の眼差しを突き立てられ、宗弥は叢雲に踏み付けられたまま赤面し、ぎゅっと唇を噛み締める。

ああ、と菊夜叉は腑《ふ》に落ちた。…宗弥は鏡八に、報われぬ恋心を抱いている。だから兄弟の入れ替わりなどという無茶な計画に従い、菊夜叉の拉致まで手伝ったのだと。

「お前たちは退け」

「し、しかし恭弥様……」

鏡八の命令に、追っ手の男たちは素直に従いかねる様子だった。両親が既に亡くなっている以上、長男でありアルファである鏡八は絶対的な存在だ。乗り込んできた叢雲の前に、置き去りにするわけにはいかないだろう。

「去れ。…お前たちが何人居たって、どのみちこいつには敵わない」

だが、鏡八が重ねて命じると、彼らはすごすごと引き下がっていった。四人だけになった座敷で、かつての兄と弟は再び対峙する。

菊夜叉が命を落としたあの時とそっくり同じ光景。…違うのは、鏡八の手には刀があり、叢雲は丸腰だということ。

冷たい汗が背筋を伝い落ちた。同じ得物を手にしていてさえ、前世の叢雲は鏡八に後れを取ったのだ。武士の世が終わった現代では仕方が無いこととはいえ、丸腰ではまた……。

……死なせるものか。

闘志の炎が、ゆらりと燃え上がる。

前は、盾になることしか出来なかった。…叢雲の心を、守ってやれなかった。だから今度こそ、二人で生き延びる未来を掴み取らなければならない。

前世の記憶を取り戻した今なら、菊夜叉も真剣を扱える。鏡八が持つ刀…あれをどうにかして奪えないだろうか。

息を殺しながら鏡八を窺うが、前世と同様、しなやかなその身のこなしは無防備なようでいて、僅かな隙も無い。

…一瞬。ほんの一瞬でいいのだ。今の鏡八は、叢雲を仕留めることだけに集中している。一瞬でも意識を逸《そ》らせれば、その刀を奪い取れるのに…！

「行くぞ、……っ…!?」

切なる願いを誰かが聞き届けたかのように、抜刀と同時に踏み出した鏡八ががくんと膝を折った。驚愕に目を瞠りつつも、菊夜叉は素早く回り込み、力の抜けた鏡八の手から刀を奪う。握り締めた柄が、

抜き放った刃が、しっくりと手に馴染む。

――早く。鏡八が体勢を立て直す前に！

「――たあっ！」

気合と共に、菊夜叉は鏡八の胴を薙ぎ払った。

紅い血飛沫《ちしぶき》を頬に、額に受けながら唇を歪める。

…期待していた手応えではない。さすがと言おうか、鏡八は斬り付けられる寸前で両腕をかざし、胴を守ったのだ。

「ぐっ……」

刃は鏡八の腕を浅く切り裂いただけだったが、それでじゅうぶんだ。くずおれる鏡八の脇をさっとすり抜け、菊夜叉は叢雲に駆け寄る。

「…叢雲…！」

「っ、…菊夜叉、……菊夜叉っ！」

骨が軋《きし》むほど荒々しい抱擁が、頭の奥底に眠っていた最後の記憶の欠片を呼び覚ました。後から後から溢れる涙に、血飛沫が洗い流されていく。

「……すま…、ない……」

菊夜叉はしゃくり上げ、分厚い胸板に顔を押し付けた。叢雲の顔をまともに見られない。罪悪感で押し潰されてしまいそうだった。

前世の自分は、最期の最期に何てことを頼んでしまったのだろう。叢雲が断らないと…断れないと、知っていたくせに。

泣きながら菊夜叉の心臓を貫いた叢雲。魂に焼き付けられた、最期の記憶。あれは。

「私が…、…私があんなことを頼んだせいで、お前は…っ…」

「いい。…いいんだ、菊夜叉。お前のせいではない」

「…違う。私の…、私のせいだ。私が殺してくれと、頼んだりしたから…」

――私を、殺してくれ。

鏡八に致命傷を負わされ、死にゆこうとしていた菊夜叉は、叢雲にそう懇願したのだ。どうせもう助からないのなら、せめて最期は愛しい番の手で迎えたかった。

叢雲は断れなかった。請われるがまま菊夜叉にとどめを刺し…そして…。

「お前は…、…お前まで、死なせてしまった……！」

己の魂が肉体を離れた後の記憶は、菊夜叉には無い。けれど、わかる。菊夜叉を殺した後、叢雲がどうしたのか。もしも立場が逆だったら、菊夜叉も同じことをしたはずだから。

「…お前を失った時点で、俺の生は終わっていたんだ。俺は俺の後始末をしただけに過ぎない」

乱れた髪を撫でる、大きく優しい手——菊夜叉を殺した後、この手で叢雲は己の命を絶ったのだ。

そうしてほとんど同時に菊夜叉と叢雲の魂は黄泉に落ち…何の因果か、百年以上後の世に再び送り出された。いびつな形でしか記憶が残っていなかった菊夜叉が今生でも叢雲と巡り会えたのは、叢雲が菊夜叉を忘れず、探し続けてくれたおかげに他ならない。

なのに菊夜叉はようやく逢えた叢雲に感謝するどころか、手ひどく拒絶し…挙句の果てに再び鏡八に捕らわれてしまった。何度詫びても償えない。どの面下げて、許してくれなどと言えようか。

「忘却の彼方《かなた》へ追いやってしまった方が楽になれたのに、お前は思い出してくれた。それだけでじゅうぶんだ」

「…叢雲…、…っ…、……」

促すように背中を叩《たた》かれ、菊夜叉はしゃくり上げながら身を離した。罪悪感は未だに胸に巣くっているが、今は打ちひしがれている場合ではない。

「……宗弥、…貴様ぁ…っ…」

歯をぎりぎり嚙み鳴らし、鏡八が殺意に満ちた目で宗弥を睨み付ける。その足首には、簡素な造りの小刀が深々と突き刺さっていた。だから鏡八は体勢を崩し、菊夜叉に刀を奪われてしまったのだ。

菊夜叉の目でも捉えられたのだから、鏡八にも見えただろう。倒れ伏していたはずの宗弥が懐から小刀を取り出し、素早く投擲《とうてき》したのが。

恋情ゆえ盲目的に従ってきた弟が、何故よりにもよって今、裏切ったのか？　凍り付いたように動かない宗弥の顔からは、何も読み取れない。

「……こっちだ！」

「早く、恭弥様と宗弥様をお助けしろ！」

そこへ、去ったはずの男たちが大勢の仲間を引き連れて戻ってきた。鏡八に追い払われはしたものの、大事な当主を捨て置くことは出来なかったのだろう。

手負いとはいえ、鏡八はまだまだ油断ならない相手だ。配下の男たちが加われば、いかに叢雲がずば抜けて優秀なアルファでも敗北を喫してしまうかもしれない。

…今までなら。

「叢雲……」

菊夜叉は制服のネクタイを外し、シャツをくつろげた。まっすぐに叢雲を見上げ、露わになった項を差し出す。

「私の項を噛め。…噛んでくれ」

襲い来る敵を蹴散らすためではない。再び叢雲の番となりたいから……愛しい男の印を刻まれたいから。

「……菊夜叉……、…おお、…うおおおおっ……！」

空気をびりびりと振動させる雄叫びが、つかの間、菊夜叉を過去に引き戻した。

炎上する南虎藩邸、悲しげに微笑む父の横顔、己が手で黒須家を崩壊させておきながら満足そうだった綱久。懐かしい記憶が駆け巡った後にもたらされるのは、鮮烈な痛みだ。

「あ……っ、あああー……っ……！」

かつて刻まれた時よりも深く、叢雲の牙が項に突き立てられる。鮮血と引き換えに流れ込む生命の力が、菊夜叉の体内に残っていた気怠《けだる》さを駆逐し、悪夢の記憶を塗り替えていく。

「……あ、あ……」

とっさに瞑《つぶ》っていた目を開いた時、そこに居るのは猛々しい覇気を纏うアルファだった。引き抜いた牙からしたたる血を舐め上げる仕草すら肉食の獣めいて、鏡八の配下たちを竦ませる。

「…ひっ、ひいいいいいっ！」

耐え切れなくなった何人かが、脱兎《だっと》のごとく逃げ去った。残った男たちも一様に青ざめ、足をがくがくと震わせている。当主を助けるのだと燃え盛っていた戦意が、みるまに失われていくのがわかる。

今にも卒倒してしまいそうな彼らを、誰も責められないだろう。運命の番を得たアルファは、並のアルファを圧倒する力を手に入れる。この場に踏みとどまり、立ち向かおうとするだけでもたいした胆力だ。

「ひ…っ、怯むな！　お二人をお助けするのだ！」

一人の叫びを合図に、男たちはいっせいに叢雲に襲いかかった。無駄の無い身のこなしからして、腕に自信のある者ばかりなのだろう。あの鏡八が、使えない者を傍に置くはずがない。

「…叢雲、これを！」

菊夜叉は鏡八から奪った刀を叢雲に差し出した。無言で受け取るなり、叢雲はその巨軀からは想像も出来ない速さで躍動する。

——圧巻、と言うしかなかった。

峰に返されたその刃が閃くたび、一人、また一人と男たちが倒れていく。前世にも増して切れのある動きは、叢雲が今世においても鍛錬を欠かさなかった証だ。…今度こそ、菊夜叉を守り抜くために。

……ああ、叢雲……。

噛まれたばかりの項が疼く。今すぐにでも組み敷かれ、孕み汁を最奥に注がれたいけれど——。

「ぐ…、…こ、…の…」

そうはさせじとばかりに、鏡八が足首に突き刺さった小刀を引き抜いた。とたんに鮮血が噴き出すが、血走った双眸は闘志を失うどころか怒りに燃え上がり、叢雲を射すくめる。

今までの鏡八なら、手負いであっても菊夜叉を捕らえ、人質にするくらい簡単にやってのけた。二の足を踏んでいるのは、きっと宗弥のせいだ。相変わらず無表情のまま微動だにしないが、いつまた妨害に出るかわかったものではない。

「う……っ…」

菊夜叉はぞくりと背筋を震わせた。ガラス玉のような宗弥の瞳の奥に、消えたはずのあの底知れぬ光が瞬いたのだ。

…ずっと、あれは自分に向けられているのだと思っていた。だが、もしかしたら本当は…。

「――叢雲おぉぉぉっ！」

今世の弟と、前世の弟。逡巡の末、鏡八は後者を先に仕留めることを選んだようだった。己の血に染まった小刀を構え、腰を低く落として突進する。

「…恭弥様っ！」

鏡八の動きに気付いた配下が、背後から叢雲の右腕にしがみ付いた。常人であれば身動きが取れなくなっただろうが、今の叢雲にとってはその程度、重《おも》石《し》にすらならない。

「…おおぉっ！」

配下の男を振り払いざま、脇腹に吸い込まれる寸前のところで小刀を受け止める。

僅かに叢雲の勢いの方が勝ったのか、血塗れの刃は鋼の噛み合う高い音と共に弾《はじ》かれ、鏡八の手から飛ばされていった。すかさず拾おうとしたその腕を、鋼の刃が一閃する。

「ぐあぁ…っ…！」

悲鳴と共に、鮮血がほとばしった。綺麗に切断された鏡八の手首から先が、血塗れの畳にごとりと落ちる。

「……これで、終わりだ……！」

叢雲は峰に返していた刃を直し、大上段に振り上げた。

すさまじい膂力から振り下ろされる斬撃を喰らえば、まず命は無い。武士が消え、誰であっても人の命を奪うことが罪とされるようになった今世において、叢雲は鏡八を殺そうとしている。そうでもしなければこの男は何度でも同じ過ちを繰り返すと知っているから、菊夜叉も止められない。

「待ってくれ……！」

必殺の一撃が繰り出される瞬間、ずっと沈黙を保っていた宗弥が走り出た。うずくまる鏡八を庇《かば》い、叢雲の刃の前にためらい無く身を晒《さら》す。

「…今さら、兄の命乞いか？」

不可解そうに眉を顰めつつも、振り下ろす寸前で刀を止められた叢雲はたいしたものだ。これが菊夜叉なら勢いを殺し切れず、宗弥を真っ二つに斬り裂いているところである。

「退け。何のつもりかは知らんが、俺はそいつを生かしておく気は無い。…そいつは埋伏《まいふく》の毒だ。生きている限り、何度でも俺たちに仇《あだ》をなす」

「では、お二人に決して仇をなさないのなら、生かして下さるのですね？」

へりくだった口調で膝をつきながらも、宗弥は希望に目を輝かせた。

不穏な何かを感じたのか、鏡八は凶悪に顔を歪める。だが利き腕を斬り落とされては弟を止めることも出来ず、ただ傷口を押さえながら歯嚙みするしかない。大量の血を失ったせいで、その顔からはみるみる生気が失われていく。間違い無く、鏡八の命は宗弥の言動一つにかかっていた。

「……どういう意味だ？」

叢雲は宗弥の意図がまるで読めない様子だが、菊夜叉にはわかる気がした。同じオメガだからなのか――同じ、命を賭けてでも失いたくない存在を持つからなのか。

予想通り、宗弥は懇願した。

「兄を、僕に下さい」

「…何、だと？」

「公には兄が急死したことにして、僕が霧島家を継ぎます。兄の身柄は僕が責任を持って邸の奥に閉じ込め……」

一旦言葉を切り、宗弥は背後の兄を振り返った。

そうして浮かべた笑みは、獲物を巣穴に引きずり込む獣のものだ。

「……二度と、外には出しません。僕とまぐわい、僕に子を産ませることしか考えられないようにします」

「――――っ……！」

声にならない悲鳴を上げる鏡八は、今まで一度たりとも考えたことが無かったのだろうか。自分が生まれ変わってまで菊夜叉を求めたように、自分にも恋い焦がれる存在が居るという可能性を。

……おそらく、無かったのだろうな。

鏡八は前世から己の知謀を誇り、他者を無意識に下に見る傾向があった。オメガの弟など、アルファである自分の力に屈し、従って当然だとしか考えなかったのだろう。

宗弥もきっと理解していた。兄の傲慢な思考も、己の思いがこのままでは決して報われないであろうことも。

だからずっと狙っていた。いいように兄に使われながら、兄を我が物に出来る瞬間を。

――それは、今だ。

「協力して下さるのなら、霧島家は黒須家に絶対の忠誠を誓います。どんな命令にも従うと約束しましょう」

宗弥は叢雲に向き直り、深々と頭《こうべ》を垂れた。眉を寄せた叢雲が、こちらに視線を投げかけてくる。こんな展開になるなんて、思いもしなかったのだろう。

叢雲としてはここで鏡八を殺し、確実に禍根を絶っておきたいに違いない。だが菊夜叉は…。

「……叢雲。受け容れよう」

「菊夜叉…!?」

叢雲のみならず宗弥も、鏡八までもが驚愕に目を見開いた。前世で鏡八に殺され、今世でも陰謀の罠《わな》に嵌《は》められかけた菊夜叉が宗弥の思惑に乗るなどありえない。菊夜叉こそが鏡八の死を切望しているはずだと、誰もが考えるだろうが。

「ここで一思いに殺せば、この男は再び生まれ変わり、私たちの前に現れるだろう。…だが、生かしておけばその心配は無い」

「むう……」

「それに……私は、死が最悪の罰だとは思えない」

　思い浮かべるのは前世の父、泉之助だ。愛し合う恋人と子まで儲けたのに運命の番として綱久にさらわれ、囚われ続けた。憎い男の子を産まされ、犯される日々に比べたら、一思いに殺された方が泉之助にとってはよほど本望だったはずだ。

　鏡八は宗弥に囚われ、二度と日の目を見られない。他人を手足のごとく使いこなしていた男が、死ぬまで他人の思い通りにされる。鏡八にとって、これ以上の罰があるだろうか。

「…そう…、だな…」

　瞑目する叢雲もまた、泉之助がまぶたの裏に浮かんだに違いない。落ちていた鞘を拾い上げ、血振りをした刃を収めると、支配者の顔で宗弥を見下ろす。

「いいだろう。お前の忠誠を受け取る」

「なっ…」

「…ありがとうございます！」

　絶句する鏡八の前で、宗弥は床に額を擦り付けた。すぐさま起き上がり、血を流し続ける兄の腕をネクタイできつく縛って応急処置を施すと、青ざめた頬に浮き浮きと口付ける。

「ふふ…っ、兄さん。これで一生、僕のものだね」

「…ぐ…っ、あ、ああ……」

「もう二度と、離さないから…」

　絡み付き、抱き締める宗弥の腕を、鏡八は振り解けない。利き腕ばかりか、公には命すら失ってしまった今、宗弥に縋って生きるしかないのだと——鏡八が本当の意味で理解するのは、そう遠い未来のことではないだろう。

　これから先、鏡八が菊夜叉たちの前に姿を現すことは無い。…少なくとも、今世では。

……終わった……。

絡み付いていた因縁の鎖が解けていく。ふらりと倒れそうになった菊夜叉を、叢雲は素早く受け止める。

「…行くぞ、菊夜叉」

軽々と抱き上げてくれる腕も、密着した分厚い胸板も熱く、見下ろす黒い双眸は情欲に濡れている。刻まれたばかりの項の痕が、呼応するようにずきりと疼いた。菊夜叉が己より一回りは太い首に腕を回せば、包み込む熱はいっそう高まり、鼓動は今にも飛び出してきそうなほど速くなる。

思い続けた番をようやく取り戻したのだ。一刻も早く熱を分かち合いたいのは、菊夜叉とて同じこと。

「ああ…。帰ろう」

うっとりと見上げる菊夜叉の額に口付けを落とし、叢雲は歩き出す。

「ま…っ、…待て、……待ってくれ……！」

哀願の響きを帯びた叫びに、菊夜叉も叢雲も最後まで振り返らなかった。

霧島邸には、見慣れぬシルバーの車が横付けされていた。てっきりお抱えの運転手に運転させてきたのかと思ったら、叢雲が自らハンドルを握ったので驚かされる。十八歳になってすぐ、免許を取ったそうだ。

……そう言えば、こいつは私より年上だったんだな……。

前世では菊夜叉の方が年上だったから、何となく落ち着かない。

黒須家の別邸に到着するまでの間、助手席で縮こまる菊夜叉に、叢雲は言葉少なに教えてくれた。菊夜叉と違い、四年前には前世の記憶を取り戻していたこと。自分が生まれ変わったのなら菊夜叉も、そして鏡八も必ず生まれているはずだと確信し、必死に菊夜叉と鏡八を探し続けたこと…。

「本当はもっと早く探し出し、迎えに行きたかった。そうすればお前を、鏡八に見付かる前に保護出来たのに…すまない」

「…いや、お前が謝る必要は無い」

叢雲は黒須家の次期当主、それも久しぶりに生まれたアルファとして、家中の期待を一身に受ける身だったのだ。そうそう時間は自由にならなかっただろう。むしろたったの四年で菊夜叉と鏡八を見付け出したのは、称賛に値するはずである。

「霧島家にはアルファとオメガの兄弟が居て、それぞれ恭弥と宗弥という名だということはわかっていた。だが当主夫妻が事故死してからというもの、体調不良を理由にして、兄弟はほとんど公の場に姿を現さなくなったんだ」

話題が鏡八たちに及ぶと、叢雲はハンドルを切りながら唇を歪めた。

あの立派な邸から想像はしていたが、黒須家には及ばないものの、霧島家も相当の名家らしい。幼くして両親を亡くしたショックで引きこもった兄弟を、無理やり引きずり出すことは誰にも出来なかったという。

「だが実際は人目に触れないのをいいことに、兄と弟が入れ替わっていたわけか」

はあ、と菊夜叉も息を吐いた。

おそらく両親を始末した頃の鏡八は、年齢相応の容姿だったのだろう。もしかしたらその頃、前世の記憶を取り戻したのかもしれない。

菊夜叉を今度こそ手に入れるべく、鏡八は己の肉体の成長まで抑えてみせた。宗弥は恭弥に焦がれるあまり、逆に肉体を成長させた。…ある意味、あの二人は似た者同士なのかもしれない。鏡八は絶対に認めないだろうが。

今頃、宗弥からどんな扱いを受けているのか——想像しようとして、菊夜叉は首を振った。もう、鏡八は自分たちとは何の関わりも無い存在だ。菊夜叉からも叢雲からも忘れ去られることが、あの男にとっての罰でもある。

「…私が霧島邸にさらわれたと、どうしてわかったのだ?」

「お前のクラスの委員長…香取とか言ったか。四時間目の授業が始まってすぐ、あのオメガが俺のところに駆け込んできたんだ。お前が保健室に居ない、と言って」

　菊夜叉に同行を断られたものの、心配になった香取は授業を抜け出し、保健室に様子を見に行ったのだそうだ。

　だが菊夜叉の姿はどこにも無かったため、不安にかられて叢雲に助けを求めた。かねてから鏡八に不審を覚えていた叢雲は自邸から車を呼び出し、自ら運転して霧島邸に乗り込んだのだ。

「香取くんの機転に救われたのか…。心配させてしまったから、後で詫びておかないと」

「…詫びるより、礼を言う方が喜ばれると思うが」

「……何故?」

　きょとんと首を傾げれば、呆《あき》れたように溜息を吐かれてしまった。

「無自覚に他人を惹き付けるところは、前世《まえ》と変わらないな。…いや、もっとひどくなっているか」

「は……?」

　余裕のある態度が癪《しゃく》に障《さわ》った。いくら今世ではこちらの方が年下とはいえ、前世の叢雲は大人びた外見に反して言動が幼く、常に菊夜叉を振り回してくれていたのに。

「そう言うお前は、可愛げが無くなったな。妙に気取った喋り方をするし、私を子どものように扱うし」

「……嫌なのか?」

　慣れた仕草でシフトレバーを操りながら、叢雲はちらりと眼差しを流す。

　熱を孕んだ黒い瞳に、項が甘く疼いた。…そういうところだ。前世とはかけ離れているのに、どうしようもなく惹かれてしまうのは。

「嫌…、ではないが、違和感がある」

頬を染めて答えると、シフトレバーから離れた手が伸びてきて、乱れた髪をくしゃりと撫でた。

「すまんが、慣れてくれ。百五十年前ならともかく、今の世で前世のような喋り方をするわけにはいかない」

「…黒須家の、次期当主だからか」

「そうだ。今世の両親は前々から俺に家督を譲りたがっていたが、番を得たと聞いたら今年いっぱいで引退すると言い出した。早ければ年明けには、俺が新たな当主としてお披露目されることになるだろう」

困ったものだと苦笑しつつも、叢雲はどこか楽しそうだ。菊夜叉がそうだったように、この男もまた今世では親に恵まれたらしい。

だが、叢雲の今世での両親というのは…。

「…翠玉の、子孫ということだな」

「ああ。……俺は翠玉から数えて、九代目の子孫に当たる」

菊夜叉以上に、叢雲の胸中は複雑だろう。かつて叢雲は菊夜叉と次期藩主の座を巡り、翠玉や鏡八と争う仲だったのだから。

「秩序を乱す運命の番という存在を、あいつは忌み嫌っていた。だから俺がお前を連れて出奔し、追いかけた鏡八も戻らなかった時、父上と同じ過ちを二度と繰り返すまいと決意したんだろう」

異母弟二人を喪《うしな》い、否応無しに当主の座を継いだ翠玉は動乱期を乗り越えるべく死力を尽くし、晩年近くなってからベータの女性を正室に迎え、息子を儲けてすぐに亡くなったそうだ。

あれほどアルファの当主にこだわっていた黒須家がアルファ以外でも当主に据えるようになったのは、時流をわきまえたのではなく、翠玉の遺言によるものだったのである。

「そうだったのか……」

しばし、菊夜叉は瞑目《めいもく》し、もはや記憶の中にしか存在しない翠玉の冥福を祈った。

弟たちの後始末に死ぬまで追われ続けた翠玉が何

を思い、どのような心境に至ったのか、もはや知るすべは無い。だが天寿を全《まっと》うした彼が菊夜叉たちのように生まれ変わっていないということは、思い残すことの無い人生だったと考えていいのだろう。

……長い年月が、過ぎ去ったのだな。

今さらながらに、菊夜叉は自分たちが非業の死を遂げた後の世を想った。

現代では幕末と呼ばれる時代から、およそ百五十年。幕府が消え、武士が消え、藩という体制さえも消えていった。菊夜叉たちが再び生まれ出たことに意味があるとすれば、それはきっとかつての思いを果たすために違いない。

発情したアルファとオメガの匂いが、狭い車内に充満していく。ごくりと喉を鳴らし、叢雲はアクセルを踏み込んだ。たちまち加速した車は次々と先行車を追い抜き、道路を疾走する。

「叢雲様、ご無事で……！」

ものの数分で黒須家別邸に到着し、ポーチに車を停めると、待ち構えていた配下たちがわっと寄ってきた。次期当主の番がさらわれた挙句、叢雲が単身で敵の本拠地に乗り込んだのだ。皆、気が気ではなかっただろう。

無事を確かめようとする彼らを眼差し一つで下がらせ、叢雲は車から降りた。続こうとする菊夜叉を助手席から引きずり出し、軽々と抱き上げる。

「…叢、雲……っ…」

布越しに温《ぬく》もりを感じた瞬間、抑え切れなくなった熱が炎と化し、ぶわりと燃え上がった。媚薬よりも強烈なオメガの色香にあてられ、陶然とする配下たちをぎろりと睨み付け、叢雲はエントランスの扉を蹴り開ける。

「菊夜叉、菊夜叉…っ、お前という奴は…っ…！」

二人の寝室に駆け込むや、叢雲はベッドに菊夜叉を下ろし、もどかしげな手付きで制服のズボンの前をくつろげた。さらけ出された肉刀は臍《へそ》につきそうなほど反り返り、びくんびくんと血管を脈打たせている。

「……あ…、あぁ…っ…」

ぞくぞくと背筋が期待にわななく。

…夢にも思わなかった。毎夜さんざん自分の中を犯し、かき混ぜては大量の孕み汁を注ぎ込んできた肉の凶器にむしゃぶりつきたくなる日が来るなんて。

「ただでさえ誰もが見惚れずにはいられないほど美しいのに、何故そんなに艶めいて、色気を振りまくんだ…っ」

「や、…あっ…」

「早く、俺の子を孕ませなければ……早く、早く早く早く……っ！」

叢雲は牙を覗かせて吠《ほ》え、菊夜叉の衣服を引き裂いた。運命の番を得たばかりのアルファの手にかかれば、夏物の薄い制服を纏っただけの菊夜叉など、あっという間に裸に剝《む》かれてしまう。

「あ…、ああ、あああぁ――……っ…！」

大きく脚を開かされ、蕾にいきり勃ったものを突き立てられた。

痛みを感じたのは、ほんの一瞬。慣らされもしないそこは自ら潤い、待ちわびていた番を奥へ導く。

…一番孕みやすいところに、子種を植え付けてもらうために。

「む…、ら、くも…っ、叢雲…、あ、ああっ、あっ」

……いい。すごくいい。もっともっと奥に来て。熱くてどろっとしたの、たくさんぶちまけて……！

熟しきった切っ先でごりごりと媚肉を擦り上げられるだけで脳髄《のうずい》が蕩けてしまい、普段の菊夜叉なら決して口にしない淫らな睦言《むつごと》が濡れた唇から次々と溢れ出る。

それは番を求めるアルファの理性を溶かし、孕ませることだけしか考えられなくさせる媚薬だ。

「お…、おっ、菊夜叉……！」

舌なめずりをした叢雲が、菊夜叉のしなやかな両脚を肩に担いだ。浮かび上がった白い尻のあわいに、真上から肉刀を突き入れる。何度も何度も、柔な媚肉に己の形を覚え込ませるように。

「…は…、あ、あっ、あ……っ！」

最奥に埋められた切っ先を、逃すまいと蠕動《ぜんどう》した媚肉が食み締める。ほとばしった熱の奔流を勢い良く浴びせられ、菊夜叉は白い脚を叢雲の肩の上でびくんびくんと跳ねさせた。

……入って…、くる…。叢雲が…、叢雲の命が……。

薄い腹から溢れ出んばかりの熱液を一滴も零したくなくて、必死に腕を伸ばした。子種を芽吹かせようと小刻みに腰を揺らしていた叢雲は目敏く気付き、菊夜叉の背中を掬い上げてくれる。

「あぁ、あ、……あぁ……」

ベッドの上で膝立ちになった叢雲に正面からしがみ付き、菊夜叉は両脚を逞しいその背中に絡めた。なおも切っ先から溢れ続ける孕み汁の熱が、全身に染み渡っていく。

「…いい、のか。菊夜叉」

うっとりと細めた目が、叢雲のそれと合った。重なった腹の間で張り詰めた菊夜叉の性器が押し潰され、先端から透明な液体を垂れさせる。

「中に出されて、感じるのか。…ここを、こんなにするほど…」

「あ…っ、ああっ、や…んっ……」

六つに割れた腹筋に性器をぬるぬると滑らされ、中に出されただけで昂《たかぶ》ってしまう淫乱《いんらん》だと思い知らされる。

昨日までの菊夜叉なら羞恥のあまり噛み付いていたかもしれないが、今、菊夜叉を支配するのは歓びだけだ。項を捧げた番に、やっと抱いてもらえる歓び。腹の中を、子種でいっぱいにしてもらえる歓び。百五十年以上前、心ならずも死を迎えた時からずっと求め続けていたもの――。

「い、…いい、……いいから、もっと、もっとぉ……！」

「あ、……あぁっ、菊夜叉……！」

咆哮《ほうこう》し、叢雲は繋がったまま菊夜叉をベッドに押し倒す。ぐりりと抉られる角度が変わり、甲高い嬌声を上げる唇に、すかさず叢雲のそれが重ねられた。

「……ん…っ、う、うう、ん……」

当然のように侵入してきた舌に、菊夜叉も無我夢中で応える。ぬるついた舌を絡め合い、互いの唾液を啜《すす》りながら、下肢をばらばらにされそうなほど激しい律動を受け止める。

「…や…、――――っ！」

唇を解放されるや、無防備に晒されていた項に噛み付かれた。全身の血が一瞬で沸騰した直後、高いところから宙に放り出されたような感覚に襲われ、叢雲の分厚い胸板に縋る。

「落ち、る…、落ちる…っ」

「…ああ。一緒に落ちよう、菊夜叉…」

耳朶《じだ》を食まれながら囁かれれば、恐怖はすぐさま霧散した。深い愛情と欲望がせめぎ合う黒い瞳に、蕩けきった自分の顔が映っている。…アルファに身も心も捧げた、オメガの顔が。

その瞳に映るのは、永遠に自分だけでいい。他の誰も見て欲しくない。

「…、叢雲…っ…」

熱を帯びた項がずきずきと疼く。

自分でも驚くほどの衝動に突き動かされ、菊夜叉は叢雲の唇にむしゃぶりついた。本当は自分以外の人間も見えてしまうその両目を食べたかったけれど、叢雲が痛い思いをするのは可哀想《かわいそう》だから必死に我慢したのだ。

「…お…、ねが、い…」

代わりに菊夜叉はねだる。口付けの合間に、腹の中の肉刀を媚肉でぐちゅぐちゅと可愛がりながら。

「私を…、私だけを、見て。他の誰も、愛さないで…」

「…、菊…夜叉、あぁ、…菊夜叉！」

狂おしい咆哮と同時に、信じられないくらい奥まで切っ先が入り込んだ。

叢雲以外は誰も…菊夜叉自身ですら触れられないそこを、どちゅどちゅと突かれる。菊夜叉の細い腰が僅かに浮かび上がるほど、激しく。

――愛している、愛している。お前だけしか欲しくない……！

窒息しそうなくらいきつく抱き締める腕が、媚肉にねっとりと絡む孕み汁が、菊夜叉に貪られている唇の代わりに教えてくれる。叢雲の中にも、菊夜叉と同じ嵐が吹き荒れていることを。

……叢雲…、私の、唯一の番……。

余すところ無く肌を重ねていると、切なさがこみ上げてくる。

前世を思い出してから今までの間、叢雲は今度こそ菊夜叉を守り、鏡八を打倒すべく戦い続けてきた。…アルファの次期当主として多大な期待をかけられ、誰にも相談出来ず、たった一人で。

…どうしてもっと早く、せめて再会を果たした瞬間に思い出してやれなかったのか。そうすれば鏡八を警戒するこの男によけいな負担をかけず、番として支えになれたのに。

時をさかのぼることは不可能だとわかっていても、後悔だけが押し寄せる。きっと一生、胸の奥に巣くい続けるのだろう。炎の中に消えた父、優しかった祖父…二度と戻れない、懐かしい過去の記憶と共に。

「…ふ…、う、……っ！」

尻たぶを鷲掴《わしづか》みにされ、再び最奥に孕み汁を浴びせられる。二度目とは思えないくらい大量のそれはすでに出された分と混じり合い、泡立ち、歓喜にざわめく媚肉に染み込んでいく。

「あ……、ああ……」

一滴も零さず孕めとばかりにずしりとのしかかられ、孕み汁にみっちり満たされた腹がひしゃげる。

ぬるりと滑る感触は、中に出されると同時に、菊夜叉もまた達していたことを示していた。二人の隙間に手を差し入れた叢雲が、菊夜叉の蜜に濡れた指先をぺろりと舐め上げる。

甘露、と細められる漆黒の双眸に、叢雲の形に拡げられた蕾と項が疼いた。二人分の唾液で潤ったはずの舌に、猛烈な渇きを覚える。

「…な、あ…、叢雲……」

小さく喉を鳴らし、菊夜叉は叢雲の肩口に鼻先を埋めた。本当は耳打ちしたかったのだが、両手をシーツに縫い留められ、身動きが取れなかったのだ。

「菊夜叉…、どうした?」

どうしたと問いつつも、未だ情欲の失せる気配すら無い双眸は、この程度では解放してやらないと宣言している。

もし菊夜叉がこれ以上のまぐわいを拒んで逃げ出そうとすれば、両の手足を斬り落とされてしまうかもしれない。そんな狂気すら愛おしい。

「…私も…、…お前の、ものを…」

羞恥など、とうにどこかへ行ってしまった。今の菊夜叉は番を誘惑し、己の中に引きずり込むオメガの本能の塊だ。

「お…、…おお…、菊夜叉……」

叢雲は目を瞠ったが、願い通り菊夜叉の腹から肉刀を引き抜いてくれた。シーツの上に座り、軽く脚を開く。

「あ…あ、あ、あっ、叢雲……」

腹の中の孕み汁を零してしまわぬよう注意しながら起き上がり、菊夜叉は叢雲の股間にそびえる肉刀にうっとりと見惚れた。

立て続けに子種を放ったばかりにもかかわらず隆々と反り返る刀身と、たっぷり精を蓄えた嚢の雄々《おお》しさと言ったらどうだろう。この逞しいものがついさっきまで己の中を好き勝手にかき混ぜていたのだと思うだけで、背筋がぞくぞくと震える。

「…う、っ……」

ためらい無く跪《ひざまず》き、叢雲の股間に顔を埋めれば、快楽の滲んだ呻《うめ》きが聞こえた。大きく口を開き、てらてらと濡れた刀身を口内に迎え入れていく。

「ん……っ……」

口いっぱいに広がる雄の味と匂いに、たまらなく興奮した。怒張しきった刀身は幼児の腕ほど太く、ただ咥えるだけでも顎が痛くなるけれど、その痛みがまた陶酔めいた快感をもたらす。

「は…っ、あ、…菊夜叉、…っ…」

じゅぽじゅぽと刀身をしゃぶり始めると、大きな掌が菊夜叉の頭に伸ばされた。ぐっと押さえ付けられ、切っ先が喉奥を抉る。

「…んんっ、んっ、うぅっ…」

怒張した刀身に、みっちりと口内から喉まで満たされる。窒息しそうな苦しさが、痺れるくらい心地よかった。腹には大量の孕み汁を注がれ、口内に肉刀を詰め込まれて――今、自分は叢雲と一つになっているのだと、全身で感じられるから。

「菊夜叉…、は…っ、菊夜叉……」

叢雲は菊夜叉の髪を摑み、熱い口内をゆるゆると突き上げる。もはや菊夜叉はただ肉刀を咥えているだけで、叢雲に奉仕させられるための肉孔のような有様だ。喉奥をずんずんと容赦無く突かれるたび、被虐的な歓びが広がっていく。

「う、…うぅ、……っ！」

ぶるりと武者震いした刀身が、大量の飛沫をぶちまける。喉奥から胃にどろどろと伝い落ちていくその粘り気と濃厚さに、菊夜叉は酔い痴れた。嚙まれたばかりの項が、もう一つの心臓のように脈打っている。

……ああ、熱い……。

脈動する刀身に両手を添え、際限無く放たれる孕み汁を恍惚と味わう。舌にこってりと絡むこの濃い子種が、腹の中にたっぷり注がれているのだ。

項を差し出した今、こんなものを毎夜植え付けられたら、そう遠くないうちに菊夜叉は孕まされてしまうだろう。…前世ではついに授《さず》からなかった、叢雲の子を。

泉之助――前世の菊夜叉の父親であり、叢雲の母でもあった青年が脳裏を過る。

…菊夜叉を愛してくれていたとは思う。だが、叢雲のことはどうだっただろうか。叢雲の父親である綱久は、泉之助の運命の番だった。しかし泉之助は最期まで綱久を愛さなかった…。

大きな掌がそっと菊夜叉の頭を撫でる。

「菊夜叉……」

甘い呼び声に顔を上げれば、蕩けるような黒い双眸が菊夜叉を見詰めていた。芽生えかけていた不安が、淡雪のように溶けていく。

「…叢雲…、私の番…」

熱い眼差しに促されるがまま仰向けに横たわり、脚を開いた。ほころんだ蕾から泡立つ孕み汁が溢れ出る前に、叢雲は切っ先をあてがう。すでに逞しさを取り戻していたそれはずぶずぶとなめらかに沈み込み、菊夜叉を満たした。

「愛している。……やっと出逢えた、私の運命……」

……ありがとう。今世でも私を、見付けてくれて。

全身から溢れ出る愛おしさごと、のしかかってくる男を抱き締める。きっと今夜は腹が子種でいっぱいになるまで眠らせてもらえないと思うと、項がずきりと甘く疼いた。

「……これでよし、と」

かちりと小さな音と共に、叢雲は菊夜叉の項から顔を上げた。仕上げとばかりに首筋を舐め、口付けるのは、ここ一月ほどで定着した毎朝の儀式だ。菊夜叉の制服のシャツを元に戻し、ボタンを嵌める手付きもすっかり手馴れている。

「では行こうか、菊夜叉」

「ああ、叢雲」

差し出された両手をすいっと避け、ポーチで待つ車に乗り込もうとすれば、叢雲は慌てて追いかけてくる。

「待て。ないごて逃ぐっとよ」

「お前がいちいち抱き上げて運ぼうとするからだろう？」

鏡八を倒し、晴れて今世でも番となったあの日から、叢雲は以前にも増して過保護になった。どこへ行くにも付いて来ようとするし、常に菊夜叉を己の腕の中に仕舞っておきたがる。

これまでの経緯が経緯だから、菊夜叉もある程度は仕方が無いと諦めているが、移動のたび抱き上げて運ぼうとするのはさすがにごめんこうむりたかった。ただでさえ目立つのが注目の的になってしまうし、いくら番になったといっても、子どものように運ばれるのは我慢ならない。

「俺はただ、お前を守りたいだけだが。お前は日に日に美しくなる一方やっと、俺という番が居っても奪い取ろうとする不埒者が出るに決まっちょっとに……」

一緒に後部座席に収まり、車が発進しても、叢雲はまだぶつぶつと文句を垂れている。

懐かしいその言葉遣いに、菊夜叉は思わず唇をほころばせた。記憶を取り戻したせいか、綺麗な標準語を喋る叢雲にどうにも慣れないので、二人きりの時だけでも以前のように喋って欲しいとお願いしたのだ。やはりこちらの方が、叢雲にはしっくりくる。

「これがあるのに、そんな命知らずが出るわけがないだろう」

菊夜叉は呆れ、首筋にそっと触れる。そこには繊細なレースを思わせる金細工に色取り取りの宝玉を散らした豪奢《ごうしゃ》なチョーカーが嵌められ、項を覆い隠していた。霧島邸から脱出し、さんざんまぐわった翌日、叢雲から贈られたものだ。

幕府が倒され、西洋の文化が入ってからというもの、アルファは我が物としたオメガに鍵付きのチョーカーを贈る風習が根付いている。所有権を主張し、他のアルファに項を晒させないようにするためだ。もちろん鍵はアルファだけが持っている。

菊夜叉にもその知識はあったが、項を差し出した翌日にこれほど見事な逸品を贈られるとは思わなかった。聞けば、十四歳で前世の記憶を取り戻してすぐ、職人に命じて誂《あつら》えさせたらしい。

つらい記憶なら封じられたままでいいとうそぶきながら、心の底では思い出して欲しいと切望していたのだ。いじらしいまでのその心の内を知ってしまえば、毎日チョーカーを装着することも受け容れざるを得なかった。

職人が精魂込めて造り上げたそれはきらびやかな装飾に反して軽く、叢雲と二人きりの時には外してもらえるので、思ったほど負担にはなっていない。毎朝登校前、叢雲の手で嵌められるのも密かに気に入っているけれど、本人には絶対に教えてやらない。…歓喜を爆発させ、しばらく外に出られなくなるくらい抱き潰されるのは目に見えているから。

「いや、わからんぞ。お前はアルファのみならず、同じオメガにも異様に慕われちょる。お前は弱い者に優しいごて、勘違いした奴らが狙ってくるかも…」

「…そんな無用の心配ばかりして、疲れないか？」

「無用なわけがあるか。全て、ありうる問題ばかりだが。父上と母上も、くれぐれもお前の守りを固くするようにとおっしゃっちょる」

叢雲は苦々しげな顔で腕を組む。叢雲の今世での両親…黒須家の現当主夫妻とは先日初の顔合わせを果たしたが、あの翠玉の子孫とは思えないくらい善良な人物だった。幼い頃から周囲の重い期待に圧し潰されそうだった叢雲に番が出来たことを心から喜び、息子を支えてあげて欲しいと菊夜叉に何度も懇願していた。ああいう両親だからこそ、叢雲は今世でも歪まずに育ったのだろう。

顔合わせには菊夜叉の両親も招かれており、菊夜叉はようやく両親と再会出来た。菊夜叉の無事を泣いて喜んでくれた両親を見るにつけ、前世の記憶が薄れていくのを感じたものだ。

前世があったからこそ、今の自分たちが存在する。それは紛れも無い事実だ。

しかし、過去は過去でしかない。これから先、懐かしく思い出すことはあっても、二度と囚われたりはしないだろう。

「菊夜叉くん！」

車が校門前に到着するや、待っていた香取が笑顔で駆け寄ってくる。自分以外の人間が菊夜叉に近付こうとすれば無差別に威嚇《いかく》する叢雲だが、この時ばかりは何も口出ししない。ただ苦虫を嚙み潰したような顔で、溜息を吐くだけだ。

菊夜叉が鏡八にさらわれたあの日、香取がいち早く報《しら》せなければ、叢雲は間に合わなかったかもしれない。

感謝のつもりなのか、恩人とも言える香取だけは、叢雲も目こぼしをしてくれるようになった。香取と一緒なら叢雲の付き添い無しでも校内を自由に行動させてくれるので、菊夜叉にとっては二重の意味で恩人だ。

「……あ、そう言えば」

窓越しに香取に手を振り、車を降りようとした時だった。今さらながらの疑問がふいに浮かび、菊夜叉は振り返る。

「どげんした？　帰りたくなったか？」

とたんに破顔する叢雲に、苦笑が零れる。学園をすぐにでも辞めさせたがっている叢雲のことだ。菊夜叉が頷けば即座に別邸へ取って返し、ベッドに引きずり込もうとするだろう。

「まさか。…ふと疑問に思ったのだ」

「疑問…？」

「ああ。お前は十四歳で前世の記憶を取り戻したと言っていたが、一体何がきっかけだったのだろうと」

菊夜叉は鏡八にさらわれ、命を危険に晒されたのが呼び水となった。ならば十四歳の叢雲もまた、死を覚悟するほどの危険に遭遇したのだろうか。

「……それは……」

叢雲は太い眉を歪め、すっと顔を逸らしてしまう。菊夜叉にはおいそれと言えないほど、凄惨な目に遭ったというのか。心配になってにじり寄り、大きな手に自分のそれを重ねると、叢雲はぼっと頬を染める。

「……を迎えた時じゃ」

「え？」

「だから…、精通を迎え、初めて精を吐き出した時じゃ…！」

呆気に取られる菊夜叉に、叢雲は自棄《やけ》になったように言い募った。

「お前の面影が焼き付いて離れなくなって…一気に記憶が押し寄せっきて。それからずっと、阿呆《あほう》みたいにお前を探し続けちゅった…」

「叢雲……」

「…笑いたければ、笑っくれ」

弱々しく呟き、叢雲はしおしおと俯《うつむ》いてしまう。見た目よりも幼い仕草に前世の叢雲が重なり、菊夜叉は思わずその広い肩を抱き締めた。

「笑うわけがないだろう。それだけお前が私を求めてくれていたのに」

「…菊、夜叉…？」

「どんなお前でも愛している。お前が前世を忘れてしまった私でも愛し、守ってくれたように」

ちゅっ、と音をたてて口付けたとたん、発情したアルファの匂いが濃厚に漂った。

予想通り、捕まえようと伸ばされた手をすんでのところでかわし、菊夜叉は車のドアを開ける。晴れやかな笑い声を上げながら。

「きっ、菊夜叉……っ！」

「続きは今夜、帰ってからだ！」

外に飛び出し、赤面している香取の腕を引いて走り出す。

あの状態ではしばらく動けないから、校内で捕まる心配は無いだろう。今夜は意趣返しもこめていっそう激しく抱かれるはずだが、それもまた待ち遠しく感じる自分は、すっかり今世に染まってしまったようだ。

きゅっと閉ざしたまぶたの裏で、踊っていた炎が消えていく。

……さようなら、父上。

再び開かれた視界には、どこまでも青く澄んだ空が広がっていた。

蜜月未満

間接照明の淡い光に、極上の真珠よりも白くなめらかな素肌が浮かび上がっている。積もったばかりの新雪のようだったそれにえも言われぬなまめかしさを帯びさせたのが自分だと思うと、愉悦の笑みを堪《こら》えきれなくなってしまう。

「菊夜叉《きくやしゃ》……」

未《いま》だ冷めぬ熱の混じった息を吐き、黒須叢雲《くろすむらくも》は愛《いと》しい番《つがい》の頰を撫《な》でた。番…菊夜叉は激しいまぐわいに疲れ果て、白い裸身をベッドに投げ出すように眠っている。あちこちにちりばめられた紅《あか》い痕や、尻のあわいから溢《あふ》れる泡立った孕《はら》み汁に、尽きることの無い劣情がそそられる。

本当は今宵もくっきりと痕を刻んでやったうなじに喰い付きたかったが、そんな真似《まね》をすれば若い身体は簡単に再燃し、細い身体を組み敷いてしまうだろう。

明日も学校があるのだ。黒須家の力をもってすれば何日欠席しても問題無く卒業させてやれるが、清《せい》廉潔白《れんけっぱく》な菊夜叉が権力でのごり押しを喜ぶわけがない。さっさと学園を辞めさせたいのが本音でも、それで菊夜叉に嫌われては意味が無いのだ。

……父上と母上に驚かれるわけだな。

今生の両親は、前世とは比べ物にならないほど善良で愛情深い人たちだった。叢雲はたまたま前世と同じくアルファに生まれたが、たとえベータ、いやオメガに生まれたとしても心から慈しんでくれただろう。

そんな二人だからこそ、誰に対しても執着せず、次期当主としての厳しい教育にも文句一つ言わず励む叢雲を心配してくれていた。もう戦乱の世ではないのだから、お前はもっと自由に生きていいのだと何度諭されただろうか。

優しい両親には悪いが、叢雲はただ己の心の赴くまま生きていただけだ。物心ついた頃には、ぽっかりと心に空いた穴の存在を自覚していた。この穴を埋められるのは、お節介な親類縁者から紹介される身分や血筋に優れたオメガたちではないことも。

　十四歳でアルファとしては遅い精通を果たし、血と絶望に彩られた前世の記憶を取り戻すと、いかに早く菊夜叉を見付け出し、この腕に囲い込むかが生きる目標になった。それまで己を鍛え続け、知識や洗練された振る舞い、社交性など、前世の自分に足りなかったものまで身につけたのは、今生こそ菊夜叉を守り抜くためだったのだ。

　努力の甲斐《かい》あって、叢雲は再び菊夜叉と巡り会えた。波乱の末に菊夜叉も前世の記憶を取り戻し、うなじを差し出してくれたのだ。あの瞬間、敵陣の真っ只中でなかったら、歓喜の雄《お》叫《たけ》びを上げながら果てていたに違いない。

　その後、番の存在を知らされた両親が駆け付け、菊夜叉との対面を果たした。美しく礼儀正しい菊夜叉を両親はいたく気に入ったようで、九州の本邸に帰ってからもたびたび電話を寄越しては菊夜叉の話を聞きたがる。

『番とはいえ、まさかお前があそこまで菊夜叉に尽くすとはなあ』

　しみじみと感動したのは父だ。

　アルファという生き物は基本的に傲慢であり、たとえ己の番に対してであっても譲ったり気遣ったりはしない。黒須家に生まれたアルファはことのほかその傾向が強いのだ。番が狂っても監禁した前世の父、綱久《つなひさ》がいい例であろう。

　だから父は叢雲もまた菊夜叉を思いのまま扱い、誰とも関われないよう閉じ込めるのではないかと危惧していたらしい。菊夜叉がうなじを差し出してからも学園に通い続けているばかりか、叢雲の目の届く範囲内であれば特に行動を制限されてもいないと知り、心底驚いていた。

『でもねえ、叢雲。菊夜叉さんは細かいことを気になさるようなお方ではないと思うけれど、わたくし、しきたりや形式というのも大切だと思うのよ』

　ふっくらとした頬に手を当て、案じていたのは母だ。

名家出身の母はおっとりとした性格で、珍しく恋愛結婚で結ばれた父とは息子が時折いたたまれなくなってしまうほど仲が良い。つくづく、前世とは対照的な両親である。

『だって貴方《あなた》、菊夜叉さんにきちんとプロポーズはしたの？　番だからって、そこをおろそかにしてはいずれ愛想を尽かされてしまうわよ』

しきたりや形式とは何ぞや、と首を傾《かし》げた叢雲に、母は物分かりの悪い子どもに言い聞かせるような口調で説明してくれた。

曰《いわ》く、息子が運命の番と結ばれたことは本当に喜ばしいが、そこにいたるまではきちんと手順を踏むべきであると。つまり世間一般の恋人同士がそうするように、息子も甘くロマンチックな雰囲気の中、番に愛を乞い、一生を共にする許しを得るべきだというのである。

貴方のお父様もわたくしにそりゃあもう素敵なプロポーズを……というのろけを聞き流しつつも、叢雲は冷や汗をだらだらと流していた。…気が付いてしまったのだ。前世も今生も、まともなプロポーズなどしたためしが無いと。

前世では、そもそも悠長にプロポーズなんてする余裕が無かった。さんざん思いのたけは伝えたが、母の基準ではとうていプロポーズにはカウントしてもらえまい。

今生でもそうだ。菊夜叉は自分からうなじを差し出してくれたが、あれは絶体絶命に陥った叢雲を救うためでもあっただろう。

菊夜叉という番を得た叢雲は無双の力を発揮し、敵をなぎ倒した。勇壮ではあったかもしれないが、ロマンチックなムードとはほど遠い。あえて言うなら血なまぐさい。

どうして菊夜叉は叢雲を受け容《い》れてくれたのか。己の所業を顧みれば顧みるほど、不安でたまらなくなってくる。

オメガでありながら武術を学び、自らも刀を取って戦う菊夜叉が母の言うようなプロポーズを望んでいるとは思えない。

だが、だからといってこのままでいいとも思えなかった。せっかく争いの治まった平和な世に生まれたのだ。前世では出来なかったことをしたい。愛しい番をでろでろに甘やかして、叢雲の求愛にうんと言わせたい。

…わかっている。これは叢雲の自己満足でしかないと。けれど今生ではまだ出逢ったばかりの菊夜叉の様々な表情をもっと知りたいし、それに。

『番だからって、そこをおろそかにしてはいずれ愛想を尽かされてしまうわよ』

母の言葉も、鋭い小骨のように喉に突き刺さっていた。菊夜叉がそんなことで自分を見捨てるわけがないと一笑に付すには、前世の記憶は重すぎる。

ほんのささいなきっかけで、全てが台無しになってしまう。前世で叢雲は嫌というほど学んだのだ。今生では一片の不安要素も残したくない。…ようやく我がものに出来た番を、二度と手放したくない。

「ん……」

あちこち撫で回されてくすぐったいのか、菊夜叉が寝返りを打つ。日々の鍛錬の成果だろう。白い腹には無駄な肉など無く、綺麗《きれい》に引き締まっている。

…そこに自分の子を宿させたいと、何度願ったことか。

うなじを差し出したオメガを狙う愚か者など普通は居ないが、菊夜叉は特別だ。黒須家の後継者に見《み》初《そ》められたオメガを己のものとし、優位に立とうとする他家のアルファは存在する。

そんな怖いもの知らずのアルファたちでさえ、叢雲の子を宿した菊夜叉には手を出せない。叢雲のみならず、次々代の後継者まで敵に回すことになるからだ。

にわかに湧いて出たオメガを番に据えることに反対する親族どもも、菊夜叉が叢雲の子を宿したと知れば黙らざるを得ないだろう。

菊夜叉の腹から生まれる子は、確実にアルファだ。二代続けてアルファの当主を戴《いただ》くという誘惑に勝てる者は居ない。

……次代など、どうなっても構わんのにな。

皮肉なことに、今なら前世の父…叢雲の母であり菊夜叉の父でもある泉之助《せんのすけ》を最期まで放さなかった綱久の気持ちがよくわかる。

あの男が泉之助に叢雲を産ませたのは、より強いアルファの子孫を欲したからではない。子が出来れば泉之助はその子を愛し…子の父親たる綱久にも愛情を傾けてくれるのではないかと、一縷《いちる》の希望を抱いたからだ。残念ながら、報われないまま終わってしまったが。

今生の叢雲が菊夜叉との子を望むのも、子の存在で菊夜叉をより強く繋《つな》ぎとめたいからに過ぎない。

…結局、叢雲は不安なのだろう。菊夜叉がいくら愛していると囁《ささや》いてくれても、次の瞬間にはまた、自ら愛しい番にとどめを刺さなければならなかったあの絶望の闇に放り出されてしまうのではないかと怯《おび》えている。

何物にも脅かされず、菊夜叉と二人、一つのベッドで過ごすこの至福の時間さえも、死にゆく自分が見ている夢なのではないかと…そんな不安を叢雲が未だに抱いていると知ったら、菊夜叉は呆《あき》れるに違いない。

「……はあ」

叢雲は乱れた髪をくしゃりと搔《か》き、ベッドに横たわった。熱の残る頭で考え事をしていたら、ろくなことを思い付かない。今はおとなしく身体を休めるべきだろう。

菊夜叉の隣に潜り込めば、愛しい番はわずかに唇をほころばせ、叢雲に擦《す》り寄ってきた。起きている時はあまり見せてくれない甘えの滲《にじ》む仕草に、胸に巣食いかけていた不安は淡雪のように消え去っていく。

この温《ぬく》もりは決して夢などではない。

「…お休み、菊夜叉」

簡単に後始末を終えると、あつらえたようにぴったりと収まる身体を抱き締め、叢雲はまぶたを閉じた。


夢も見ずに眠り続け、どれくらい経った頃だろうか。

……何、だ……？

かすかなくすぐったさを感じ、叢雲の意識は眠りの沼から浮上した。うっすら開けた目に映るのは、朝日に照らされた天井だ。

そっと視線だけを横に向け、叢雲は肩を震わせそうになる。菊夜叉が毛布をかぶったまま、何やらごそごそと動いていたのだ。毎夜限界まで抱き潰され、叢雲より先に起きることなど今までほとんど無かったのに。

気配には敏感な菊夜叉だが、よほど緊張しているのか、叢雲が目覚めたことに気付いた様子は無い。それをいいことに、叢雲は薄目のままじっくりと菊夜叉を眺め回した。

見る者を惹き付けずにはいられない清廉な美貌《びぼう》が、毛布をかぶっていると幼く見える。悪戯《いたずら》をする子どものようなあどけない姿を拝めるのは、世界中で叢雲一人だけだ。朝から心がじわじわと温かくなる。

……それにしても、何をしている？

菊夜叉は四《よ》つん這《ば》いになってベッドの上をじりじりと後退していく。悩ましい吐息に太股をくすぐられ、期待してしまった自分は悪くないはずだ。

「あ……」

むくりと兆してしまった股間のものに気付いたのか、菊夜叉は羞恥の呻《うめ》きを漏らす。きっとあの澄んだ瞳は恥じらいに揺れ、叢雲を…昨夜も気絶するまで己を貫いては揺さぶった肉刀を見詰めているに違いない。

……今すぐに犯したい。

湧き上がる衝動にかろうじて勝てたのは、どうにも気になったせいだ。菊夜叉はいったい、何がしたいのか。その身体には、昨夜の疲労が未だ色濃く残っているはずなのに。

眠ったふりをしながら、叢雲は毛布の中にじっと視線を注ぐ。菊夜叉はぎくしゃくと手を伸ばし、鎌首をもたげた肉刀――ではなく、無防備に投げ出されていた叢雲の左手をそっと持ち上げた。

「ええと…、…は、…だから…」

菊夜叉が何やらぶつぶつ呟《つぶや》いているが、よく聞こえない。毛布のせいではなく、股間に集まっていく熱い血潮のせいで。

「こうすれば、…が…、あとは…」

だいたい、菊夜叉がいけないのだ。叢雲は何も悪くない。

やりたい盛りの十代、それもアルファが起き抜けに番の可愛《かわい》らしい姿を見せられた挙句、番から触れられて、滾《たぎ》らないわけがないのだ。たとえ菊夜叉自身にその気など全く無いとしても。

「それで、こう……」

薬指に柔らかな唇が触れた瞬間、叢雲の忍耐力は限界を超えた。常人では不可能な獣めいた素早い動きで身を起こし、毛布をはねのける。

「え…っ…？」

突然陽の光にさらされた菊夜叉は四つん這いのまま、驚きに目を瞠《みは》った。

昨日もひんひんと泣き出すまで肉刀を打ち込んでやった尻のあわいから、白い液体がとろとろこぼれている。眠る前に拭《ぬぐ》ってやったのに、掻き出しきれなかった分が溢れてきたらしい。

「……菊夜叉ぁっ……！」

「ひ、……っ!?」

己が両の目を欲望にぎらぎら光らせ、常人にとっては殺気も同然のアルファの覇気をだだ漏れにさせているのだと気付いたのは、白い身体をあお向《む》けに押し倒した後だ。

「お…、おい、叢雲……」

「お前《まん》が悪《わい》か」

　腹につくほど反り返った肉刀を見た菊夜叉が、いやいやをするように首を振る。

　けれどやめてやれるわけがなかった。こぼれてしまった孕み汁を、もう一度注ぎたい。穢《けが》れることを知らない美しい身体に、叢雲の匂いと痕跡を刻み込みたい。叢雲の頭を支配するのは、そんな衝動だけだ。

「……あ、……あぁぁっ……！」

　じたばたもがく両脚をたやすく開かせ、昨夜の余韻を留《とど》めてふっくらとほころんだ蕾《つぼみ》に猛《たけ》る肉の杭を突き入れる。ぬるぬるした感触が己の注いでやった孕み汁の名残《なごり》だと思うだけで、頭の血管がぶち切れてしまいそうだ。

　もっと、もっと強く。…もっと奥まで。

「俺《おい》を、…受け容れっくれ…っ…！」

「あ、…あっ、…叢雲…」

　耳朶《じだ》を甘嚙《あまが》みしながら懇願すれば、細い身体から強張りが抜けた。非難するように眇《すが》められていた黒い瞳がふっと緩む。

　無体を強いていることはわかっている。けれどこの瞬間が、叢雲はどうしようも無く好きだった。こうして菊夜叉に赦《ゆる》されるのは、きっと自分一人だけのはずだから。

「は、…あ…、菊夜叉、…菊夜叉…」

　大きく腰を引いては突き入れ、ぬかるんだ肉の隘《あい》路《ろ》をごりごりと擦《こす》り上げる。

　熱い媚肉は歓喜にざわめき、ねじ込まれたものを抱き締めてくれた。その健気さにめまいがする。いくら鍛えていても、菊夜叉はオメガだ。アルファの膂力《りょりょく》で好き放題されればひとたまりもない。大切に扱わなければ壊してしまうと理性では承知しているのに、現実の自分は狂ったように腰を振っている矛盾。

「あっ…、んっ、あぁっ……」

甘い悲鳴を漏らしながら、菊夜叉は叢雲の首筋にしがみ付く。

常に凛《りん》と前を向き、他のオメガたちの崇拝の的ですらある菊夜叉が縋《すが》るのは自分だけだ。優越感は新たな欲望の呼び水となり、際限無く膨らむ。

「菊夜叉、……っ！」

「……あっ、あ、……あぁー……！」

火照《ほて》った身体を抱きすくめ、叢雲は自分だけに許された最奥に劣情を解き放った。昨夜も狭いそこから溢れ返るほど注いだのに、濃厚な孕み汁はおびただしい量でたちまち媚肉を濡《ぬ》らしていく。

怯えたように身を引こうとした菊夜叉をきつく抱え込み、薄い腹がひしゃげるほど体重をかけるのはアルファの本能のようなものだ。己の一部を番に染み渡らせ、その血肉に取り込ませたい。そうすれば叢雲と菊夜叉は一つになり、二度と引き離されることは無い――。

長い放出を終えても、叢雲は菊夜叉を放さず、甘い匂いと温もりに酔いしれていた。誰にも邪魔されずに菊夜叉を独占していられる。至福のひとときが、永遠に続けばいいのに。

「……馬鹿。こんな時間に……」

しばらくじっと腕の中に収まっていてくれた菊夜叉が、ぼそりと呟いた。見れば、サイドテーブルの上の時計は午前八時半を回っている。いつもならとっくに家を出ている時間だ。

急いで身支度し、車を飛ばせば一時間目にはぎりぎり間に合う。

だが叢雲は繋がったままゆっくりと身を起こし、毎夜可愛がられすぎるせいですっかり紅くなってしまった乳首に吸い付いた。

「あ…んっ、叢雲っ……」

たちまち漲《みなぎ》っていく肉刀に情けどころを圧迫され、菊夜叉はきっと叢雲を睨《にら》む。そんな可愛らしくも艶めかしい顔で睨んだって逆効果だと、何度教えてやれば理解するのだろうか。

「……お前が悪か」

二度目の囁きは、さっきよりもくっきりと焦燥が滲んでいた。

身を離せたのは、それから三時間後のことだ。

何故こんなことをと菊夜叉に詰《なじ》られ、『馬鹿』の言い方が可愛すぎたせいだと素直に答えたら軽蔑の眼差《まなざ》しを向けられてしまった。何度も謝りながら甲斐甲斐しく世話を焼き、午後の授業に間に合うよう学校へ送ってやらなかったら、三日は口をきいてもらえなかっただろう。

菊夜叉を送った後、叢雲は別邸に引き返した。今日は執務をこなす日なのだ。

菊夜叉という番を得て以降、叢雲の父は自分の仕事を少しずつ息子に割り振るようになった。叢雲と菊夜叉が学園を卒業し、正式に婚姻した後には当主の座を譲るつもりなのだろう。

……近々、指輪も作り直すことになりそうだな。

黒須家では代々、当主が代替わりするごとに刀を打たせていたのだが、幕府が倒れて以降は世情に合わせ、指輪で代用するようになった。

家紋をあしらったそれは当主と次期当主に与えられ、中に仕込まれたマイクロチップで黒須家代々の宝が眠る宝物庫を開けられる仕組みになっている。対面の折、父の指輪を見せられた菊夜叉は、百五十年前からずいぶん進歩したのだな…と感心していた。

叢雲の指輪は東都《とうと》に赴く際、九州の本邸に置いてきた。どんな危機が待ち受けているか、わからなかったからだ。

鏡八《きょうや》の生まれ変わりという脅威を排除し、菊夜叉と思いを通じ合わせた今なら取り寄せても問題無いのだが、次期当主用の指輪には当主就任に合わせて誕生石を嵌《は》め込むことになっている。

その細工を代々任されてきたのは、黒須家の重臣だった宝石商だ。どうせ作り直すなら、このまま九州で保管しておいてもらう方が手間は省けるだろう。今のところ、宝物庫に入れなくても困らないのだから。

「失礼します、若様」

ひとまず急ぎの仕事を終え、ソファで休憩していると、初老の秘書が現れた。父にも仕えていた黒須家重臣の家柄の男で、この別邸の執事的な役割も果たしている。

「先ほど奥方様からご連絡がございました。放課後はご学友のご自宅に寄られるので、お帰りが遅くなるそうでございます」

「学友……？」

「はい。香取《かとり》様とおっしゃるお方です」

香取は菊夜叉と同じオメガクラスの少年だ。菊夜叉を慕っており、クラスの委員長でもある。

今では菊夜叉もだいぶ打ち解けたようで、学校での話には必ずと言っていいほど香取が登場する。だが互いの家を行き来するようなことは、これまで無かったはずなのだが…。

「如何《いかが》いたしましょう。まっすぐ帰宅されるよう、お伝えしますか？」

「……いや、いい。用が済んだら迎えに行くから連絡をくれ、と伝えろ」

叢雲は前世の父のように、番を二人だけの世界に閉じ込めるつもりは無い。前世の記憶に苦しめられてきた菊夜叉が、今生では誰かと友情を築けるのなら喜ぶべきだ。

だから胸がやたらともやもやするのは、ただの気のせいで…。

「かしこまりました。では私はこれで…」

「ああ、待て」

一礼して立ち去ろうとする秘書を、叢雲は呼びとめた。こんなことを相談していいものか。しばし迷い、ためらいがちに口を開く。

「その…、…だな。お前は確か、孫が居ると言っていたな」

「…は、はあ。今年六歳になりました」

「孫が居るということは既婚者ということで、つまりその…、プロポーズの経験があるということ…だな？」

「それはまあ、左様にございますが…」

「どんなふうにプロポーズした？」

　唐突な質問に秘書は目を丸くしたが、叢雲の頬がわずかに紅く染まっていることに気付くと、苦笑しながら答えてくれた。

「さほど珍しくはありません。彼女の好きな花束と指輪を用意し、予約しておいたレストランで『結婚して欲しい』と伝えました」

「彼女は喜んでくれたのか？」

「はい。それはもう嬉《うれ》しそうに指輪を嵌め、『はい』と答えてくれました」

　その時の彼女が秘書の妻であり、四十年近く連れ添ってきたそうだ。

　叢雲は想像する。キャンドルの灯《とも》されたレストランで、花束と指輪を差し出す自分。花よりも輝く笑顔で、指輪を嵌めてくれる菊夜叉。ありがちだが王道と言っていいプロポーズのシチュエーションだろう。

　——だが、実際の二人は。

　菊夜叉の連れ去られた霧島家《きりしまけ》の邸《やしき》で、生きるか死ぬかの瀬戸際だった。叢雲の手にあったのは、指輪でも花束でもなく血に濡れた刀。

　断じてプロポーズとは呼べまい。強いて呼ぶなら……戦場？

「う…、……おおおおおっ！」

「若様!?」

　突然叫び、デスクに突っ伏した次期当主に、秘書は慌てて駆け寄った。心配そうに何度も呼びかけられても、叢雲はなかなか立ち直れない。

……俺は、なんて駄目な番なのだ……！

忠義一途な堅物とばかり思い込んでいた秘書さえ、立派にプロポーズを成し遂げていたというのに、叢雲の無能ぶりといったら。甲斐性無しと呆れられても文句は言えない。

——いや、すでに呆れられてしまったのではないか？

つうっ、と冷や汗が背筋を伝い落ちる。

朝、珍しく叢雲より早く起き、何やら不思議な行動を取っていた菊夜叉。クラスメイトの家に寄り道して帰ると連絡してきた菊夜叉。

一度芽生えてしまった不安は、いつもとは違う全てのことを不審へと結び付ける。もしや菊夜叉は甲斐性の無さすぎる叢雲に愛想を尽かし、離れようとしているのでは…？

「い、いや、ありえない。俺の菊夜叉がそんな…、落ち着け、落ち着くんだ…」

叢雲は頭を振り、最悪の想像を追い払う。全然落ち着けてないですよと言いたげな秘書の顔など、見る余裕すら無い。

…そうだ、菊夜叉は叢雲にうなじを差し出してくれたのだ。あの気高い少年は、何があろうと愛してもいない相手にうなじを捧げたりはしない。離れるなんて、決して…。

——うなじを差し出してしまったからこそ、離れたくても離れられないだけではないか？

どうにか鎮まりかけた心が、新たな疑念にまた大きくざわめく。

オメガの中には豊かな生活のみを求め、好きでもないアルファにうなじを捧げる者も居る。オメガ全体で見れば、その方が多数派かもしれない。

もしも菊夜叉が彼らと同じく、愛想の尽きた叢雲でも安定した生活のため、離れないでいるだけだとしたら…？

「…いや…、今からでもきっと遅くない…」

叢雲はのろのろと起き上がり、卓上カレンダーを引き寄せた。

　次期当主たる叢雲のスケジュールは毎日基本的に埋まっている。カレンダーにも半年先まで予定がびっしり書き込まれているのだが、一週間後…月末のとある一日だけ、ぽっかりと空いている日があった。

　都合のいいことに日曜日だから、菊夜叉に学校を休ませずに済む。一週間あれば、準備にもじゅうぶんだろう。

「この日は一日、菊夜叉と外出する。予定を入れないように」

「え？　……はい、承知いたしました」

　秘書は一瞬いぶかしげな顔をしたが、すぐに恭《うやうや》しく頭を下げた。きっと落ち込んでいた叢雲が急に復活したので戸惑ったのだろう。

　秘書が退出してしまうと、叢雲は即座に電話をかけた。相手は当主の指輪の細工も任されている、あの宝石商だ。

　デザインは後で送るから来週までに指輪を作れ。無茶な注文を呑《の》ませた後は、さっそくデザインの作画を始める。

　デザインもお抱えのデザイナーに任せるよう勧められたが、菊夜叉への愛情を表すためにも、ここは叢雲が考えるべきなのだ。美しく気高い菊夜叉にぴったりの婚約指輪を。叢雲の分も一応お揃《そろ》いで用意はするが、あくまで主役は菊夜叉である。

　もちろん、その他の手配も忘れない。菊夜叉が興味を持ちそうな施設をピックアップし、レストランやホテルも予約していく。

　全ては完璧なプロポーズを決行し、菊夜叉を繋ぎとめるため。

　叢雲の頭にあるのは、それだけだった。

「……え、月末の日曜日に？」

　香取の家まで迎えに行った車の中、プロポーズのことは伏せて月末のデートに誘うと、菊夜叉は戸惑いに瞳を揺らした。

「ああ。……何か用事があっとか？」

「いや、そんなものは無いが…」

そう言いつつも、菊夜叉は形の良い眉を困ったように寄せている。てっきり喜んでくれるとばかり思っていたのに——芽生えかけた新たな不安を、叢雲は必死に追い払う。

……いや、菊夜叉はただ戸惑っているだけだ。そうに決まっている。

何せ今生でも出逢ってからこちら、二人きりの時間はほとんどベッドで過ごしてきた。菊夜叉にねだられてどこかへ出かけることはあっても、叢雲から外出に誘うことなんてほとんど無かったのだから。

…必死に考えているうちに、だんだん情けなくなってきた。自分はどれだけ欲望に支配されていたのか。いくら前世では摑《つか》めなかった幸福を手にしたからといって、限度というものが——。

「…その、……誘ってくれて嬉しい。楽しみにしているから」

「菊夜叉……！」

——限度なんてもの、はにかみながら笑う菊夜叉の前には何の意味も無い！

理性は一瞬で本能に支配された。叢雲は後部座席に並んで座っていた菊夜叉を抱き上げ、向かい合う格好で膝の上に乗せる。

「…む…っ、叢雲……」

かぶりつくように口付け、運転席を気にする菊夜叉の視界をふさいでやる。車内でことに及ぶなんて初めてではないのに、未だに恥じらう番の初心《うぶ》ささえ愛おしい。

「ん……、……ぅ……」

口蓋を熱い舌でなぞり上げてやれば、細い身体から強張りが抜けていった。

後頭部を支えていた手をうなじに滑らせる。指先に触れるチョーカーの冷たい感触が、叢雲の中で常に燃え続ける情欲の炎を煽《あお》った。菊夜叉を他のアルファから守る盾。…菊夜叉が叢雲だけのものであるという証《あかし》。

　ここで外すわけにはいかない。運転手は忠誠心の高いベータだが、菊夜叉ほどの極上のオメガが放つ色香に惑わされないという保証は無いのだから。

　わかっている。わかっているけれど…。

「っ……」

　物欲しげにチョーカーの留め具を撫でる叢雲の胸を、菊夜叉がそっと叩《たた》いた。

　性急すぎる口付けに抗議しているのか、思うさまうなじを噛んでやりたいのに出来ない叢雲を慰めてくれているのか。…早く噛んで欲しいと、ねだっているのか。

「菊夜叉ぁ……っ！」

　いずれにせよ愛おしすぎて、叢雲は少しの乱れも無く着込まれた菊夜叉の制服のシャツを引きちぎった。染み一つ無い肌と、紅く色付いた乳首がさらけ出される。

　つんと尖《とが》った双《ふた》つの肉粒に、昨夜…いや、今朝もさんざん消耗し尽くしたはずの情欲がふつふつと湧き上がった。

　口付け一つでこんなに感じてくれるのは、菊夜叉が叢雲の番だからだ。断じてあってはならないことだが、万が一他のアルファに触れられたとしても、この肌が欲望に色付くことは無いだろう。

　可愛い、愛しい、自分だけのものにしてしまいたい。

　他の誰にも見せたくない。呆れられても、愛想を尽かされてもいいじゃないか。このままどこかに閉じ込めて、叢雲としか関われなくさせて…そう、腹に子を宿させてしまえば、心が伴わなくても菊夜叉は叢雲だけの…。

「……叢、雲？」

　ぴたりと止まった叢雲を、菊夜叉がいぶかしそうに見上げる。熱に濡れてもなお澄んだ瞳が、叢雲の心を突き刺した。

……何をやろうとしていたんだ、俺は。

壊れそうな勢いで脈打つ心臓の鼓動が伝わるのだろう。菊夜叉の瞳が不安に揺れるが、叢雲は応えすら返せなかった。

……二人きりの世界に閉じ込めて、繋ぎとめるためだけに孕ませるなんて、あの男と…綱久と同じではないか……!

黒須綱久。…前世の父。あの男の執着と愛情は番たる泉之助を狂わせ、最後には二人とも炎の中で命を失うという悲劇にたどり着いた。

愛する者と共に滅べたのだから、綱久自身は幸せだっただろう。だが泉之助にとって、綱久は害悪でしかなかった。我が子であっても、綱久の血が流れる叢雲は疎ましい存在だったに違いない。

…綱久の轍《てつ》は踏まない。自分だけは必ず番を幸せにすると誓ったのに、ふとした瞬間突き上げてくる衝動は、アルファの業なのか。それとも綱久の呪いなのか。

今生の叢雲は前世での長兄、翠玉《すいぎょく》の子孫だ。つまりこの身体にも、綱久の血は流れている…。

「叢雲、どうした――」

「…すまん、菊夜叉。ちっと疲れちゅい」

気遣ってくれる菊夜叉を隣に下ろし、叢雲は少し距離を取った。このまま菊夜叉の温もりを感じていたら、ろくでもない妄想を実現させてしまいそうだったから。

「……そう、か」

ついさっきまで盛っていたにもかかわらず、疲れているとは何事だ。叢雲でさえそう突っ込みたくなるのに、菊夜叉はどこまでも優しかった。

「ならば、帰ったらすぐに休むといい。最近のお前は根を詰めすぎだ。いくらアルファでも、身体を壊してしまうぞ」

「…ああ。ありがとう、菊夜叉」

何も知らずにいたわってくれる菊夜叉が愛おしく

てたまらないのに、また新たな疑惑がむくりと湧いて出る。

いつもなら隙あらば貪ろうとする番が、急に自分を突き放したのだ。何があったのかと不安になるのが普通ではないか?

少なくとも叢雲ならそうだ。どうしてそんなつれない態度を取るのかと問い詰め、不安材料を消さない限りは安心などしていられないだろう。

『――無様だな』

記憶の中の綱久が嘲笑する。

自分から突き放しておいて番を疑い、懊悩《おうのう》する体《てい》たらくは、確かに無様でしかない。綱久のように番を閉じ込めてしまえば、こんな苦しみとは無縁でいられるのだろう。

だが引き換えに、菊夜叉の心を永遠に失うことになる。それだけはあってはならない。菊夜叉を二人きりの世界に閉じ込めることが、どんなに魅力的であっても。

……月末だ。月末のプロポーズは、絶対に成功させる。

血と惨劇に彩られていた前世とは違うのだと、今生こそこの身が朽ち果てるまで共に笑い合いながら生きようと伝えるのだ。甘くきらびやかな空間で、菊夜叉に相応《ふさわ》しい贈り物を捧げながら。

そうすればきっと菊夜叉は笑ってくれる。際限無く増殖し続けるこの焦燥も、消え去るはずなのだ。


それから月末までの間、叢雲は可能な限り菊夜叉に触れずに過ごした。当主の父が体調を崩し、執務を肩代わりしなければならないからと嘘《うそ》をついてまで寝室を分け、まぐわうことも避けた。我ながら、驚異的な忍耐力だ。

菊夜叉もさすがに不審に思ったのだろう。何か悪いことでもしてしまったのかと不安そうに聞かれたが、素直に答えられるはずもなかった。

……すまん、菊夜叉……！

しゅんとする菊夜叉に、叢雲の心はずきずきと痛んだ。

お前は何も悪くない、悪いのは甲斐性無しの俺なのだと全てをぶちまけてしまいたい。けれどそんなことをしたら全てが台無しだ。せっかく菊夜叉に気付かれないようレストランやホテルを予約し、当日着てもらえるよう服も用意し、指輪も届いたのに。

「…あの、若様…」

懊悩する叢雲を見かねてか、初老の秘書は何度か忠告をくれようとしたが、叢雲は断った。誰に何を言われたところで、もうこの計画を止めるつもりは無い。

——そうして精神力をごりごりと削られながら、とうとう迎えたデートの日の前日。叢雲はスマートフォンの無粋な着信音で目覚めた。発信者は母だ。

『もしもし、叢雲？　菊夜叉さんはいつ頃こちらに着くの？』

「……はい？」

無視することも出来ずに出たら、寝耳に水の台詞《せりふ》に眠気は弾《はじ》け飛んだ。

「菊夜叉がそちらに？　何をおっしゃっているのですか、母上」

肌には触れずとも、毎日食事も登下校も共にしている。九州の黒須本邸に行くなんて、菊夜叉は一度も言わなかった。だいたい、本邸に何の用があるというのか。

しかし、母はやわらかな声に戸惑いを滲ませる。

『何を…って、昨日の夜、菊夜叉さんから連絡があったのよ。そちらに用があるからお邪魔したいんですが、いつならご在宅ですかって』

「菊夜叉が……？」

『ええ。明日ならちょうどわたくしも旦那様《だんなさま》も空いているわよって言ったら、では明日伺いますって…叢雲、貴方もしかして知らなかっ——』

「すみません母上、失礼します！」

強引に通話を切り、叢雲は寝室を飛び出した。

同じベッドで眠っていたら絶対に手を出してしまうから、執務室に置いてある仮眠用のベッドで休んでいる。菊夜叉は元の二人の寝室で眠っているはずだ。

「……菊夜叉!?」

だが、駆け込んだ二人の寝室に菊夜叉の姿は無かった。少し乱れたベッドに触れてみる。…冷たい。菊夜叉が起きてから、だいぶ経っているようだ。

……どういうことだ？

寝室を分けてからも、菊夜叉は先に目覚めれば叢雲を起こしに来てくれた。叢雲が逆に菊夜叉を起こしてやることもあって…とにかく、叢雲に黙ってどこかへ出かけたことなんて無かったのだ。

さあああ、と全身から血の気の引いていく音がする。…断じて菊夜叉をないがしろにしたのではない。むしろ、傷付けたくないからこそ遠ざけたのだ。

だが叢雲の意図が、正しく伝わっていなかったのだとしたら…何も言わずに自分を突き放した男に、菊夜叉が愛想を尽かしてしまったのではないか…？

『実家に帰らせて頂きます』と宣言し、トランク片手に去ってゆく菊夜叉が脳裏に浮かび上がる。普通帰るなら相手ではなく自分の実家だろう、と気付く余裕すら無い。

「若様、如何なされましたか」

呆然《ぼうぜん》と立ち尽くしていたら、初老の秘書が現れた。叢雲は勢いよく振り返りざま、秘書の痩せた肩をがっと掴む。

「菊夜叉は!?」

「さ、先ほど外出されましたが…」

「具体的に、いつの話だ!?」

がくがくと揺さぶりながら問い詰めれば、菊夜叉が邸を出たのは二十分ほど前のことらしい。秘書は止めるどころか、菊夜叉のために車の手配までしてやったそうだ。

「何故止めなかったんだ!」

「そ、そうおっしゃられましても、てっきり若様のお誕生日の贈り物を内密で購入されるのだとばかり思いましたもので……っ……」

「……誕生日?」

――いったい誰の?

きょとんとする叢雲に、秘書は苦い顔で溜息《ためいき》を吐く。

「ですから、若様のですよ。明日は若様のお誕生日ではございませんか」

「…俺、の?」

「やはり忘れておいでだったのですね。突然奥方様との外出の予定を入れられたので、不思議には思っておりましたが…」

そう言われて思い出す。基本的にいっぱいのはずのスケジュールが、明日だけ不自然に真っ白だったことを。

叢雲は偶然の幸運とばかり思っていたが、あれは秘書が意図的に調整して空けておいたのだそうだ。菊夜叉に誕生日を祝われれば、叢雲は歓喜のあまり寝室にこもり、その日は出て来なくなるだろうからと気を利かせておいたらしい。

……何故、それを最初に言わないんだ!

衝動のまま怒鳴りつけそうになるのを、叢雲は直前で堪えた。自分の誕生日を忘れているなんて、普通は思わないだろう。

「…俺のバイクを用意させておいてくれ」

そう言い捨て、自室でライダースジャケットとパンツに着替える。前世の記憶がよみがえってすぐ、大型二輪の免許を取得しておいたのだ。

黒須家のアルファであれば、年齢制限など適用されない。いつ菊夜叉が見付かっても駆け付けられるよう取得しておいたものだが、まさかこんな形で役立つとは…。

苦い気持ちで着替えを終え、玄関に出ると、すでに叢雲の愛車は車庫から出されていた。並の男なら押して歩くことすら難しい大型バイクにひらりとまたがり、エンジンを唸《うな》らせながら発進する。

東都から九州の黒須本邸へは陸路でも行けるが、半日以上時間がかかる。普通に考えれば飛行機を使うだろう。だとすれば菊夜叉が今向かっているのは、最寄りの空港だ。

空港までは車なら一時間半ほど。出立が二十分前ならば、全力で追いかければ必ず追い付ける。

……逃がさんぞ、菊夜叉。

ヘルメットの下の目を爛々《らんらん》と輝かせ、叢雲は風を切る。

吹き付ける風はライダースジャケット越しにも冷たかったけれど、全く気にならなかった。燃え滾る熱い血潮が肌を火照らせている。まるで菊夜叉を組み敷く時のように。

……たとえお前が俺を嫌っても、絶対に離さない。

それで本当に愛想を尽かされても構うものか。菊夜叉を失うよりははるかにましだ。菊夜叉に再び出逢うためだけに、叢雲は生まれ変わったのだから。

あと少し走れば高速道路に入るところで、叢雲はにっと唇を吊《つ》り上げた。前方に見覚えのある車を見付けたのだ。

叢雲のまき散らす殺気めいた熱に怯えたのか、加速するバイクから周囲の車が蜘蛛《くも》の子を散らすように離れていく。おかげで叢雲は中央車線を走る車の右側に回り込めた。

すれ違いざま、後部座席でうつむいていた菊夜叉がばっと顔を上げ、カーウィンドウの向こうで驚《きょう》愕《がく》に目を見開く。

叢雲の気配を敏感に感じ取ってくれたのだと思えば愛おしいが、逃げられたのはひたすら憎たらしい。車の中から引きずり出したら、さて、どうしてくれようか。

チョーカーでも隠し切れないほどの痕を刻み込んで、泣いても嫌がっても溢れるほどの孕み汁を注いで、孕むまで繋がったまま離れないで……逃げようだなんて、夢にも思えないように……。

「…っ…、運転手さん、急いで下さい！」

　震え上がった菊夜叉が叫ぶが、叢雲には誘われているようにしか思えなかった。珍しく怯えを露《あら》わにしながら他の男に縋るなんて、よほどひどくされたいらしい。

　ならばこちらも、手加減などしてやらなくていいだろう。叢雲は衝突すれすれまで車体を寄せ、運転手と視線を合わせた。

──停めろ。

「はっ、……はいぃぃっ！」

　カーウィンドウ越しとはいえ、アルファの覇気にベータの運転手が逆らえるわけがない。

　運転手は必死にハンドルを操りながら車線変更し、路肩に車を寄せた。事故も起こさず、菊夜叉が怪我《けが》を負わないようゆっくり停まったのは、高い職業意識のたまものか。

「──出て来い、菊夜叉」

　バイクにまたがり、ヘルメットをかぶったまま発した声は、叢雲自身でも驚くほど優しげだった。

「っ……」

　だが菊夜叉は青ざめたまま、叢雲と目を合わせようともしない。それどころか反対側のドアを開け、飛び出そうとする。この期に及んで、まだ逃亡を諦めていない。

　きっちり閉められたシャツの首筋からわずかに覗《のぞ》くチョーカーのきらめきが、今にも燃え上がりそうな欲望の炎に油を注いだ。叢雲の番である証を身につけておいて、何故──。

「…もういい」

　ぷつりと何かが切れる音が聞こえたと同時に、叢雲はバイクを停め、後部座席のドアを開けた。今にも車道に下りようとしていた菊夜叉の手首を掴み、ぐいと引き寄せる。

　菊夜叉は性懲りも無く振り払おうとするが──。

「……ぁあっ!?」

腕の中に閉じ込めながらチョーカーを素早く外し、うなじに歯を突き立ててやれば、細い腕はたちまち脱力した。

きっと睨み付ける菊夜叉のまなじりに、屈辱の涙が滲む。力にものを言わせるアルファらしいやり方を嫌っていたくせに、どうして。無言の抗議すら、叢雲を昂《たかぶ》らせる。

「…俺から逃ぐっとす悪か子には、罰をやらんなすまんな」

「逃げる…、だと？　お前、何を言って…」

「今ん内に外をよう見ちゅれ。……こいで見納めじゃっで」

いぶかしげに眉をひそめる菊夜叉を腕に囲い、出せ、と叢雲は運転手に命じる。運転手は言われるがまま後部座席を閉じ、車を発進させた。いくら菊夜叉でも、もはや逃げ出すのは不可能だ。

「菊夜叉……」

叢雲は菊夜叉を前から抱え込む格好で膝に乗せ、滾る股間をぐりぐりと押し付ける。あれだけ必死に計画したプロポーズなど、頭のどこかへ消え去っていた。憎らしくて愛おしいこの番に、今すぐ自分という存在を刻み付けなければ狂ってしまいそうだ。

いや、すでに狂い始めているのか。視界ががくがくと揺れる。…だとしても構わない。菊夜叉を最奥まで貫いて、そして…。

「……この…っ…、私の話を聞け！　叢雲！」

耳元で怒声が弾けると同時に、すさまじい衝撃が下から脳天を突き抜けた。脳みそが振とうし、つかの間、何も考えられなくなる。

「……菊、…夜叉…？」

ぱちぱちとまぶたをしばたたかせれば、菊夜叉は振り上げていた拳を下ろした。どうやら今までさんざん菊夜叉に肩を摑まれてがくがく揺さぶられた挙句、顎に強烈なアッパーカットを喰らったのだと叢雲はようやく気付く。

「…さっきからお前は、何を言っているんだ。どうして私がお前から逃げなければならない？」

「…いや…、じゃっどんお前、実際に逃げちょったし…俺を見て慌てちゅったが…」

荒々しく反論するつもりだったのに、語尾はしおしおとしぼんでしまう。膝立ちになり、腕を組みながら女王然と見下ろす菊夜叉の放つ、猛吹雪《もうふぶき》並の冷気に気圧《けお》されて。

「手紙を読まなかったのか？」

「…手紙？」

「今朝、家を出る前、お前の枕元に置いてきたのだが……その分では、読まなかったようだな」

はあ、と菊夜叉は溜息を吐く。手紙は確かに置かれていたのだろうが、家を出る直前はとにかく混乱しきっていたため、気が付かなかったに違いない。

「……そん、手紙《てがん》には何ち？」

「九州の本邸にお邪魔するが、用事が済んだらすぐに帰るから心配するなと」

「用事…、…っ!?」

わざわざ両親の居る九州の本邸まで赴くほどの用事→前々から菊夜叉は叢雲に愛想を尽かしかけていた→離婚の相談。

叢雲の明晰な頭脳は、ほんの数秒で結論を導き出した。菊夜叉を実の息子より可愛がっている両親なら、菊夜叉が本気で叢雲と別れたがれば、きっと味方するだろう。

「…っ、離婚はせんど！」

「離婚？　…だからお前、何を言って…」

ああもう、と菊夜叉は乱暴に前髪を掻き上げた。普段の菊夜叉らしくない荒々しい仕草と白い額に、叢雲はどきりとする。

「……私が本邸に行こうとしていたのは、お前の指輪を見せてもらうためだ」

「指、輪？　……って、やっぱいお前は離婚を」

「いいから、少しは黙って聞け」

指輪と言えば次期当主の指輪→指輪を質に取って離婚を迫るつもりなのでは…!?　と素早く答えを弾

き出し、焦った叢雲だが、菊夜叉に睨まれひとまず口を閉ざす。

「…お前の指輪で、お前の指のサイズを確認したかったのだ」

「指んサイズ…？　ないごてそげんかもんを…」

「お前に、……指輪を贈りたかったから」

　囁くように告げる菊夜叉の頬が、じわじわと紅く染まっていく。

　驚愕に見開かれた叢雲の双眸《そうぼう》から逃れるように、菊夜叉は顔を逸《そ》らし、かろうじて首筋に引っかかっているチョーカーをまさぐった。

「…お前にはもらってばかりだから、私も礼がしたかった。ちょうどお前の誕生日も近いし…。ならばその、…私たちは近い将来婚姻するのだから、せっかくなら指輪を贈りたいと思って…けれど私は、お前の指のサイズなんて知らなかったから…」

　いつかの朝、毛布に潜り込んで叢雲の手を探っていたのは、サイズを直接測るため。珍しく香取の自宅に寄り道したのは、直接サイズを測るのに失敗したので何か良い策は無いかと相談するため。デートに誘われて微妙な顔をしていたのは、よりにもよってその日が叢雲の誕生日なのに、まだ指のサイズを測れていなかったから。

　ぽつぽつと菊夜叉が白状していくたび、叢雲の疑問は解けていった。

「お前の誕生日直前になってもサイズはわからないままだったから、どうしようかと焦っていたら、当主の指輪のことを思い出したのだ。あれを見せてもらえば、サイズもわかるだろうと思って…」

「…じゃっで、俺に内緒で本邸に行こうとしちょったとか」

　全身から緊張が抜けていき、叢雲は詰めていた息を吐き出した。

　…言われてみれば単純なことだ。愛想を尽かされているのではないかと、今まで叢雲を追い詰めてきた菊夜叉の不審な言動の全ては、叢雲に指輪を贈りたいというけなげな願いゆえのものだったのだ。

それを叢雲が邪推し、捨てられるくらいならいっそ閉じ込め、孕ませてしまおうなどと綱久めいた欲望を暴走させそうになっただけの話である。…全ては番を信じ切れなかった叢雲が悪い。

だが…。

「サイズなんて、こそこそせゆらんでも俺に直接聞けばよかったがね」

そうすればこんな誤解などせずに済んだのに、と恨み言を吐けば、菊夜叉は唇を尖らせる。

「それでは駄目だ。お前を驚かせてやりたかったのだから」

「驚かせたかったち、お前……」

呆れと笑いが腹の底から交互にこみ上げてきて、叢雲はくっくっと喉を震わせた。

相手を驚かせ、喜ばせたいがあまり不審な行動を取っていたのはこちらも同じ。つまるところ自分たちは、どこまでも似た者同士の番ということではないか。

「……何故、笑う」

「ああ、すまん。…笑わんではおれんでな」

むっとする菊夜叉に、叢雲は笑いをおさめて説明してやる。自分もまた菊夜叉に最高のプロポーズをするべく、秘密裏に動いていたこと。明日は前世では出来なかったプロポーズを決行するつもりだったこと。

「お前という奴は……」

愛想を尽かした挙句実家に帰るのだと疑われていたことや、明日には叢雲がオーダーした指輪が届く予定であることまで聞かされ、菊夜叉は苦々しげに顔を歪《ゆが》める。

「私がお前に愛想を尽かすなんて、絶対にありえないだろう。それに指輪だと？　私は何のためにあれだけ苦労を…」

「すまん、本当にすまんかった。全部俺が悪かった。どげん罰でも受ぐっで」

「……」

菊夜叉の美しい顔が、怒りから戸惑いへと染め変えられていく。やがて菊夜叉は腕を組み、まじまじと叢雲を見詰めた。

「…お前、ずいぶん殊勝だな」

「本当に悪かったたち思っちょってでな」

今さらながら背筋が寒くなる。もしも菊夜叉が目を覚まさせてくれなかったら、自分は決して真似すまいと誓っていた綱久の二の舞を演じるところだったのだ。

それに……。

「私がお前に愛想をば尽かすは絶対にありえん――か」

「……っ…」

「そうか、そうか。ありえんとか」

口にするたび歓喜が全身を駆け巡り、ついついくり返してしまう。菊夜叉はだらしなく笑み崩れる叢雲の頬を両側からきつくつねり、ぐいぐいと上下に揺さぶった。

「お前という奴は…、お前という奴は…！　本当に悪いと思っているのか？」

「もちろん、思っちょっとも。…じゃっでんそい以上に嬉しかで仕方なかじゃろう？　俺の幸福は、お前と添い遂ぐことやっでな」

菊夜叉のくれるものなら痛みすら愛おしい。端整な顔をつねられて変形させられたまま、にやにやと笑ってしまう。

処置無しとばかりに息を吐く菊夜叉に、叢雲は左手を差し出す。

「叢雲……？」

「指輪をくれるんやっとが。…俺はどげん見事《みご》か指輪よい、お前のくれる痕《あと》がよか」

だから刻んでくれ、と耳元で囁いた。自分が金に飽かして宝石商もおののくほど高価な指輪を誂えていたことは、記憶の彼方《かなた》へ追いやっている。

「……もう……」

菊夜叉はしばらくためらっていたが、やがてそっと叢雲の左手を取った。ここで『もう』の言い方が可愛すぎるとか、ほんのり熱を帯びた手のなめらかな感触がたまらないとか白状しては駄目なのだ。

——かぷり。

なけなしの理性を総動員しつつ待っていると、菊夜叉は叢雲の左手の薬指を咥《くわ》え、恐る恐る歯を立てた。だが人を噛むなど初めてだからか、なかなか痕がつかない。

何度もかぷかぷ噛み付く菊夜叉を押し倒してしまいたい衝動を堪え、叢雲は艶《つや》やかな黒髪を梳《す》きやる。

「もっと強く噛まんな、痕はつかんど。…俺が夜にせゆっがように」

「っ……」

ねっとりと耳朶を舐《な》め上げ、手本を示すように噛んでやれば、菊夜叉は涙目で叢雲を睨み付けた。何をされても可愛いだけだと眼差しで受け流すと、唇を震わせ——強く歯を食い込ませる。

「……く、…っ…」

肉が抉《えぐ》れる痛みと共に、今度こそくっきり痕が刻み込まれた。叢雲の薬指の付け根あたりをぐるりと一周する噛み痕はまるで指輪…叢雲にとっては世界最高の婚約指輪だ。

叢雲は莞爾《かんじ》として笑った。

「ありがとう、菊夜叉。……ほんで、すまん、先に謝っで」

「……え？」

「明日んデートはキャンセルやっで。しばらく外に出られんでな」

事態を理解した菊夜叉が慌てて離れようとするが、もう遅い。愛撫《あいぶ》で蕩《とろ》かされ、ぐったりしたまま邸に連れ帰られ、寝室に閉じ込められてしまった。

——その後、菊夜叉は毎日ねだられては叢雲の薬指に指輪代わりの痕を刻むはめになったのだが、それはまた別の話だ。

あとがき

こんにちは、宮緒葵です。『転生オメガバース！』お読み下さりありがとうございました。

今年でデビュー十一年目になるんですが、実はオメガバースを書いたのはこのお話が初めてでして…。最初はもっと違う設定を考えていたところ、やはり私の好きなように書いた方が読者さんにも楽しんで頂けるだろうと思い、こういうお話になりました。

前半と後半で時代が一気に変わりますが、やはりこれも最初は普通に前半の続き（叢雲と菊夜叉が藩邸を逃げ出してからの話）を書くつもりでした。でもこの二人があのまま生き延びて幸せになるのは厳しいだろうし、現代での二人も書いてみたい。何より後半も雑誌に掲載して頂くので、前半を未読の読者さんにも楽しんで頂きたい…と悩んだ末、こんな構成になりました。

叢雲と菊夜叉は最終的には幸せになれましたが、やはり前世での結末あっての幸福だと思います。ページ数さえ許せば泉之助たちについてももっと書きたかった…。

今回の挿絵は笠井あゆみ先生に描いて頂きました。笠井先生、いつもながら美しくなまめかしい二人をありがとうございました…！　和服と洋服、二パターン拝見出来て幸せでした。

担当して下さったＹ様、色々とお気遣い下さりありがとうございます。これからもよろしくお願いいたします。

最後に、お読み下さった皆様、本当にありがとうございます。よろしければご感想など教えて下さいね。それではまた、どこかでお会い出来ますように。

ビーボーイノベルズをお買い上げいただきありがとうございます。
この本を読んでのご意見・ご感想をお待ちしております。

〒162-0825 東京都新宿区神楽坂6-46
ローベル神楽坂ビル4F
株式会社リブレ内 編集部

アンケート受付中
リブレ公式サイト　https://libre-inc.co.jp
TOPページの「アンケート」からお入りください。

転生オメガバース！

2022年2月20日　第1刷発行

著　者――――宮緒　葵

発行者――――太田歳子
発行所――――株式会社リブレ
〒162-0825
東京都新宿区神楽坂6-46ローベル神楽坂ビル
営業　電話03(3235)7405　FAX 03(3235)0342
編集　電話03(3235)0317
印刷所――――株式会社光邦

Printed in Japan
ISBN978-4-7997-5605-8